칠
공
주
2

▌ 장순 저자 약력

얼마간의 시간이 무표정하게 흘러 갔는지 모른다.

아직까지 무료함을 달래 줄 답신은 받지 못했다.

단지 지극히 평범한 것을 좋아한다.

시집으로는 〈네가 없는 이 세상은 안개무덤〉, 〈봄 여름 가을 겨울 모두 바쁘면 환절기에 만나자〉, 〈사랑은 기다림으로부터의 시작입니다〉, 〈수화기를 들면 당신은 아무 말도 하지 못합니다〉와 수필집 〈느낌 하나, 사랑 둘〉, 〈사랑〉을 출간하였다. 그리고 장편소설로는 〈프리섹스〉, 〈칠공주 1, 2〉, 〈하늘의 아들〉, 〈슬픈고백〉, 〈축제는 끝나지 않았다〉, 〈바퀴벌레와 춤을〉, 〈야 인마〉, 〈내 머릿속의 또 다른 나〉, 〈내 머릿속의 미친개 한 마리〉 등이 있다.

칠공주 2

초판 인쇄	2014년 1월 10일
초판 발행	2014년 1월 15일
지은이	장순
펴낸이	진수진
펴낸곳	레몬톡
디자인	백미애
주소	경기도 고양시 일산동구 중산동 182번지
출판등록	2013년 5월 30일 제2013-000078호
전화	031-926-7696
팩스	031-926-7697
홈페이지	www.haeminbooks.com
ISBN	979-11-85254-52-4 (04810)
정가	14,000원

칠공주 2

장순 장편소설

차례

동정

거세게 울려 대는 전화벨 소리에 그는 잠에서 깨어났다.

"여보세요."

그는 잠이 덜 깬 목소리로 수화기를 받쳐 들었다.

"아직 일어나지 않은 거예요?"

수연의 핼쑥한 목소리였다. 민수는 아직 정신을 차리지 못하고 있었다.

"누구……?"

"수연이에요."

"수연이. 거기 어디야?"

"서울이에요. 어젠 정말 미안해요."

"어떻게 된 거야. 걱정했잖아."

"오빠 때문에……. 저 들어가 봐야 할 것 같아요. 제가 다시 전화 드릴게요."

무심하게 그녀의 전화는 끊어졌다.

민수는 수화기를 내려놓으며 뒷머리 부분에 두툼한 통증을 느꼈다. 그는 주먹을 가지런하게 쥐어서 뒷덜미 부분을 지그시 두드렸다.

그에게 왠지 모를 허전함이 밀려들어왔다.

민수는 지난밤의 일을 떠올리려 했지만 쉽게 떠오르지 않았다. 샤워를 하면서도 그는 내내 그 생각에 매달려 보았다.

몸에 묻어 있는 비누 거품을 말끔하게 씻어 낸 뒤, 그는 알몸으로 욕실에서 나왔다. 텅 빈 객실 안의 적막이 그를 기다리고 있었다.

시계를 보니 한시였다.

그는 곧 소파로 다가가 주저앉았다. 그의 상대는 이제 노트북밖에 없었다. 그는 탁자 위의 노트북을 한참이고 내려다보았다. 그러다가 그는 생각이 날 듯 말 듯한 유리와의 대화를 상기했다.

'김 군아!'

그녀의 마지막 목소리가 되살아나는 것만 같았다. 그녀가 메모지에 무엇인가 적어서 자신의 주머니에 넣어 준 것 같은데, 하지만 그 다음은 떠오르지 않았다.

그는 침대 위에 널브러져 있던 옷가지를 뒤적여 호주머니에서 메모지를 찾아낼 수 있었다.

(064)**-5000 유리.

지갑에서 그녀의 명함을 꺼내 전화번호를 확인해 보았지만 번호는 같지 않았다. 짐작하건대 그녀의 집인 것 같았다.

술을 마셨어도 어제처럼 인사불성이 되도록 마셔 댄 적이 거의 없었기 때문에 그는 수화기를 들지 못하고 망설이고 있었다. 그러던 그는 냉장고를 열고 숙취 해소 음료를 한 병 꺼내 단숨에 마셨다.

무엇을 할 것인가 무료해 하던 그는 어디 가서 따끈한 국물로 숙취를 해소해야겠다고 생각하고 가벼운 옷차림으로 객실을 나섰다.

그는 굳이 호텔 내의 식당에서 식사를 하고 싶지 않았다. 그곳에서 빈둥거리느니 호텔 앞의 음식점에서 식사하는 편이 났다고 그는 생각했다.

음식점은 쉽게 찾을 수 있었다. 안으로 들어서자 한차례 손님을 받고 난 종업원이 휴식을 취하고 있었다. 그가 들어서자 종업원이 잠들다 만 눈으로 자리를 안내했다.

실내는 깔끔한 편이었다.

앉자마자 민수가 해물탕을 주문했다. 그리곤 입에 담배를 가져다 물었지만 담뱃갑에 도로 집어넣었다. 어제 술이 너무 과했던지 담배 냄새만 맡아도 헛구역질이 나오려 했다.

"여행 오셨나 보죠?"

종업원이 상냥한 말투로 그에게 접근했다. 그는 애써 대답할 필요 없이 고개를 끄덕였다.

"어제 술을 많이 하셨나 봐요. 우리 집 해물탕은 숙취에 그만입니다. 드셔 보면 또 생각나실 거예요."

"그래요?"

그가 무심히 말을 받아넘겼다.

"여행사를 통해 오신 건 아니지요? 여기에 아는 사람이라도 있으세요?"

"……."

그는 귀찮다는 듯 고개를 끄덕였다.

컵을 들어 입술을 축일 때쯤 종업원이 해물탕을 가져다주었다. 먹음직스러워 보이기는 했지만 민수는 수저로 국물을 몇 번 뜨다가 내려놓고 말았다. 젓가락으로 맛깔스럽게 묻힌 반찬을 끄적거렸지만 역시 입맛이 살아나지는 않았다.

커피라도 한잔 마시는 것이 더 나을 것 같다고 생각한 그는 계산을 마치고 그곳에서 나와 호텔로 되돌아왔다. 마땅히 갈 만한 커피숍도 없었거니와 더위 속을 걷고 싶은 생각도 없었기 때문이다.

호텔 커피숍의 투명한 유리창 밖으로 인공으로 조성된 연못이 보였다. 그곳에는 관상용으로 풀어놓은 비단잉어가 떼 지어 한가롭게 노닐고 있었다. 한편에는 천둥오리 한 쌍이 다정하게 깃털을 고르고 있었다.

한결 편안함이 느껴졌다. 인테리어를 해 놓은 커피숍의 분위기도 그리 어색하거나 낯설지 않았다.

'유리도 꽤 많이 취했던 것 같은데……'

어젯밤 그녀에게서 느꼈던 아픔과 체념, 그리고 그 속에서 흐릿하면서도 강렬하게 피어나던 그녀의 숨겨진 실체는 아직도 그를 사로잡고 있었다.

그녀를 생각할수록 알 수 없는 연민이 고개를 들고 일어섰다. 테이블에 올려놓은 휴대폰을 그는 용기를 내어 집어 들었다. 마지막 끝 번호에서 잠시 망설였지만 힘 있게 번호판을 눌렀다.

신호가 서너 번쯤 울렸을까. 저쪽에서 유리의 목소리가 사근거리듯 들려왔다.

"나유리 씨 댁입니까?"

민수의 목소리는 되도록 정중했다.

"민수 씨?"

그녀가 단번에 민수의 목소리를 알아들었다. 그녀의 목소리는 부드럽고 나긋나긋했다.

"어디예요?"

"호텔 커피숍입니다."

"기다렸어요. 전화 주신다고 하고선 아직까지 연락이 없기에…….."

그는 도통 그런 말을 한 기억이 나지 않았다.

'술에 너무 취했던 것일까.'

민수는 그녀의 말을 들으며 난감한 표정을 지었다.

"제가 어제 실수는 하지 않았습니까?"

"아니에요. 그런 것 없었어요. 그건 오히려 제가 할 소리인데요."

"…….."

다행이었다. 민수의 표정이 차차 밝아졌다.

"혼자예요?"

"네."

"잘됐네요. 나도 혼잔데…….."

휴대폰을 통해 들려오는 그녀의 목소리가 청순하게 느껴졌다.

"어젠 정말 실례가 많았습니다."

"그러지 말고 이리로 오실래요?"

유리가 상냥하게 말했다.

민수는 사양할 수가 없었다. 호텔에서 빈둥거리는 것보다는 그러는 편이 나을 듯싶었다.

그는 어느새 그녀가 알려 주는 대로 메모지에 적고 있었다. 유리는 되도록 쉽고 알아듣기 편하게 집 근처의 구조물이며 길의 특성과 거리를 알려 주었다.

"만약에 오시다가 찾기 힘들면 다시 전화 주세요. 그럼, 기다리고 있겠어요."

유리는 기대에 찬 목소리로 수화기를 내려놓았다. 그녀가 알려 준 대로라면 바닷가 근처였다.

그녀와의 약속시간까지는 앞으로 서너 시간의 여유가 있었다. 하지만 초행길이라 조금은 서둘러야 하겠다고 그는 생각했다.

객실로 들어간 민수는 꺼칠하게 자란 수염을 깎고 다시 한 번 깔끔하게 샤워를 했다. 더위 때문인지 몸이 끈적거렸기 때문이다.

그러고 나서 되도록 단정한 차림으로 호텔을 나섰다.

주차되어 있던 승용차에 키를 꽂고 그는 기분 좋게 액셀러레이터를 밟았다. 그러고 나서 기어를 넣고 스무드하게 차를 이동시켰다. 핸들을 조작하는 그의 어깨는 가벼워져 있었다. 그는 밝은 표정으로 카스테레오에서 나오는 대중가요를 흥얼거렸다.

그가 유리의 집 근처에 도착한 시간은 여섯 시 반경이었다. 조금은 이른 도착이었다.

생각했던 것보다 화려한 동네였다.

유리가 알려 준 대로라면 가장 외곽에 위치한 집이 그녀의 집이었다. 한눈에 보기에도 부자들이나 살 듯한 그러한 집이었다.

의외였다. 그런 별장을 가지고 있는 여자가 술집을 경영한다니…….

그가 그녀의 말대로 집을 찾아 주차를 시키고 대문 앞에 붙어 있는

초인종을 눌렀을 때, 기다렸다는 듯이 유리의 목소리가 밝게 흘러나왔
다. 그러고는 얼마 지나지 않아 그녀가 민수를 마중하러 나왔다.

후닥닥 뛰어나오는 그녀의 발자국소리가 경쾌하게 들렸고 뒤이어
철문이 열리며 그녀가 고개를 내밀었다.

민수가 그녀에게 미소와 함께 꽃바구니를 내밀었다.

"어머, 언제 이런 것까지."

그녀는 꽃이라곤 처음 받아 보는 사람처럼 감격해 하며 꽃바구니를
받아 안았다.

그는 유리의 안내를 받아 안으로 들어갔다. 정원을 지나서 현관을
들어서는 중간에 작은 연못이 보였으며 융단처럼 고운 잔디가 정갈하
게 다듬어져 있었다.

"집이 넓군요."

"네. 혼자 살기에는 부담스러운 곳이에요. 가끔 혼자 있기 싫을 때
는 동생들 불러다 같이 자니까 적적한 건 없어요. 시장할 텐데 먼저 식
사부터 하고 집은 나중에 구경하기로 해요."

생긋 웃으며 민수를 쳐다보던 그녀가 주방으로 안내했다.

식탁에는 벌써 음식이 푸짐하게 차려져 있었고 맛깔스러운 음식 냄
새가 민수의 식욕을 불러일으켰다. 그녀가 둘렀을 듯한 앞치마가 의자
에 걸려 있었다.

찌개를 식탁에 올리고서 유리도 민수와 함께 마주보고 앉았다.

"맛이 어떨지 모르겠어요."

"이걸 손수 장만하신 겁니까?"

"네."

그녀가 수줍게 얼굴을 붉혔다.

유리는 민수가 먼저 시식하기를 기다렸다가 그의 반응을 살폈다.

"어떠세요?"

"정말 맛있습니다. 이런 맛 오랜만에 느껴 보는데요."

그제야 유리가 안심했다는 듯 수저를 들었다. 그녀의 얼굴은 이제 자신감으로 뒤덮여 있었다.

어느새 그의 식욕은 왕성해져 있었다. 젓가락과 수저가 가는 곳마다 유리의 달콤한 손맛이 느껴졌다.

예린이었다면 이런 식탁을 꾸미는 것보다는 음식점에서 대충 식사를 때우기를 바랐을 것이다. 그는 예린에겐 단 한 차례도 이러한 식탁을 받아 본 적이 없었다. 언제나 그녀에게는 일이라는 핑계가 있었다.

식사를 마치고 그들은 거실에 나가서 커피를 마셨다.

같이 있는 동안 내리 미소를 머금고 있던 유리는 민수의 눈빛과 마주칠 때면 피하지 않고 포근하게 받아들였다. 촉촉하고 잔잔한 눈이라고 그는 생각했다.

황혼이 질 때 호숫가를 물들이는 연분홍의 잔잔한 물결, 촉촉하고 메마름 없는 그녀의 눈과 마주치는 것을 굳이 피해야 할 이유가 없었다.

그녀의 취향은 상당히 고급스러웠다. 실내의 장식이며 가구에 대한 안목 그리고 색의 조화를 잘 살린 커튼 등 집 안 곳곳에서 아늑한 분위기가 배어 나왔다.

넓은 베란다 창문은 바닷가를 향해 환하게 펼쳐져 있었으며 잔잔한 바다 물결이 설레듯 민수의 시선을 사로잡았다.

창밖으로 어둠이 스멀스멀 내려앉고 있었다.

"좋은 술이 있는데 한잔 하실래요?"

그녀가 물어 왔다.

어제 술을 많이 마시기는 했지만 그는 사양하고 싶지 않았다. 그녀가 주방에서 양주와 얼음을 가지고 왔다. 소파에 포근하게 다리를 꼬고 앉은 그녀가 잔에 위스키를 따르며 말했다.

"버번이에요. 주원료는 옥수수인데 떡갈나무 안쪽을 태운 통에 저장해서 칠팔 년 숙성시킨다고 들었어요. 하지만 전 그것보다도 특유의 향기와 짙은 색, 그리고 무엇보다도 싹싹한 맛이 좋아서 가끔 즐기죠. 뭐랄까, 섹시하고 매력적이랄까."

그녀가 얼음을 띄워 그에게 내밀었다. 유리의 말을 듣고 보니 그런 것도 같았다.

향기를 맡으며 입술을 축이자 감미로운 맛이 느껴졌다.

"버번이란 이름은 16세기 무렵에 프랑스, 스페인, 나폴리 등을 지배했던 왕가의 이름으로부터 유래한 것이라고 하더군요."

"어떻게 그렇게 자세히 알고 계시지요?"

"술장사를 하다 보니까 이곳저곳에서 우연찮게 주워들은 얘기예요. 어쨌든 맛은 일품이에요."

그녀가 잔을 들어 보이며 음미하듯 천천히 마셨다.

그녀의 눈빛이 요염하면서도 자극적으로 빛났다. 반바지 아래로 드러난 우윳빛 살결과 풍만하고 성숙한 가슴 그리고 생머리 사이로 희미하게 보이는 목선의 아름다움.

민수는 무르익을 대로 무르익은 여인의 체취를 자신도 모르게 눈으로 확인하고 있었다.

"술맛이 일품입니다. 그런데 이 집은……?"

그가 말꼬리를 돌리듯 서먹하게 말을 이었다. 그러자 유리가 상냥하게 웃으며 그의 눈을 쳐다보았다.

"아이를 넘겨주는 대가로 받은 거예요."

"……."

"벌써 오래 전 일이에요. ……돈도 넉넉히 받았구요. 그래서 술집도 차릴 수 있었고, 여유 있는 생활도 할 수 있게 되었지요."

"아이가 보고 싶지 않으세요?"

"……지금은 때가 아닌 것 같아요. 때가 된다면 만나야겠지요."

"……."

그녀는 잠시 어두운 기색을 내보이다가 무색하게 술잔을 기울였다. 그녀의 잔에 민수가 위스키를 따라 주었다.

"이제 그런 얘기는 하지 말아요."

"죄송합니다."

"아니에요. ……우리 수영이나 하러 갈까요?"

유리는 민수의 생각엔 아랑곳하지 않고 팔을 잡아끌기 시작했다. 답답했던 모양이었다.

수영하러 가자는 그녀는 아무런 준비 없이 그를 다짜고짜 잡아끌었다.

그녀가 향한 곳은 대문 쪽이 아닌 반대편이었다.

저편으로 작은 문이 보였고 유리는 그 문을 통해 서둘러 민수를 잡아끌었다.

문을 나서자 바다가 넓게 펼쳐져 있었다.

어쩌면 저렇게 아름다울 수 있을까.

흐릿하게 내려앉은 어둠 사이로 유리의 형체가 신비롭게 느껴졌다. 그 모든 풍경이 마치 그녀를 위해 존재하고 있는 듯했다.

"아……."

감미로움을 더하듯 그녀의 입에서 평온의 숨소리가 들려왔다.

"우리 수영해요."

"……."

민수는 망설이고 있었다. 하지만 그녀는 달랐다.

"어서요."

"하지만……."

"그런 건 필요 없어요."

그녀가 물가로 내려가 옷을 벗기 시작했다. 어둠 속에서도 그녀의 몸매를 그대로 확인할 수 있었다.

민수는 보지 않으려 했지만 저절로 시선이 이끌렸다.

주위엔 아무도 없었다. 멀찍이에서 불빛이 희미하게 아른거릴 뿐 그들을 주시하는 시선이라곤 저만치서 반짝이는 달빛밖에 없었다.

담배를 가져다가 불을 붙이는 것으로 그는 시간을 벌고 있었다. 그렇지만 계속해서 그렇게 서 있을 수만은 없었다.

유리는 어느새 알몸이 되어 있었으며 곧 물속으로 자신의 몸을 감추었다.

민수의 가슴은 벅차올랐다. 술기운도 있었겠지만 여자의 알몸이 자신의 일부를 자극하는 것 같아서 숨이 막힐 것 같았다.

신비로운 여자.

언제 어디서든 자신을 부끄러움 없이 내보일 수 있는 여자.

"어서 들어와요."

그녀는 한껏 부풀어 있었다. 아무것도 입지 않은 자신의 몸을 자랑이라도 하려는 듯 그녀는 유연하고 능숙하게 여러 유형의 수영을 구사했다. 그녀의 살결이 달빛에 반사될 때마다 민수는 흔들렸다. 자신도 모르게 그는 땀에 젖고 있었다.

'이렇게 있을 수만은 없다.'

그는 담배를 손끝으로 털어 끄고 바로 물가로 내려가 옷을 벗기 시작했다.

그의 가슴이 울렁거리기 시작했다.

유리는 물위를 떠다니며 그를 향해 손짓하고 있었다. 바닷물에 체온을 맞추고서야 그도 본격적인 유형을 구사할 수 있었다.

민수는 야릇한 흥분을 새삼 발견하며 깊은 곳에서 스스럼없이 부풀어 오르는 쾌감을 느낄 수 있었다.

민수가 헤엄치고 있는 쪽으로 그녀가 다가왔다. 물에 젖은 그녀의 머리카락과 얼굴이 상큼하게 느껴졌다. 민수는 다가오는 그녀를 그 자리에서 바라보고 있었다. 그는 숨이 콱콱 막힐 것만 같았지만 내색할 수는 없었다.

바닷물 특유의 짠 내음 사이로 그녀의 체취가 아물거리듯 느껴졌다.

얼마쯤 가까워졌을까.

간격이 그리 좁혀지지 않았는데도 그는 여체의 뜨거움을 느낄 수 있었다.

민수는 단번에 그녀가 무엇을 원하고 있는지 알 수 있었다. 그녀가 바라는 것은 뜨거운 열정과 정열이었다. 살을 태우고 뼈를 태워 자신을, 자신의 갈증을 남자의 넓은 가슴으로 식히는 것이다.

물결을 자근자근 가르며 여자가 다가와 남자의 가슴으로 안겨 왔다. 입맞춤은 정열을 불사르듯 뜨겁고 벅찼다. 벅찬 만큼 몸부림도 큰 파도가 되어 있었다.

남녀의 육체가 가까워지자 바닷물이 갈증을 녹이듯 사르르 빠져나갔다. 그것은 마치 몸과 몸으로 애무하는 것 같은 착각을 일으켰다.

어찌해야 좋은가.

민수는 난감해졌다.

남자의 땀 냄새가 그리웠기 때문인가.

그녀는 그 절망 속을, 외로운 밤의 적막을 어떻게 지새웠을까.

파도가 밀려왔던 것 같은데. 그리고 밀려갔던 것 같은데……. 그 자리에는 유리의 환상적인 몸부림이 있었다.

민수는 말없이 담배연기를 입 밖으로 쏟아 내었다. 어디에선가 풀벌레 소리와 함께 선선한 바람이 불어왔다.

그들 둘은 그렇게 나란히 모래 위에 누워 있었다.

"이렇게 오래도록 있고 싶어."

"정말 아늑하고 좋은 곳입니다."

"그래요, 민수 씨처럼 멋진 곳이에요."

"……."

한동안의 정적이 흘렀다. 그 사이를 달빛이 은은하게 파고들었고 한적함과 포근함을 이끌어 놓았다. 일상에서 벗어난 자유였다.

"전 이런 여자예요."

"······?"

"사랑에 굶주려 있는······. 실망하셨죠?"

"아닙니다."

"전 참을 수가 없어요. 호스트바라도 가서 남자를 사야만, 그리고 즐겨야만 직성이 풀리곤 하지요. 무엇이 나를 그렇게 만들었는지 모르 겠어요."

그녀가 꼼짝도 하지 않고 누운 채 말했다. 그런 그녀의 주위로 그림 자가 깃들고 있었다.

유리에겐 언제나 변함없이 따라다니는 그림자가 있었다. 그는 그림 자가 드리워진 그녀에게 동정과 안쓰러움 같은 것을 느꼈었다.

아픔, 아련하게 짓누르는 적막. 민수는 나름대로 그녀를 추리해 본다.

"결혼은 안 하십니까?"

"생각해 본 적 없어요."

그녀가 딱 잘라 말했다.

"제가 보기엔 유리 씨는 남자가 필요한 것 같은데······."

"내가 필요한 건 섹스뿐이에요. 잠깐 즐기면 그뿐이에요. 그것이 오 히려 홀가분해요. 그리고 한 남자에게 내 모든 것을 맡길 만한 용기도 없구요. 난 이대로가 좋아요. ······나 같은 여자, 누가 좋아하겠어요."

"자신을 질책하시는군요."

어느새 주위는 모래 밑에서 써늘한 습기가 올라오고 있었다.

민수가 그녀에게 술을 따라 주었다. 그녀가 잔을 받아 반쯤 마시고 내 려놓으며 슬림형 담배를 입으로 가져갔다. 민수가 라이터를 켜 주었다.

"민수 씨, 사귀는 여자 있어요?"

그녀가 차분한 목소리로 진지하게 물어다. 담배연기를 내뿜는 그녀의 자태가 매력적으로 보였다.

"있습니다."

"어떤 여자……?"

"신문사 기잡니다. 앞으로 결혼까지 생각하고 있습니다."

"그래요, 그럼 성관계는?"

"서너 번……."

민수는 굳이 숨기고 싶지 않았다.

"여자는 남자에 의해 성숙해져요. 잘 대해 주세요."

그녀가 미소를 섞어 가며 민수에게 말했다.

"……."

"부럽네요. 민수 씨 같은 남자를 사로잡은 그 아가씨 한번 만나보고 싶어지는데요."

그녀가 잔을 기울였다. 민수도 잔을 기울여 유리와 보조를 맞추었다.

그의 얼굴에 취기가 은은하게 피어올랐다.

"비참할 때가 있어요."

"……."

"그땐 죽고 싶어요."

"어떤……?"

"나를 이렇게 만들어 놓은 현실……."

유리의 얼굴빛이 삽시간에 흐려지며 무너져 내렸다.

어떠한 말도 그는 건넬 수가 없었다. 그는 앉은 채 술잔을 기울였다. 유리도 그를 따라 술잔을 들었다.

이 여자의 가슴에 존재하는 어둠을 접어두게만 할 수 있다면……

그들의 사랑은 입맞춤으로부터 시작되어 간절하고도 목마르게 오래도록 지속되었다.   꿈이었을 것이다. 분명 그것은 꿈이었다.

"날 받아 줘요."

"안됩니다. 그럴 수는 없습니다."

민수는 그녀에게 또 다른 시련을 주고 싶지가 않았다.

어떻게 시간이 흘러갔는지 모른다.

의미 없는 만남, 그리고 의식 없는 시간의 지속.

졸음이 밀려왔다. 나른함이 느껴졌고 새근새근한 여자의 호흡과 함께 체온이 느껴졌다.

그때 왜 예린이 생각났는지 모른다.

예린이 유리처럼 진득하다면, 그러나 그것은 욕심에 지나지 않았다. 허황된 기대에 지나지 않을 뿐이다. 꿈결 속에서도 예린은 그를 만족시키지 못하고 있었다.

어렴풋이 유리의 머리카락이 바람에 흔들리는 것도 같았다.

그의 입에서는 한숨이 길게 쏟아져 나왔다.

여배우

여행에서 돌아온 이후 민수는 시나리오 작업에 몰두하고 있었다.

그가 다루고 싶어 하는 것은 성에 대한 여자의 집착과 갈등이었다. 하지만 그것은 쉬운 작업이 아니었다. 막상 그것을 다루기엔 음성적인 면이 너무 많기 때문이다. 그리고 섣불리 다루었다 간 오히려 괜한 상처를 만들 수도 있는 일이었다.

여러 가지 상황들을 종합해 볼 때 그것은 결코 쉬운 일이 아니었다. 그는 무리하게 일을 진행할 필요는 없다고 생각했다.

작업하는 동안은 조급해 하는 법이 없었다. 그것은 그의 철칙이기도 했다. 한 작품을 만들더라도 완성도가 높고 작품성이 있는 그러한 작품을 민수는 원했다.

커피의 은은한 향기가 코끝을 간질이고 있었다. 그는 커피 메이커의 전원을 차단하고 머그컵에 커피를 따라 거실로 나갔다.

베란다를 통해 내려다 본 밖은 어느새 어두워져 있었다. 그는 손에 들고 있던 컵을 기울여 커피를 한 모금 마셨다.

그때 초인종이 울렸다.

얼핏 시계를 보니 아홉 시를 지나고 있었다.

예린이 오기로 되어 있었다. 그녀는 늦어도 여덟 시까지는 오겠다고 했었다.

다시 한 번 초인종 소리가 정적을 깨고 툭툭 일어설 때 그가 현관문을 열어 주었다.

그랬다. 예린이었다.

민수의 표정은 무뚝뚝한 채 별반 차이가 없었다.

"미안해."

예린이 민수의 표정을 살피며 반갑게 말했다. 하지만 그는 여전히 얼굴에 변화를 주지 않고 있었다.

그녀의 첫말은 언제나 미안해, 였다. 그 말은 입버릇처럼 그녀에게 박혀 있었다. 그래서인지 민수는 그 말이 가장 싫었다.

"아직 식사 안 했지?"

그녀가 들어서며 당연하다는 듯 말했다. 그렇지만 민수는 대꾸하지 않았다.

"피자하고 프라이드치킨 좀 사 가지고 왔어."

주방으로 들어서며 예린이 말했다.

민수는 그리 달갑지 않았다.

예린은 음식에 전혀 문외한인 여자였다. 만들어 먹기보다는 사 먹는 것을 즐겨 하는 여자였다.

"이런 것 말고 음식다운 음식 좀 만들어 줄 수 없어."

그가 투정하듯 얼굴을 찌푸렸다. 하지만 예린은 그의 말에 아랑곳

하지 않고 피자 조각을 떼어 내어 한입 베어 먹었다.

"결혼하면 만들어 줄게. ……민수 씨도 알잖아. 나 바쁜 거. 조금만 더 이해해 줘."

항상 그런 식이다.

예린은 피자 조각을 한입씩 베어 먹으며 노트북을 꺼내 기사를 쓰는지 모니터를 의식하며 무언가 골몰한 생각에 잠겨 들었다.

민수는 소파에 앉아 담배를 피웠다.

예린은 언제나 그런 식으로 한 시간쯤 머물다가 가는 것이 고작이었다. 대학을 다닐 때도, 직장을 갖게 된 이후로도 그녀는 변하지 않은 채 그렇게 민수의 옆에 있었다. 아무런 감정의 기폭조차도 없이 그렇게…….

얼핏 주방에 앉아 있는 예린의 모습이 보였다. 그녀는 먹는 것도 잊은 채 기사 쓰는 것에 온 정신이 팔려 있었다.

청반바지와 맨 소매 차림의 그녀를 보며 민수는 미묘한 감정에 사로잡혔다.

바지 아래로 드러난 미끈한 다리와 햇빛에 보기 좋게 그을린 살결, 풍만하고 탄력 넘치는 엉덩이 그리고 달라붙은 맨 소매 밖으로 드러난 봉긋한 가슴의 형체.

그는 한순간 그녀를 안고 싶다는 욕구가 생겼다.

그녀의 등 뒤로 다가간 민수는 조심스럽게 그녀를 끌어안았다.

"왜 이래……."

그녀가 소리를 질렀다. 하지만 여전히 모니터를 의식한 채였다.

촉촉한 체취가 그녀에게서 흘러나오고 있었다. 민수는 그 진한 살

내 음을 깊게 들이마셨다. 그 순간 어지럼증이 느껴졌다.

"그만해. ……지금 일하고 있잖아. 이 기사 급한 거야."

민수는 끝까지 예린의 깊이를 확인하고, 느끼고 싶었다.

"안 된다니까……."

충동을 억제할 만한 여유는 없었다.

그의 손이 예린의 티를 걷어 올리고 봉긋하게 솟아오른 가슴을 찾아 성급하게 내달렸다.

예린은 그의 손이 가슴으로 파고들어 오자 몸을 움찔거렸다.

"사랑해……."

"이러지 마. ……오늘까지 일 끝내 주어야 한다니까."

짜증 섞인 예린의 목소리였다.

그렇지만 민수는 그 말에 신경 쓰지 않았다. 그는 예린의 반바지를 벗기려고 했다.

"싫어……. 오늘은 안 돼."

그녀가 딱 잘라 말했지만 남자에게 그 말이 통할 리 없었다.

"난 예린이가 필요해."

그가 어르듯 말했지만 여전히 그녀는 민수를 거부했다.

여자의 힘은 남자의 강렬한 욕구를 이기지 못했다.

"왜 그래, 정말……."

그녀의 얼굴이 묘하게 일그러지며 자신의 몸에 닿는 민수의 살갗을 할퀴고 있었다. 목소리는 카랑해져 있었으며 성이 나 있었다.

민수는 자제력을 상실하고 있었다.

"싫어!"

카랑하고 짤막한 소리와 함께 짝, 소리가 주방을 맴돌았다. 그녀가 민수의 뺨을 때린 것이다.

민수는 일순간 낭패감에 휩싸였다.

결혼을 앞에 둔 예비부부라면 충분히 있을 수도 있는 일이었다. 그것을 민수는 예린이 그렇게까지 거부할 줄은 생각도 하지 못하고 있었다.

예린은 손으로 얼굴을 감싸고 울음을 터뜨렸다.

민수는 쓸쓸한 마음을 접어 두고 곧 거실로 나와 베란다 창틀에 기대어선 채 담배를 꺼내어 입에 물었다.

어둠 속을 서성이는 동안 그는 자신이 너무 대책 없이 예린에게 접근했다는 생각이 들었다.

담뱃불이 그의 손끝에서 지글거리고 있었다. 벌써 세가치 째 그의 손에서 떠나지 않고 있었다.

재떨이에 담배를 눌러 끄자 어색하게 석석거렸다. 그는 맥주라도 한잔 마시면 기분이 나아질 것 같았다.

민수는 냉장고에서 캔맥주를 꺼내 다시 거실로 나왔다. 그때까지도 예린은 울고 있었다.

민수는 소파에 앉아 캔맥주를 마셨다.

밤은 차츰 더 깊게 무르익어 가고 있었다.

"왜 날 거부하는 거지?"

그가 어둠 속에서 예린을 불러 세웠다.

"기사를 오늘까지 끝내 주어야 한다고 말했잖아."

"단지 그뿐인가?"

"……."

그녀는 쉽게 말문을 트지 않았다.

"왜 말 못하지?"

"……그래. 그리고 난 오늘은 그러고 싶지 않았어."

"나보다도 일이 더 중요한 모양이군."

"그건……."

"왜 말 못해. 그런 거야?"

"……."

어찌해야 할지, 어떤 말을 어떻게 해야 좋을지…….

예린은 더 이상 말을 잃었다.

"항상 그런 식이야."

"……."

"도대체 거부했던 이유를 모르겠어. 정신적인 사랑도 중요하지만 그만큼 육체적인 사랑도 중요하다고 생각해. 난 더 진지한 대화를 나누고 싶었다구."

"민수 씨가 나를 좀 더 이해해 줄 수 있었으면 해."

"더 이상 무엇을 더 이해하라는 거야."

격앙된 목소리로 그가 딱 잘라 말했다.

"결혼하면 얼마든지 관계를 가질 수 있어. 하지만……."

"하지만?"

"일은 그렇지 않아. 나한테 얼마나 중요한 기사인지 알아?"

"그래, 항상 그런 식이지. 일과 결부시키지 않고서는 대화가 되지 않아. 이젠 질렸어. 이해해 달라고 말하기 이전에 이해해 줄 수는 없는 거야?"

"……"

"일이 중요한가, 아니면 우리 관계가 중요한가?"

"……"

"요즘 들어서는 우리 관계가 너무 무의미한 것 같아. 언제 우리가 제대로 된 식사 한번 같이 해봤어? 아니지, 식사는 고사하구 커피 한번 다정하게 마셔봤냐구?"

더 이상 민수는 말을 꺼내지 않았다.

그는 자신의 뺨을 갈기던 예린의 눈빛을 생각했다. 추악하고 저질 스럽게 쳐다보던 그녀의 눈빛을.

한동안의 정적이 지나고 주방에서 미세한 움직임이 느껴졌다.

"미안해."

마지막으로 들려 온 예린의 목소리였다. 그리고 예린은 돌아갔다.

난감함이 속절없이 어둠 속에서 꿈틀거렸다.

그녀가 가고 난 자리는 썰렁했다. 그녀가 있다고 해서 특별히 다를 것도 없었다. 그럼에도 불구하고 그녀가 떠나고 없는 이 자리는 왜 이렇게 허전한 것인지.

또다시 파고든 외로움.

어디에서부터 어떻게 잘못되어진 것인가.

민수는 남은 맥주를 모조리 마시고 그것도 모자라 양주를 꺼내다가 쓸쓸한 마음을 제 스스로 위안하며 밤의 유혹을 받아 삼켰다.

오늘은 김 선배와 만나기로 약속이 되어 있었다.

그는 아파트 주차장에 세워져 있는 자신의 흰색 중형 승용차에 올라 시동을 걸었다.

아파트 입구를 벗어난 그의 승용차는 차도로 들어서며 본격적인 달음박질을 생각하고 있었다. 하지만 얼마 가지 못해서 속력을 잃고 지루함을 감수해야 했다.

지하철 공사 때문에 부분 통제된 차도가 차들로 빽빽하게 들어서 있었다.

그의 얼굴에 짜증이 배어났다. 아스팔트의 지열과 매연이 쾨쾨하게 코끝을 찌르는, 가만히 있어도 저절로 등짝을 통해 땀이 흘러내리는 그런 무더운 날씨였다.

얼마를 그렇게 차도에서 아무것도 하지 못하고 발만 동동 구르고 있어야 할지, 민수는 그 길로 들어선 것을 후회하고 있었다.

김 감독의 영화사에 도착한 것은 그 후로 한 시간 반가량 경과한 뒤였다. 길이 막히지 않았다면 사십 분 정도면 충분히 도착할 수 있는 거리였다.

영화사 안은 상당히 분주했다. 그가 들어서자 여직원이 알아보고 인사를 했다.

잠시도 쉴 틈 없이 직원들이 바쁘게 움직였다. 그 중에는 김 감독도 합세하여 있었다.

그는 언제나 그랬다. 촬영 준비만큼은 손수 확인하는 것이 그의 철칙이기도 했다. 그러다 보니 자연 조감독이 깨지는 경우가 많은 편이었다.

"한 작가 얼굴이 좋아진 것 같아."

김 선배의 목소리는 언제나 힘이 넘쳐흘렀다.

"그래요?"

민수의 입가에도 역시 미소가 가득 피어났다. 김 감독을 접할 때면 그는 자신도 모르게 편안해졌다.

그의 사무실로 민수는 안내되어 들어갔다. 여직원이 커피를 끓여 내왔다.

"촬영 들어가기 전에 한 작가 집에서 진하게 한잔해야지?"

"좋습니다. 언제든 날짜만 잡으십시오. 나머진 제가 다 준비할게요."

준비할 거라야 고작 소주와 간단한 안주 몇 개가 전부였다. 그렇게 소박한 것을 즐겨 하는 그였다. 하지만 필름이 돌아가기 시작하면 불호령이 끊이지 않는 호랑이 감독으로 돌변하는 그였다.

"시나리오는 완벽해. 중간에 몇 부분만 간단히 수정을 본다면 더할 나위 없겠어."

그는 어느새 업무에 관한 이야기를 이끌어 가고 있었다.

"신경 좀 더 써 줘. 이번에도 촬영하는 틈틈이 신세 좀 많이 지자구."

"제가 뭐 도와 드릴 게 있어야죠."

민수가 재떨이에 담뱃재를 털며 말했다. 김 감독의 얼굴에는 연신 만족스런 표정이 서려 있었다.

"이번 작품으로 영화제 욕심 좀 내보자구."

그 말을 마치고서 김 감독이 허탈하게 웃음소리를 만들었다. 민수도 덩달아 웃었다.

"캐스트는 정했습니까?"

“걱정이야. 신선한 인물이 없어서.”

“알려지지 않은 신인이었으면 좋겠는데…….”

“나도 같은 생각이야. 여배우가 오기로 되어 있는데…….”

그의 말이 채 끝나기도 전에 노크 소리가 기다렸다는 듯이 들려왔다. 바로 얼굴을 내민 것은 조감독이었다. 그 뒤에 이십대 초반의 여자가 서 있었다.

그녀는 상당히 앳돼 보이는 편이었다.

“고다은입니다.”

그녀는 자신을 또박또박 소개했다. 민수는 그녀의 목소리가 꽤 아름답다고 생각했다.

“이 아가씨가…….”

민수가 김 감독을 쳐다보며 말하자 그가 고개를 끄덕였다. 김 감독은 옆에 있는 사람까지 무안할 정도로 여자의 얼굴과 몸매를 세세하게 살폈다.

민수도 나름대로 다은을 유심히 살폈다.

“활동 경력은?”

“고등학교 때 CF 한번 촬영한 것밖에 없어요.”

“왜 대학은 가지 않았지?”

“공부엔 자신이 없었어요. 가고 싶지도 않았구요. 무엇보다 내가 하고 싶은 일을 후회 없이 해보고 싶었어요.”

“힘들 텐데.”

“네. 자신 있어요.”

“우선 시나리오를 줄 테니까 연습이나 해봐요.”

김 감독의 면담은 그것으로 끝이 났다.

다은은 곧 자리에서 일어났다. 민수는 그녀의 뒷모습을 보며 꽤 신선해 보인다고 생각했다.

"한 작가, 마음에 들어?"

"신선하긴 한데……."

"어딘가 부족한 것 같지 않아? 하지만 또 보면 볼수록……. 그건 그렇고 한 작가, 오랜만에 소주나 한 잔 하자구."

김 감독이 시계를 보며 말을 건넸다. 밖은 아직 훤한 대낮이었다. 그렇지만 언제나 그렇듯 그는 술을 가려 가며 마시는 사람이 아니었다.

"차를 가지고 왔는데……."

"조감독 있잖아."

서슴없이 김 선배가 조감독을 지목했다. 그러자 조감독이 털털하게 웃어넘겼다.

조감독은 술을 전혀 못하는 사람이었다. 한잔만 마셔도 현기증과 두드러기가 나는 그런 요상한 체질이었다.

오늘도 김 감독의 등살에 민수는 사양할 수 없었다. 또한 오랜만에 그와 함께 하는 자리이기도 했기 때문에 빠져나올 수 없었다.

여자와 남자

커피숍 〈아리아〉의 통유리창 밖으로 한강이 시원스레 펼쳐져 보였다.

수연은 약속시간 삼십 분이 지나도록 나타나지 않고 있었다. 벌써 재떨이에는 담배꽁초가 수북하게 쌓여 있었다.

커피숍 문이 열리는 소리가 들릴 때마다 민수는 그쪽으로 고개를 돌려 들어오고 나가는 사람들을 확인했다. 손목시계는 벌써 두 시 삼십 분을 가리키고 있었다.

그가 다시 무료함을 달래기 위해 담배를 물었을 때였다. 수연이 커피숍 안으로 들어오는 모습이 보였다.

두 달 만에 보는 수연이었다.

그녀가 민수를 알아보고 방긋 웃어 보였다.

"얼마만이야?"

"미안해요, 오빠."

"아니야, 어서 앉아."

그녀의 얼굴은 수척한 편이었다. 그러나 그 수줍고 온화한 얼굴은 변함이 없었다.

"뭐로 하시겠어요?"

아르바이트생이 메뉴판을 내려놓으며 말했다.

"……?"

민수가 수연을 보며 고갯짓을 해 보였다.

"아이스커피."

"같은 걸로 주세요."

아르바이트생이 돌아간 후 담배연기가 묵묵하게 피어올라 대화 없는 자리를 메꾸었다.

"그땐 정말 고마웠어요."

"고맙기는, 나도 즐거웠는걸."

잠시 후 아르바이트생이 주문한 차를 가져다 테이블에 위에 올려놓고 돌아갔다.

"그동안 많이 예뻐진 것 같아."

"오빠두……."

그러며 수연이 살며시 웃었다.

민수가 자신이 입고 있는, 수연이 입었었던 아이보리색 남방의 깃을 무의식중에 세우며 그녀를 쳐다보았다.

"그동안 왜 연락하지 않았어? 전화 얼마나 기다렸는지 알아?"

"죄송해요. 그동안 바빴거든요."

"어떻게 지냈는데?"

"……"

"말해 봐, ……못 보는 사이에 얼굴이 핼쑥해졌는데. 무슨 일이 있었던 거야?"

그가 찬찬히 그녀의 표정을 살피며 말했다. 수연은 여전히 묵묵부답으로 앉아 있었다. 그러다가 차츰 시무룩해졌다.

"답답해요. 어디든 가슴이 탁 트이는 그런 곳으로 떠났으면 좋겠어요."

"……."

"후우……."

한숨을 내쉬는 그녀의 눈가에서 무엇인가가 반짝거렸다. 민수는 그녀에게서 외로움을 발견할 수 있었다. 하지만 더는 내색을 하지 않았다.

무엇 때문에 그러는지는 몰랐지만 민수는 그녀의 기분을 풀어 주고 싶었다.

"수연이가 가고 싶어 하는데 이렇게 앉아 있으면 도리가 아니지."

그러며 곧 수연을 일으켰다.

그들은 커피숍에서 나와 바로 승용차에 올라탔다.

"어디로 갈까?"

그가 핸들을 잡고 액셀러레이터를 지그시 밟으며 수연을 쳐다보았다.

"아무 데나 좋아요. 서울이라는 이 답답한 공간만 벗어난다면 전 어디든……."

"내가 아는 곳이 있는데. 그럼 그리로 갈까? 수연이도 마음에 들 거야."

그의 마음은 어느새 들뜨고 있었다. 그의 승용차는 서울을 벗어나기 위해 안간힘을 써 댔다.

 핸들을 의식한 채 그가 다른 손으로 핸드폰을 집어 들었다. 무작정 가는 것보다는 만일의 사태에 대비하는 것이 나을 듯싶어서 그는 목적지에 예약을 서둘렀다.

 카스테레오에서 잔잔한 음악이 흘러나오고 있었다. 차안의 디지털 시계가 막 세시를 가리키고 있었다.

 그동안 수연은 아무 말도 하지 않았다. 그저 차창 밖의 풍경에만 시선을 고정시키고 있었다.

 "이렇게 다시 만나니까 좋은걸. 그때 같아서는 다시는 만나지 못할 것 같았는데……."

 "미안해요."

 "아니야. 지금 이렇게 내 옆에 수연이가 있잖아. 그것만으로 됐어."

 그녀를 쳐다보며 민수가 웃음을 짓는다. 그녀도 어느 정도 안정이 됐는지 시트에 몸을 파묻는다.

 "누군가 옆에 있었으면 했어요."

 "이렇게 있잖아."

 "내가 아닌 다른 사람이 되고 싶어. 다른 생각은 하고 싶지 않아요. 마음껏 즐기고 또 자유롭고 싶어요. 이대로 멀리, 아무도 없는 곳으로 가고 싶어요."

 그녀가 민수를 보다가 고개를 돌려 차창 밖을 내다보며 혼잣말처럼 중얼거렸다.

 "힘든 일이 있구나. 그럴 때는 누구나 그래. 지금의 내 모습이 미치도록 싫어지기도 하고. 멀리 도망가고 싶은 생각도 들거든. 인간이라면 누구나 그러한 기분을 느낄 거야."

"그럴 땐 어떻게 해야 되지요?"

"별 방법이 없더라구. 목적지 없이 무작정 집을 떠나는 거야. 그리고 발길이 멈추는 곳에서 물마시듯이 술을 퍼마시는 거야. 내가 아니라고 생각될 때까지. 그러다 보면 무언가 알지 못하는 절실함 같은 것이 느껴져. 그러면서 내게 필요한 것이 무엇인지 알게 되지. 그건 느껴보지 못한 사람은 몰라."

"그럴 때가 많아요?"

"가끔, 사는 게 그렇지 뭐……."

"애인을 만나면 좀 편하지 않아요? 난 그럴 것 같은데. 지금 이렇게 오빠와 함께 있으니까 그런 것 같아요."

"애인……? 꼭 그렇지만은 않아."

"애인 있어요?"

"……."

그가 말없이 고개를 끄덕였다.

"몇 살……?"

묻고 있는 그녀의 안색이 그리 밝지 않다.

"동갑."

그가 딱 잘라 말했다.

"……."

"실망했어?"

"조금……. 하지만 있을 거라고 생각했어요."

수연은 애써 자신의 감정을 숨기고 있었다.

혹시나 했던 그녀의 희망은 삽시간에 무너졌다. 그녀는 자신의 얼굴빛을 보이고 싶지 않아 고개를 돌려 차창 밖을 응시했다.

"언닌 뭐 하는 사람이에요?"

차창 밖으로 시선을 고정시킨 채 그녀가 물어 왔다.

"신문사 기자."

의식 없이 그가 내뱉었다. 그러자 수연이 고개를 끄덕였다.

"어떤……?"

"연예부 취재기자야."

"그럼 연예인들 자주 만나겠다."

어린아이처럼 수연의 얼굴이 반짝거렸다.

"……."

"재미있겠어요."

"……."

그녀는 호기심에 가득 차 있었다. 하지만 민수는 그렇지 못했다. 예린을 떠올리면 답답하고 착잡해졌다. 그리 달갑지 않은 화제에 불과했다. 적어도 지금은 그랬다.

"언니를 사랑해요. 결혼할 거예요?"

"……."

그는 묵묵부답인 채 핸들을 잡고 있을 뿐이다.

그 자신도 알 수가 없었다.

그녀는 일과 사랑을 구별하지 못하는 여자였다.

자신에게 무엇이 필요한지, 중요한지 그녀는 알고 있을까?

민수의 혈색이 어두워졌다. 생각할수록 감당하기 힘들었다. 어쩌면 그 오래 전부터 감당하기 힘든 상태였는지도 모른다. 그녀에게서 발견할 수 있는 것이라고는 아무것도 없었다.

"없는 사람 얘기는 하지 말자."

쓸쓸한 표정을 삼키며 그가 말했다.

"언니를 한번 만나보고 싶어요. 난 능력 있는 여자가 좋더라."

수연의 말이 마치 예린을 동경하는 것처럼 들렸다. 그 말을 끝으로 그녀는 더 이상 예린을 화젯거리로 삼지 않았다.

차창 밖으로 풍성한 초록의 향연이 이어지고 있었다. 도심을 벗어나면서부터 민수는 차창을 모두 내려 착잡해진 기분을 달래고 있었다.

바람이 차창을 통해 들어와 그의 이마를 어루만졌다.

수연은 마냥 즐거워 보였다.

그의 승용차는 양평을 지나고 있었다. 차창 밖으로 짙푸른 녹색의 강줄기가 보기 좋게 어우러져 그들을 포용하고 있었다.

"오빠 말대로 나오길 정말 잘한 것 같아. 몇 년 동안 쌓였던 체증이 한꺼번에 확 풀리는 것 같아요."

수연이 엉덩이를 들썩거리며 연신 창밖을 내다보았다.

민수는 자신과 수연만을 생각하기로 했다. 구차한 생각들을 끌어내 괜한 신경을 쓸 필요는 없었다.

"다음 휴게소에서 잠깐만 세워 주세요."

얼굴이 붉게 물든 채 수연이 수줍게 말을 꺼냈다.

"왜?"

그는 앞차와의 간격을 유지하며 방어 운전에 여념이 없었다.

"……"

수연은 난처한 표정이었다.

"피곤해?"

여전히 앞차와의 거리를 재며 그가 말했다.

"저……."

홍당무가 되어 버린 수연의 얼굴이 민수를 얄밉게 흘기고 있었다.

"응?"

그제야 민수가 그녀를 쳐다보았다. 그제야 민수는 그녀가 해결하려 했던 것을 짐작할 수 있었다.

민수가 키득키득 안으로 웃음을 삼켰다.

"정말 그러기예요."

그녀가 토라진 듯 앙증맞게 민수를 흘겼다.

"자꾸 이러면 차에서 뛰어내릴 거예요."

"알았어. 안 그럴 게."

그는 억지로 웃음을 참으며 곤욕스러워했다.

"급해요."

사태를 짐작한 그가 서둘러 액셀러레이터를 힘껏 밟았다.

그렇게 긴박하게 얼마를 달리자 어렵사리 휴게소를 발견할 수 있었다.

승용차를 주차시키자마자 수연이 발을 동동 구르다가 차문을 열고 쏜살같이 화장실을 찾아 들어갔다.

민수는 담배를 꺼내어 입에 물었다. 라이터를 켜자 담배연기가 달콤하게 일어섰다.

"이거 드세요, 오빠……."

그녀가 돌아오는 길에 커피를 뽑아 왔다.

카스테레오에서 신세대 댄스 듀오 노래가 흘러나오자 그녀가 작은 율동을 곁들여 가며 노래를 따라 불렀다.

커피 특유의 달콤하고 그윽한 향기가 차안에 배어들고 있었다.

"아깐 정말이지 일내는 줄 알았어요."

그러며 수연이 그를 넌지시 넘겨보았다.

"그래, 그런 줄 알았으면 휴게소를 그냥 지나쳐 가는 건데."

민수가 그렇게 놀리자 수연의 얼굴이 다시 벌겋게 일어섰다.

"자, 이제 다시 출발해 볼까."

차가 속도감을 확인하고 있을 때 수연이 달아오른 얼굴로 말했다.

"얼마나 더 가야 해요?"

"앞으로 오십 분쯤……."

"어떤 곳이에요?"

"비밀. 피곤할 텐데 눈이라도 잠깐 붙이지 그래……."

더위가 가득 실려 있던 바람은 언제부터인지 선선하게 식어 가고 있었다. 그 뜨겁던 햇살도 시들기 시작했다.

막 잠든 수연의 호흡 소리가 새근새근 차안을 굴러다녔다. 잠들어 있는 그녀를 민수는 가끔 넌지시 바라보았다.

'수줍은 여자'

민수는 그녀의 체취에 후각을 곤두세우고 있었다. 깊게 숨을 들이마실 때마다 여지없이 그녀의 수수하고 수줍은 체취가 선명하게 느껴졌다.

비포장도로를 달리고 있었다. 차체가 이리저리 흔들릴 때마다 혹시나 수연이 깨지는 않을까 하고 그가 힐끗 넘겨다보곤 했다. 그는 되도록 차체의 흔들림을 줄여 나갔다.

얼마나 갔을까.

"여기가 어디예요?"

그녀가 흐트러진 머리카락과 자세를 고쳐 앉으며 말했다.

"깼어. 이제 조금만 더 가면 돼."

"……."

차체와 함께 흔들리며 수연이 차창 밖을 두리번거렸다.

산세가 우거진 비포장도로였다. 차 한 대가 겨우 지나갈까 말까 한 좁은 길이었다. 차창으로 나뭇가지와 한 키가 훨씬 넘는 억새풀이 날카롭게 부딪쳐 왔다.

"너무 으슥해요. 무언가 으스스한 것이 나올 것만 같아."

조금은 걱정되는 듯한 그녀의 목소리였다.

"가끔은 도깨비가 나타나기도 하지."

"어머, 왜 그래요. 가뜩이나 무서운데……."

서로를 바라보는 그들의 눈에는 편안함이 담겨 있었다.

저 앞으로 이정표가 보였다. 이정표엔 〈통나무집 오십 미터〉, 라고 굵직굵직한 글자가 적혀 있었다.

"어머 저 앞에 통나무집, 이란 글자가 적혀 있어요."

먼저 발견한 수연의 목소리는 반가운 친구라도 만난 것처럼 몸을 들썩들썩 거렸다.

오십 미터쯤을 더 들어가자 제일 먼저 주차장이 눈에 들어왔다. 주차장이라고 해봐야 고작 십여 대 정도 주차시킬 수 있는 흙바닥이었다. 그것도 비스듬하게 경사진 상태였다.

차를 주차시키고 안으로 더 들어가자 통나무로 깎아 만든 통나무집이라는 간판이 보였다. 그들이 안으로 들어가자 주인인 듯 보이는 사십대 초반의 남자가 반색을 하며 뛰어나와 그들을 맞이했다.

"한 작가 오랜만에 오셨습니다."

그가 곧 반갑게 민수를 향해 악수를 청해 왔다.

주인은 텁수룩하게 턱수염을 기르고 있었으며 수더분한 인상이었다. 그리고 다정다감한 이미지가 그의 곳곳에서 부담 없이 배어 나오고 있었다.

민수는 이곳의 단골손님인 격이다. 일 년에 서너 번씩은 꼭 들리곤 했다. 대개가 작업을 하다가 쉽게 일이 풀리지 않을 때 찾아와 쉬어 가는 곳이었다.

"약혼녀……?"

주인이 민수를 수연을 번갈아 쳐다보면서 말했다.

"……."

대답 없이 민수가 입가에 연한 웃음을 만들었다. 수연도 그 말이 듣기가 좋았는지 얼굴에 화색을 띠었다.

"결혼을 약속한 사이에요."

불쑥 수연이 주인에게 말을 전하며 민수의 허리를 감쌌다. 그녀의 눈에는 장난기가 가득 서려 있었다.

"그러십니까. 결혼하실 때 저도 꼭 좀 불러 주십시오. 국수 좀 얻어먹게."

"그럴 게요. 꼭 오세요."

"그럼요. 한 작가 결혼식이라면 급한 일이 있더라도 접어 두고 달려가야지요."

두 사람의 대화 사이에서 민수는 그저 멋쩍게 서 있을 뿐이다.

"자, 올라가시지요. 늘 쓰시던 통나무집을 비워 놓았습니다. 시장하실 텐데 저는 식사를 준비해서 올라가겠습니다."

주인이 민수에게 통나무집 열쇠를 건네주었다.

맑은 공기가 코끝을 간지르고 있었다. 숲 속 안쪽으로 걸어 들어가자 이름 모를 산새의 지저귐이 아늑하게 들려왔다.

"저 아저씨 상당히 재미있는 분 같아요."

"좋은 사람이야."

"여긴 어떻게 알게 됐어요?"

"몇 년 전에 촬영차 왔다가……."

중간 중간에 통나무집이 안락하게 자리를 잡고 앉아 있었다. 조금 더 안으로 들어가자 신선한 강바람이 불어왔다. 그리고 그 아래로 방 갈로가 간격을 두고 나란히 줄 서 있었다.

"이런 곳에 살면 정말 좋겠어요."

"그래."

통나무집 안으로 들어서자 먼저 더블 침대가 보였고 TV, 냉장고, 그리고 한쪽으로 욕실 문이 열려져 있는 것이 보였다. 그리고 통나무 특유의 그윽한 냄새가 흘러나왔다.

"정말 멋져요."

"마음에 들어?"

"네."

수연은 민수의 몸에 가볍게 기대어 본다. 살짝 얼굴을 기댄 것뿐인데 마음까지 그의 가슴에 안기려 한다.

편안하다. 이렇게, 이렇게 시간이 멈추어 버렸으면…….

"그리웠어요. 힘들 땐 오빠를 생각했어."

사방은 탁 트여 있었다. 하지만 둘러보아도 보이는 건 아무것도 없었다. 어둠 속인 것도 같았고 깊은 수렁 속에서 질퍽이고 있는 것도 같았다.

그렇지만 두렵다거나 거북한 느낌은 전혀 없었다. 몸이 날아갈 듯 한결 가볍게 느껴졌고 그 기분에 주체할 수 없이 흐느적거릴 수밖에 없었다.

그 어떤 것도 필요치 않았다. 남자의 가슴에 안겨 있는 그 순간이 그저 하염없이 좋을 뿐이다. 수연에게 더한 욕심은 없었다.

민수가 먼저 문을 열고 밖으로 나왔고 뒤이어 수연이 바짝 그의 뒤를 따랐다. 불같이 달아올랐던 열기 때문인지 문을 열고 나오자 후끈한 이성의 열기를 바람이 시원하고 촉촉하게 적셔 주었다.

언제 왔는지 사장이 바비큐 판에 숯불을 지펴 놓고 있었다.

"특별히 가장 맛좋은 부위로 마련했어요."

그가 통나무집 안에서의 상황을 짐작하듯 나긋한 목소리로 말했다.

"그리고 더 필요한 것이 있으시면 인터폰을 사용하세요."

바비큐 불판 옆에 붙어 있는 인터폰을 가리키며 그가 말하고는 오토바이를 타고 그들만 남겨 놓은 채 사라졌다.

민수와 수연이 통나무 탁자 앞으로 다가가 의자에 앉았다. 의자도 통나무로 변형 없이 만든 것이었다.

“시장하지?”

“…….”

수연이 한껏 부풀어 오른 얼굴로 말없이 고개만 끄덕였다.

“먹어 봐. 여기 음식 맛은 일품이야.”

그가 불판 위에서 자지러들고 있는 생고기를 뒤적이며 말했다. 그리곤 잘 익은 것을 골라 수연의 접시 위에 올려 주었다.

“이런 곳이 있는 줄은 몰랐어요. 통나무집과 바비큐라……. 정말 낭만적이에요”

“마음에 든다니 다행이야.”

민수는 시식을 하는 수연을 쳐다보며 반응을 기다리고 있었다.

“맛있어요!”

감칠맛을 느끼며 수연이 말했다. 그녀의 얼굴에서 뿌듯한 행복이 피어나고 있었으며 눈에서는 맑은 샘물과도 같은 반짝임이 흘러나오고 있었다. 일단 민수는 그녀의 만족스러움을 발견하며 안심할 수 있었다.

“술 생각이 나는데 한잔할까?”

“좋아요.”

“맥주?”

“아니, 전 소주가 더 좋아요.”

그가 주인이 가져다 놓은 바구니에서 소주를 꺼내 통나무 탁자에 올려놓으며 바비큐 불판 위에서 익어 가고 있는 생고기를 신경 써서 뒤적거렸다.

수연이 먼저 그에게 잔을 내밀며 소주를 따랐다.

"오빠 없었으면 이런 기분 느끼지 못했을 거야. 지금은 그 어느 때보다도 홀가분하고 편안해. 오빠는…… 친 오빠처럼 포근해요."

수연의 얼굴에 어두운 그림자가 깃들었다가 사라졌다.

"자, 들자."

그림자를 지우려는 듯 그가 수연을 향해 술잔을 들어 보였다.

"……."

"이곳에선 아무 생각도 하지 마. 편안하게 쉬다가 가면 되는 거야."

"오늘은 아무리 마셔도 취하지 않을 것 같아요."

식사를 마친 뒤 그들은 산책을 나섰다. 그들 주위로 어둠이 사근사근 내려앉고 있었다.

어둠 속 저편에서 바람에 이끌려 드는 강물의 잔물결 소리가 어렴풋이 들려 왔고 풀벌레의 이름 없는 연주 소리가 아늑하게 그들을 향해 밀려들어왔다.

한쪽 팔을 수연에게 내준 채 그의 다른 손에는 자그만 간이 손전등이 들려져 있었다. 하지만 손전등을 켜지는 않았다. 손전등을 켜지 않더라도 달빛 때문에 걷는 데는 별 지장이 없었다.

"난 오빠를 사랑하고 있는 것 같아요."

혼잣말처럼 그녀가 중얼거렸다.

'사랑…….'

사랑이란 감정은 대체 무엇인가?

남녀 간의 사랑은 헤아릴 수 없는 미묘함에서부터 시작되는 것이 아닐까.

그는 자신에게 의지하며 걷고 있는 수연과의 관계를 미묘함에 견주고 있었다.

여름밤의 낭만적이고 적막한 분위기를 온몸으로 받아들이며 남녀는 한마음과 한 몸으로 거닐고 있었다.

"오빠에게 안겨 있는 내가 지금 이 순간 얼마나 행복한지 알아요? ……오빠 생각이 나요. 하필이면 암에 걸려서……. 오빠가 그렇게 돌아가실 줄은 몰랐어요."

'그랬구나'

민수는 그제야 수연이 왜 시무룩해 있었는지 알 수 있었다. 민수는 그녀의 어깨를 힘껏 끌어안았다. 그가 해줄 수 있는 것은 그것뿐이었다.

그들은 얼마간을 그렇게 걸었다.

"저쪽에 누군가 있는 것 같아."

"……?"

민수가 손가락으로 가리킨 곳은 으슥하고 음산하기 그지없는 곳이었다. 그가 수연의 손목을 끌어당기며 사뿐사뿐 발걸음을 옮겼다.

"왜 그러세요?"

"가보면 알아."

그러며 그가 조금 더 안쪽으로 수연의 팔을 잡아끌었다. 얼마 정도 안으로 걸어 들어가자 여자와 남자의 상기된 말소리가 들렸다.

"여기서는 싫어. 누가 보면 어쩌려고 그래요."

"괜찮아. 누가 이 시간에 여기에 오겠어. 이런 데서 즐기는 것도 다 경험이 되는 거야. 색다르잖아. 난 도저히 참을 수가 없을 것만 같아. 더 흥분이 되는데. 여태까지 느끼지 못했던 스릴도 느껴지고……. 이리 가까이 와."

관계를 갖느냐 마느냐 하는 남녀의 의견이 오고가고 있는 중이었다. 남자는 어림잡아 삼십대 중반인 것 같았고 여자는 그보다 훨씬 어려 보였다.

"나한테 맡기고만 있으면 돼……. 빨리, 이제 더는 참을 수가 없을 것 같아."

말을 마침과 동시에 남자가 여자에게 숨가쁘게 달려들었다.

민수와 수연의 호흡 소리도 그와 동시에 쥐 죽은 듯 조용해졌다.

키스를 하는 것 같았는데 어느새 여자의 목을 타고 남자의 입술이 가슴께를 향하고 있었다.

"아……."

여자의 갈라진 입에서 질퍽하게 젖어 든 커다란 신음 소리가 흘어져 나왔다.

"혜리의 신음 소리는 나를 미치게 만들어……."

"빨리 끝내요."

"보채지 마. 걱정하지 않아도 된다니까."

여자를 안정시키며 남자가 저돌적으로 애무하기 시작했다.

거친 신음 소리가 숨어서 지켜보고 있는 수연과 민수에게까지 들려왔다. 소리가 들려오는 곳에 귀를 쫑긋 세운 채 둘은 야릇한 흥분 속에 덩달아 도취되고 있었다.

남자는 여체에 매료되어 질퍽한 땀으로 흠뻑 젖어 들고 있었다.

"미칠 것만 같아. 아아……."

여자의 입에서 자지러질 듯한 신음이 흘어져 나왔다.

신음 소리를 주워듣는 민수와 수연의 맞잡은 손 사이로 진땀이 배어

나왔다.

그러는 둘 사이를 갈라놓으려는 듯 빗방울이 한두 방울 떨어지더니 금방 굵은 빗줄기로 변했다.

"젠장, 하필 이럴 때 비가 온담."

남녀는 달아오르다가 말고 비를 피해 사라졌다.

" 우리도 돌아갈까?"

"……."

빗줄기가 점점 더 굵어지고 있음에도 그녀는 그것에 신경을 쓰지 않았다.

"괜찮겠어?"

"……."

빗줄기는 더더욱 굵어져 그들의 옷을 흠뻑 적시고 있었다.

앞, 뒤, 옆, 가릴 곳 없이 사방 일 미터가 채 보이지 않는 빗속이었다. 둘 사이에 빗줄기는 무색하게 사그라들 뿐이다. 그 무엇도 남녀 사이에 희망처럼 생성된 교감의 이치를 방해할 수는 없었다.

빗줄기가 굵어지면 질수록 그들은 불길 같은 전율을 자제하지 못하고 간절하게 서로를 더듬었다.

그에게 있어 수연은 미지의 세계였다. 수줍은 미래였으며 알 수 없는 기쁨의 줄기였다.

아무 소리도 들리지 않았다. 폭우가 한치 앞도 보이지 않을 정도로 쏟아지고 있었음에도 그들은 그 소리를 듣지 못했다.

폭우만큼 강렬하게 여자와 남자는 뒤엉켜 격렬한 몸부림을 일구었다. 여체의 유연한 몸부림은 얼굴에서도 찾을 수 있었다. 희열을 감당하지 못하고 요상 야릇하게 일그러졌다 퍼지는 여자의 활짝 벌려진 얼굴은 신기할 정도였다.

"아, 수연인 나를 참을 수 없게 만들어."

"아아! 으음……."

민수는 계속해서 수연을 탐험해 들어갔다. 더 깊고 진득한 곳으로, 아득한 곳으로 다가갈수록 몽롱함에서 헤어날 수 없었다.

죄악이라고 해도 좋다. 헤아릴 수만 있다면…….

둘은 발광하듯 몸부림쳤다. 그럴수록 끈끈한 타액이 온몸으로 스며들었다. 남녀 사이의 유일한 희망은 그것이 전부인 것처럼 느껴졌다.

그녀가 자세를 바꾸어 엉덩이를 들추었다. 그러자 더 많은 것을 민수는 그녀에게서 보여줄 수 있었다.

수연은 어쩌지 못하고 자신을 내던지고 있을 뿐이다.

"아……. 오빠, 이대로 죽을 것만 같아. 어쩌면 좋아. 으음……."

희열에 가득 찬 울음소리 같았다.

행복인지. 고통인지.

그녀의 눈가에서 빗물인지 눈물인지 알 수 없는 뜨거움이 맺혀졌다가 흘러내렸다.

수연은 울고 있었다. 발버둥치고 있었으며 자지러들고 있었다. 이제 더는 견디지 못할 것만 같았다. 민수도 마찬가지였다.

한곳에 모든 감각이 집중되어 폭발하기 일보 직전이었다. 뒤엉켜 몸부림치는 둘의 속도는 놀랄 만치 빨랐다. 그러다가는 어느 지점에선지 추락하기 시작했다.

급격하게 선회하며 추락하는 것은 남자였다.

여자의 이완 작용으로 남자는 힘없이 무너져 내렸다. 일순간 미친 듯이 도리질치던 남자의 가슴은 여자의 몸속에 맑은 생명의 빛을 쏟아부었다.

여자는 연약한 가슴속에 절정의 쾌감을 간직하며 서서히 식어 갔다.

마지막 꿈틀거림을 강조하며 남녀는 현실로 돌아왔다. 서둘러 젖은 옷을 주워 입고 그들은 통나무집을 향해 달리기 시작했다.

그림자

착잡함이 밀려왔다. 섹스에 의존하는 자신의 일상이 무의미할 뿐이었다. 하지만 그것에서 벗어나려 하면 할수록 그는 헤어 나오지 못할 수렁으로 깊숙하게 빠져드는 자신을 발견했다.

섹스가 가져다주는 의미는 무엇일까.

사랑이란 글자 뒤에 그림자처럼 따라다니는 유혹, 사랑이 없더라도 그것은 희망처럼 남녀 사이의 필수품이 되어 있다.

민수는 복잡한 머릿속을 정리하지 못하고 있었다. 그와 함께 두통이 아찔하게 느껴졌다.

남자를 이끄는 것은 무엇인가.

"무슨 생각을 그렇게 골똘하게 하고 있는 거야?"

김 감독이 민수를 주시하며 말했다.

"아, 아닙니다."

"무슨 걱정거리라도 있는 거야?"

"죄송합니다. 계속하지요."

무색하게 창밖을 내다보던 민수가 정신을 가다듬으며 펜을 들어 시나리오를 주시했다.

그들은 한참 콘티를 작성하고 있는 중이었다. 시나리오 상으로 보아 주의해야 할 부분 부분을 민수가 김 감독에게 신중하게 인식시켜 주었다.

짧은 신음을 쏟아 내며 김 감독이 기지개를 켰다.

"피곤한걸."

"⋯⋯."

"한 작가, 이젠 다시 메가폰 잡을 때도 됐잖아?"

"⋯⋯."

민수가 대꾸 없이 가볍게 웃어넘겼다.

그러자 김 감독이 어깨와 목의 뻐근함을 풀며 다시 말을 붙여 왔다.

"한 작가, 능력을 썩힐 거야."

"너무 띄우지 마세요. 감독은 아무나 하는 겁니까."

"겸손해 하는 것도 때가 있는 거야."

"지금은 이대로가 좋습니다. 언젠가는 하고 싶다는 용기가 생기겠죠."

그러며 민수가 펜을 들고 시나리오의 다음 씬을 체크했다. 그때 핸드폰이 리듬을 살리며 경쾌하게 울렸다.

"한민수 씨?"

여자의 상냥한 목소리였다.

"그렇습니다만⋯⋯."

"저예요, 나유리."

"아, 유리 씨. 지금 어디십니까?"

반가운 사람을 만난 것처럼 그의 목소리에는 설렘과 흥분이 흘러넘치고 있었다.

"서울이에요."

"언제 올라오셨습니까?"

"지금 막. ……시간 있으세요?"

"지금?"

"네. 어디 좀 함께 가 주셨으면 해서요. 곤란하시다면……."

약속 장소인 호텔 커피숍은 여유로운 편이었다. 커피숍으로 들어선 민수는 쉽게 유리를 발견할 수 있었다. 유리도 그를 쳐다보곤 반색하며 손짓으로 유도했다.

"얼마 만이에요?"

"그동안 어떻게 지내셨습니까?"

"잘 지냈어요. 그리고 민수 씨가 무척 보고 싶었어요."

"저도 그랬습니다."

"왜 그동안 한 번도 전화가 없으셨어요?"

"바빴습니다."

그의 얼굴에는 연상 진한 웃음이 서려 있었다. 유리도 예외는 아니었다.

둘은 아이스커피를 주문했다.

"유리 씬 어쩐 일로……?"

"친구 때문에……."

유리의 얼굴에 속절없이 어둠이 깔려 내렸다.

"친구라면?"

"가보면 알아요. 빨리 나가고 싶어요. 가요, 가면서 얘기해요."

커피에 입도 대지 않았는데 그녀가 민수의 팔을 서둘러 잡아끌었다. 어디로 향하는지 영문도 모른 채 민수는 그녀의 손을 뿌리치지 못하고 그대로 끌려가고 있었다. 로비를 지나 밖으로 나오며 그녀가 모범택시를 잡아 세우려 했다.

"잠깐, 제 차로 가시지요."

그가 유리의 행동을 막으며 말했다.

"그래요. 그러는 것이 낫겠어요. 고마워요."

"아닙니다. 별 말씀을……."

두 사람은 곧 승용차에 올라탔다. 그동안 유리는 시무룩한 채 단 한 마디도 하지 않고 있었다.

민수는 시동을 걸고 가볍게 엔진을 공회전 시켰다. 유리는 여전히 무슨 생각엔가 깊숙이 빠져 있었다.

"가는 곳이 어딥니까?"

"……네."

"어디로 가면 되죠?"

"수원으로……."

"수원?"

액셀러레이터를 지그시 밟자 승용차의 차체가 준비운동 삼아 가볍게 떨렸다. 민수는 생각에 빠져 있는 유리를 뒤로하고 핸들에 온 신경을 집중시켰다.

승용차는 곧 빽빽하게 정체 현상이 빚어지고 있는 도로로 힘겹게 파고들었다.

"답답해요."

넋을 잃고 창밖을 내다보던 유리가 자그만 목소리로 중얼거렸다.

"그래요. 제가 생각하기에도 서울은 교통지옥인 것 같아요."

"……그래서 서울이 싫어요. 너무 복잡해."

"그런데 수원에는 왜……?"

"차차 알게 될 거예요."

시무룩함을 감추지 못하며 그녀가 말했다.

혼잡한 서울을 거북이걸음으로 벗어난 승용차는 어느 시점에서부턴가 제 속도를 발휘하고 있었다.

차창 밖으로 먹장구름으로 뒤덮인 하늘이 보였다. 얼핏 차창에 빗방울이 한두 방울씩 튀고 있었다.

수원에 가까워질 즈음 그녀가 담배를 꺼내어 입에 물었다. 담배연기가 가볍게 떨리며 차창 밖으로 흘러 나갔다.

여전히 그녀는 입을 봉한 상태였다. 그녀의 얼굴에서 집요한 흔들림이 느껴졌다.

빗방울이 굵어지기 시작했다. 윈도브러시를 작동시킬 때쯤 유리가 말문을 터뜨렸다.

"구치소로 가 주세요."

"구치소?"

"네."

민수도 더 이상은 묻지 않았다. 그녀의 짤막한 대답에 주눅 드는 기분이었다. 가보면 알 일이었다.

구치소 앞에 승용차를 주차시킨 민수가 먼저 내려 트렁크에서 큼지막한 파라솔 우산을 꺼낸 다음 유리를 차에서 내리도록 했다.

"고마워요."

그녀가 우산을 받쳐 든 민수에게 미소를 보이려 했지만 오히려 그런 표정이 훨씬 더 어설퍼 보였다.

접수를 마치고 면회를 기다리는 동안에도 그녀는 안절부절못하고 있었다. 어찌할지 몰라 하는 그녀의 서늘한 어깨를 민수가 팔로 감싸 안정을 취하도록 만들었다.

벤치에는 면회를 기다리는 사람들의 초조한 얼굴이 겹쳐져 있었다. 그 중에 유독 유리의 얼굴이 민수의 가슴을 안쓰럽게 만들었다.

삐, 소리가 들리는가 싶더니 사람들이 제각각 자그만 문이 다닥다닥 붙은 안으로 들어갔다. 민수와 유리도 접수할 때 알려 받은 호실 안으로 들어갔다.

그들을 제일 먼저 반긴 것은 쇠창살과 투명 유리창이었다. 썰렁함이 느껴졌다. 유리는 극도로 흥분한 상태였으며 금방이라도 그 자리에 쓰러질 것만 같았다.

쇠창살 건너편의 문으로 수의를 입은 여자의 가슴 부위께 이천칠백칠십 번이라는 수감 번호가 그의 시선을 집중시켰다.

여자의 얼굴은 까칠하고 핏기 하나 없어 보였다. 그리고 왜소한 편이 아니었음에도 작고 초라해 보였다.

"미지야!"

유리가 먼저 참지 못하고 투명 유리창으로 달려들듯 매달렸다.

"왜 그랬어?"

"……."

싸늘한 철창이 미지의 대답을 대신하고 있는 듯했다. 얼음과도 같은 차가움이 철창 사이로 느껴졌다.

"왜 그렇게 바보 같은 짓을 했어?"

"할 일을 한 것뿐이야."

"……."

"미안해. 이런 모습 보여서. ……그 자식 죽는 순간 난 짜릿했어. 하하하……."

"그만."

짧은 외마디였다. 유리의 눈가에 맺혀 있던 서글픔이 한순간 창백하게 흘러내렸다.

"홀가분해. 그리고 이젠 훌훌 털고 죽을 수 있을 것 같아. 난 내가 한 일에 대해 절대 후회하지 않아. 걱정하지 마, 유리야."

"바보같이……."

"이제는 악몽을 꾸지 않아. 그 자식이 내 옷을 갈기갈기 찢어 대고 나의 몸을 짐승처럼 쑤셔 대는……. 그 더러운 정액 냄새와 그 새끼의 썩어빠진 땀 냄새는 더 이상 날 괴롭히지 않아. 그 새낀 당연한 대가를 받은 거야. ……아니, 너무 쉽게 대가를 받은 건지도 모르지. 내가 겪어 온 그동안의 고통과 괴로움에 비하면, 십팔 년 동안의 처절한 싸움과 섹스 중독자가 되어 돌이킬 수 없이 망가져 버린 내 육체와 인생을 생각하면 그 새끼는 행복하게 죽은 거야. 호호호……."

그녀의 증오와 절제되지 않는 섬뜩한 웃음소리가 면회실 안을 썰렁하게 만들었다.

"여보세요?"

수화기 저편에서 사십 대 중반의 여자 목소리가 들려왔다.

"……."

"여보세요?"

미지는 그 목소리에 대한 기억을 되살리고 있었다. 그러며 그녀는 자신도 모르게 몸을 오싹거렸다.

'확실해. 그 남자의 여자.'

그녀는 그 여자의 십 년 전 모습을 회상하며 지금은 어떻게 변해 있을까, 하고 생각에 잠겼다. 그러나 그가 정작 듣고 싶었던 것은 그 목소리가 아니었다.

"거기 강우석 씨 댁 아닌가요?"

"누구신데요?"

"비디오 가겐데요. 얼마 전에 빌려 가신 비디오 때문에……."

미지는 각본대로 거리낌없이 말을 이어 나갔다.

"잠깐만요."

저쪽에서는 잠시 공백이 흘렀다.

미지는 찬찬히 마음을 가라앉히고 있었다. 수화기 저편에서 여보, 하고 남편을 부르는 소리가 들렸다. 그리곤 얼마 뒤 남자의 목소리가 들려왔다.

"여보세요?"

남자의 목소리에는 무게가 잔뜩 실려 있었다. 그와 동시에 미지는 온몸이 경직되는 것을 느꼈다.

"……."

그녀는 몸서리쳐 지는 것을 억지로 참고 있었다.

"여보세요? 벌써 끊었나.……."

"강우석 씨 되시나요?"

"그런데요. 요전에 비디오 빌린 것은 갖다 드렸는데."

그는 의아해 하고 있었다.

'십여 년 동안 악몽에 시달리게 하던 그 목소리…….'

그녀는 남자의 추악하고 음흉스러운 몸부림을 떠올렸다. 미지의 눈에는 증오가 불타오르고 있었다.

'나쁜 자식.'

자신이 괴로워하던 그 많은 세월 동안 그가 다리를 쭉 뻗고 잠을 잤으리라고 생각하니 미지는 참을 수 없는 분노를 느꼈다.

"내 목소리 잊으셨어요?"

"……?"

"잊지 않으셨을 텐데."

미지는 되도록 상냥하게 말을 이었다.

"누구……?"

"저예요. 잘 생각해 보세요."

"……."

"잊으셨군요."

"……."

"저는 그동안 단 한 번도 아저씨를 잊은 적이 없는데. 아니 잊을 수가 없었어요. 아저씬 나의 인생을 백팔십도 바꿔 놓은 사람이니까."

그녀는 말끝에 음탕한 웃음을 곁들였다.

"……."

"그리웠어요."

"누군지 말을 해야 알지요."

"미지예요."

"미지……."

미지의 이름을 반복하는 남자의 목소리는 당황한 빛이 역력했다.

"어떻게……?"

"이제야 기억이 나시는군요. 저는 아저씨가 저를 까맣게 잊어버리신 줄 알았어요."

"……."

"오늘을 얼마나 기다렸는지 몰라요. 보고 싶어요. 아저씨도 그렇고 아줌마도 만나고 싶어요. 아까 목소리 들으니까 예전의 목소리 그대로이시던데요."

"전화번호는 어떻게 알았지?"

"요즘은 돈만 있으면 뭐든지 해결되던 걸요. 그나저나 아저씬 제 안부도 묻지 않으시는 거예요. 정말 섭섭해요."

"……."

"만나고 싶어요. 제가 그리로 갈까요?"

"그건 안 돼."

남자의 목소리는 안절부절못하고 있었다. 미지는 남자의 당황하는 목소리를 즐기고 있었다.

"왜 안 되지요."

"……."

"그래요. 저도 아줌마와 마주치고 싶지 않아요. 내게 필요한 것은 아저씨뿐이니까. ……그때 아저씨와의 관계를 생각하면 난 지금도 가슴이 설레요. 아저씨처럼 멋진 남자는 없었어요. 그리워요. 날 만족시켜 줄 남자는 아저씨밖에 없는 것 같아요. 많은 남자들과 관계를 가져 봤지만 소용이 없었어요. 단 한 번만이라도 아저씨와 관계를 갖고 싶어요. 참을 수가 없어요."

"……."

"아아……. 아저씨의 목소리를 듣는 것만으로도 저절로 흥분이 되요. 어떡하면 좋아요. 난 지금 자위를 하고 있어요. 이런 제가 불쌍하지도 않나요. 아저씨가 저를 이렇게 만들었어요. 물론 책임은 지시겠죠."

"어떻게……?"

남자는 미지의 음탕한 신음이 곁들여진 목소리에 당황하던 기색이 조금은 누그러져 있었다. 미지는 그를 안심시키기 위해 노력하고 있었다.

"말했잖아요. 한 번만이라도 저를 안아 주세요."

"그거야 어렵지 않지."

"그럼 오늘이라도 괜찮으시겠어요?"

"그래. 나도 무료하던 참이었어."

"으음, 터질 것만 같아요. 미치겠어요. 지금 당장이라도 아저씨가 곁에 있다면 안기고 싶어요."

약속 장소를 정한 뒤 미지는 전화를 끊었다.

전화를 끊고 나서 미지는 화장을 하기 시작했다.

'그를 유혹하기 위해서는 치장을 아끼지 말아야 한다.'

그녀는 야한 망사 속옷을 입고 자신에게 가장 잘 어울리는 외출복으로 갈아입었다. 이제 망설일 것은 없었다. 그녀는 이미 짜여진 각본을 머릿속으로 다시금 반복하여 되새기고 있었다.

그녀는 화장대 앞에 앉아 자신의 얼굴을 들여다보았다.

'악몽의 대가를 지불하리라.'

그녀는 집에서 나와 서둘러 그와의 약속 장소로 향했다. 그곳으로 향하며 그녀는 다짐하고 또 다짐했다. 자신의 인생을 갈기갈기 찢고 짓밟아 놓은 그를 그녀는 절대로 용서할 수가 없었다.

그녀에게 용서란 미덕은 남아 있지 않았다. 용서하기 위해 많은 날을 노력했지만 그럴수록 그녀는 더욱 처참해졌다.

호텔 커피숍에 그와 만나기로 약속한 시간 보다 삼십 분 먼저 나온 미지는 차분하게 마음을 안정 시켰다.

'조급했다가는 일을 망칠지도 모른다.'

그녀는 슬림형 담배를 꺼내 입에 물었다.

얼마를 그렇게 앉아 있었을까 낯익은 중년의 남자가 커피숍 안으로 들어와 두리번거렸다.

"몰라보게 많이 변했는걸."

"아저씨는 옛날 모습 그대로인데요."

미지가 상냥하게 웃었다. 남자도 피식 입가에 미소를 만들었다. 그런 그의 이마에 주름이 몇 가닥 잡혔다.

"많이 예뻐졌어."

"고마워요, 아저씨."

웨이트리스에게 커피를 주문하고 둘은 다시 말을 이어나갔다. 그가 담배를 가져다가 입에 물었다.

"남자를 알 수 있게 해주었던 아저씨가 고마워요."

"내가 그렇게 그리웠나?"

"……."

미지는 말없이 고개를 끄덕였다. 하지만 본심은 아니었다. 그 자리에서 그의 뺨따귀를 갈기고 싶은 심정이었다.

'그것으로는 부족해.'

그녀는 자신을 억제시켰다.

"안기고 싶다고?"

"네. 아저씨만이 나를 만족시켜 줄 수 있어요."

"다른 남자들이 부실했던 모양이군."

하며 그가 배시시 웃었다. 그의 웃음은 탐욕스럽기 그지없었다.

'아직도 정신을 차리지 못했군.'

그때 웨이트리스가 커피를 가져다주었다.

그가 먼저 크림과 설탕을 넣고 티스푼으로 저었다. 그리곤 기대에 가득한 능글스러운 눈초리로 미지를 보면서 커피를 마셨다.

"우리 그만 일어서요."

"벌써?"

"네. 난 더 이상 참을 수가 없어요. 아저씨의 땀 냄새를 빨리 맡고 싶어요. 아저씨의 그 단단한 육체를……."

그러면서 그녀가 몸을 비비꼬았다.

그는 만족스럽다는 듯 그러한 미지의 몸을 훑어보았다.

'개새끼, 개 버릇은 여전하군.'

미지는 숨을 깊게 들이마셔 가슴을 조금 더 앞으로 내밀었다.

"어서요."

"그래, 나도 성숙한 미지를 안고 싶어."

그가 마른 입술을 혀로 적시며 말했다.

그들은 커피숍을 걸어 나와 객실로 자리를 옮겼다.

"아저씨."

그녀가 그에게 털썩 안겼다.

그는 기다렸다는 듯이 그녀의 몸을 더듬었다. 미지는 그의 기분 나쁜 손을 마다하지 않았다.

"탱탱해."

"다 아저씨 덕분이에요."

하면서 그녀가 더 깊숙하게 그의 가슴으로 파고들었다. 그가 자신의 가슴에 묻어나는 뜨거운 열기를 저버리지 못하고 미지를 힘껏 껴안았다. 순간 미지는 헉, 하고 내뱉으려던 숨을 말아 들였다.

"날 가지세요. 아저씨가 그래 준다면 저는 더 없이 행복할 거예요. 제발……. 아저씨의 그 손길이 그리워요. 단 하루도 잊어 본 적이 없어요."

"그래, 정 원한다면 지금 당장이라도 홍콩가게 해줄게. 마누라는 통 재미가 없어. 신선한 맛이 없거든. 맨날 보는 몸뚱이가 그 몸뚱이니 실증 날만도 하지."

"아아, 아저씨."

"그래, 나는 보채는 게 좋아."

그 말을 던지며 그가 미지의 귓불을 빨기 시작했다.

"아……. 으음. 난 언제나 아저씨 거였어요."

그가 빨아 대는 것이 혐오스러웠지만 미지는 애써 참아내었다.

그는 이십 대 중반의 물이 오른 만큼 오른 미지의 풍만한 몸을 짐승처럼 탐하기 시작했다.

미지도 그에게 뒤지지 않고 그의 상의를 벗겨 내었다. 그녀는 대범해졌다.

"많이 늘었군. 그동안 꽤 많은 남자들을 울렸겠는데."

미지의 블라우스 안으로 그가 거칠게 손을 집어넣었다. 미지는 흥분하고 있지 않으면서도 과장된 몸짓으로 그를 부추겼다.

그는 급했는지 바지와 팬티를 벗고 그녀에게 달려들었다.

"아아, 그거예요."

"멋져……."

"아아, 제발……."

그의 손이 다급해져 미지의 스커트 자락 안으로 들어왔다. 그의 손이 들어오자 미지는 더 과감하게 몸을 비꼬았다.

'결코 용납해서는 안 된다.'

그녀는 정신을 가다듬었다.

"아직, 난 아직 싫어요. 아저씨를 애무하고 싶어. 이렇게 쉽게 아저씨를 받아들였다가는 후회할 것만 같아요. 얼마나 기다려 온 오늘인데."

"……."

그녀가 남자의 체중을 밀쳐 내며 위로 올라갔다.

"느껴 보세요."

그녀의 촉촉하게 젖은 혀가 남자의 성급함을 달래며 애무를 하기 시작했다. 단단한 가슴을 어르다가 직접적으로 남자의 아랫배를 공격하기 시작했다.

"아아, 멋져. 정말 멋져……."

그녀는 남자를 차근차근 장악해 들어갔다.

'이제부터가 시작이야.'

그녀는 자신이 알고 있는 모든 기교를 총동원하여 그를 자신의 노예로 만들었다.

"으음……."

그의 손이 미지의 풍만하고 탱탱한 젖가슴을 쥐어뜯었다. 얼핏 그가 눈을 감고 있는 것이 보였다. 그런 그의 얼굴은 활짝 열려 이상하게 찌그러지고 있었다.

'느끼고 있구나. 때는 지금이야.'

그녀는 결정을 내리고 마음을 굳게 먹었다. 그녀는 막 상황을 파악하고 커피숍으로 가기 전에 미리 객실로 들어와 베개 밑에 숨겨 두었던 칼을 찾았다. 그러면서도 서서히 그를 받아들이는 시늉을 해 보였다.

너무나도 짧은 순간이었다.

그는 무방비 상태였다. 이처럼 좋은 기회는 없었다.

"개새끼."

"아악."

그녀의 앙칼진 욕지거리와 함께 남자의 외마디 비명이 음산하게 쏟아져 나왔다.

미지의 손에 들려져 있던 시퍼런 칼날이 남자의 가슴을 파고들었다.

남자는 눈을 동그랗게 부릅뜨고 멍하니 미지를 바라보았다.

한동안 서슬 퍼런 칼날은 남자의 가슴에 꽂혀 있었다. 역시 미지의 손은 칼자루를 쥐고 있었다. 그러다가 다시 그녀가 그의 몸에서 칼을 빼내어 높이 치켜들었다.

다시 한 번 그녀의 손에 들려 있던 칼이 날개 없이 남자의 복부로 푸욱, 하고 깊게 파고들었다.

"커억."

"개새끼. 넌 죽어야 돼. 너 같은 인간쓰레기는 살 가치가 없어."

그녀는 울부짖었다.

"기분이 어때, 이 새끼야."

"커억, 커억."

남자는 숨을 쉬지 못하고 핏덩이를 입 밖으로 토해냈다.

"오늘을 얼마나 기다렸는 줄이나 알아. 너도 느껴 봐. 내가 그동안 고통 받아 온 것을 생각하면 이건 아무것도 아니야. 넌 나의 순결을 이렇게 도려냈어. 이건 그것의 대가야. 대가치고는 대접이 너무 소홀했나. 너 같이 뻔뻔한 새끼는 살 가치가 없어."

"헉, 커어엉."

"내가 당한 고통에 비하면 아무것도 아니야."

그녀는 피눈물을 쏟고 있었다.

그가 미지를 향해 손을 바들바들 떨었다.

"그래도 이 새끼가……."

그녀가 뒤집힌 눈으로 그를 쏘아보며 칼을 들어 몇 차례 더 그의 복부와 가슴을 내리 찍었다.

그의 눈이 더더욱 똥그래졌다.

"이 개새끼야."

미지는 피맺힌 과거를 그의 몸에 칼자국으로 남겼다.

"크러렁, 헉헉, 커어억……."

남자의 마지막 발버둥이었다.

이미 숨이 끊어진 뒤였는데도 미지는 쉴 사이 없이 욕지거리와 칼자국을 남겼다. 그렇게 남자의 몸을 칼로 쑤셔 내면서도 미지는 만족하지 않았다.

개새끼, 개새끼, 개새끼…….

이제 그 개새끼는 속절없는 낱말이 되고 말았다.

"유리야, 난 행복해. 태어나서 이렇게 행복했던 적은 없었던 것 같아. 유리 너는 이러한 내 마음 이해하지?"

"……."

상기된 얼굴의 유리가 대답 대신 고개를 끄덕였다.

"내가 왜 여기에 갇혀 있어야 하는 거니? 난 당연히 해야 할 일을 한 것뿐인데."

미지의 목소리가 안정을 찾지 못하고 거칠어졌다. 그러한 그녀의 모습은 상당히 쇠약해 보였다. 또한 감정의 변화도 종잡을 수가 없었다.

"아, 나가고 싶어. 마지막으로 밝은 햇살을……."

말을 끝까지 잇지 못하고 시무룩한 채 고개를 떨구는 미지였다.

"내가 손써 볼게. 안 좋은 생각하지 말고 편안하게 있어."

되도록 침착하게 유리가 말했다.

"앞으로는 찾아오지 마. 이런 모습 너에게 보이고 싶지 않아."

"그런 소리하지 마."

"면회와도 다시는 나오지 않을 거야."

"미지야."

"가 봐야 해."

미지가 고개를 돌려 들어왔던 문을 참담하게 바라보았다. 쇠창살만큼 그 모습이 차갑게 느껴졌다. 민수는 둘 사이의 대화에 끼어들지 않았다. 두 사람의 대화를 차마 듣고 있기 안타까워 그는 뒤돌아 서 있었다.

"미지야, 필요한 거 없어? 있으면 말해."

"……."

"아무 걱정하지 말고 마음 굳게 먹고 있어. 변호사를 알아보고 있는 중이니까. 넌 몸 건강하게 지내고 있으면 되는 거야. 내 말 알겠니?"

"……."

"네가 그러면 난 더 힘들어져. 그러지 말고 시키는 대로 해. 제발."

"……."

"대답 좀 해봐."

"가 봐야 해. 고마워."

"용기를 내는 거야. 알았지?"

"그래."

"우리 힘들 때를 생각해 봐. 그땐 어땠니. 힘든 일 생기면 서로 도왔잖아. 우린 포기하는 법이 없었어. 언제나 하나였고 또 무슨 일이든 해결해 나갔잖아. 이번 일도 마찬가지야. 포기하면 안 돼. 너도 내가 하는 말 무슨 뜻인지 알겠지?"

"그래 알아."

그때 기다렸다는 듯 면회의 종료를 알리는 부저 소리가 창백하게 들려왔다.

"용기를 내야 해. 미지야. 알았지. 미지 너마저 잃고 싶지 않아. 너마저 잃는다면 난 어떻게 살겠니. 미지야, 명심해야 돼."

미지가 사라진 뒤에도 유리는 한참 동안 유리벽에 기댄 채 꼼짝도 하지 않았다. 착잡한 마음을 이끌고 민수가 다가가 그녀의 등을 토닥여 주었다.

민수는 그녀의 머리를 쓰다듬으며 밀려드는 가슴의 울컥거림을 힘겹게 참고 있었다.

안정을 찾고 면회실에서 나온 유리와 민수는 사식을 넣어 주고 구치소의 썰렁한 문을 무감각하게 걸어 나왔다.

유리의 눈은 충혈되어 있었다.

힘없이 민수에게 의지한 채 유리는 차로 돌아왔다. 유리의 체온이 삽시간에 식어 바들바들 떨고 있었다. 그가 히터를 틀어 유리의 체온을 알맞게 유지시켰다.

민수는 쉽게 차를 출발시키지 못하고 있었다. 친구를 서늘한 감방에 두고 떠나야 하는 유리의 아픔을 조금이나마 위로해 주고 싶어서였다. 유리는 계속해서 구치소 쪽을 멍하니 바라보고 있었다.

그림자. 숨조차 제대로 쉴 수 없게끔 조여드는 아픔의 실체.

"미안해요, 이런 곳에 같이 오자고 해서."

"아닙니다. 힘이 되지 못하는 제가 오히려 부끄럽습니다."

그가 착잡함을 떨쳐 버리지 못하고 말했다.

"고마워요, 민수 씨. 민수 씨 아니었으면 견딜 수 없었을 거예요."

"힘내십시오. 이제 어디로 가실 겁니까?"

"변호사를 알아봐야 하는데⋯⋯."

"그럼 법원 앞으로 가야 하겠네요?"

"네."

"아는 변호사라도⋯⋯?"

"아니요. 듣기로는 이런 사건에 경험 많은 변호사가 있다고 그러던 데⋯⋯."

유리는 한결 안정을 찾고 있었다.

민수가 곧 법원 쪽으로 핸들을 돌렸다. 차창 밖으로 여전히 빗발이 굵게 내리치고 있었다. 도로는 번잡스러웠으며 거북이걸음이 지속되고 있었다.

여자의 일생

더위 섞인 바람은 간곳없이 사라졌고 아침저녁이면 서늘한 바람이 불어와 진득했던 한여름을 기억 속에서 말끔하게 지우고 있었다.

영화촬영은 한창 진행 중이었다. 민수는 촬영 현장을 벗어나지 못하고 김 감독 옆에 그림자처럼 따라다녔다. 쉴 틈 없이 이어지는 촬영 행군에 스테프들의 얼굴에는 항상 피곤이 덕지덕지 붙어 있었다.

다행히도 오늘은 짬을 낼 수 있었다. 수연은 벌써 오래 전부터 나와 기다리고 있는 것 같았다.

민수의 얼굴을 보자 그녀의 눈가에 밝은 빛이 피어났다.

"많이 기다렸어?"

의자에 걸터앉으며 민수가 말했다. 그러자 그녀가 고개를 저어 말없이 대답했다.

"차 마셨어?"

"……."

그녀는 여전히 입을 열지 않았다.

"아르바이트는 끝난 거야?"

"……."

"얼굴이 안 좋은데. 어디 아픈 거야?"

"아니요."

일순간 그녀의 얼굴에서 망설임이 느껴졌다.

"할 말이란 게 뭐야?"

그때 아르바이트생이 물 컵을 가져다 놓으며 주문하기를 기다렸다.

"뭐로 하시겠어요?"

"커피. 수연이는?"

"같은 걸로 주세요."

그녀가 아르바이트생을 올려다보며 말을 맺었다.

심상치 않음이 그녀에게서 물씬 풍겨 나와 민수 앞에서 멎어졌다.

"수연아, 무슨 일인지 말을 해봐. 궁금하게 만들지 말고……."

"……."

무슨 생각에 빠져 있는지 그녀는 상당히 골몰한 표정이다.

담배를 꺼내 문 그가 라이터를 켜서 불을 붙였다. 그러자 곧 뿌연 담배연기가 그의 입에서 가득 뿜어져 나왔다.

민수는 묻는 것을 포기하고 기다리는 중이었다. 그때 아르바이트생이 커피를 가져다주고 되돌아갔다. 여전히 그녀는 말이 없었다.

그녀가 무감각하게 티스푼을 젓다가 한 모금 마시고 커피잔을 내려놓았다. 그 모습은 마치 단단한 결심처럼 민수에게 읽혀졌다.

"전 후회하지 않아요, 오빠……."

"……."

신중한 자세를 취하듯 그가 재떨이에 담배를 눌러 끄고 똑바로 앉았다.

"아이를 가졌어요."

민수는 둔탁한 둔기로 뒤통수를 한방 세게 얻어맞은 기분이었다. 도저히 믿을 수 없었다. 수연이 장난하는 것이라고 그는 생각했다.

"다시 한 번 말해 봐?"

"임신했어요."

한동안 그 어떤 말도 민수는 할 수가 없었다. 무심하게 담배연기만 자욱할 뿐이다.

"병원에 가 봤어."

"……."

한 치도 민수의 눈에서 벗어나지 않은 채 그녀가 고개를 끄덕였다.

수연은 민수의 심정을 간파하고 있는 듯했다. 그녀의 눈에서 가벼운 떨림이 슬프고 초췌하게 배어 나왔다.

"포기해."

짧은 외마디였다. 그의 얼굴에 단호함이 비추었다.

"……."

그녀의 당당함이 순간 가슴 아프게 흔들렸다. 민수는 그녀의 얼굴을 똑바로 볼 수가 없었다. 그렇게 말한 자신이 미치도록 싫을 뿐이다.

"지워 버려."

그 자신도 가슴이 무너졌다. 자신의 일부에 대해 그렇게 단호하게 거절할 수는 없는 것이다.

"그럴 수는 없어요."

"그렇게 해야만 돼. 후회하지 않으려면 그러는 것이 낫다구."

"후회하지 않아요. 오빠는 이 순간 후회하고 있겠지만……."

"난 수연이를 생각해서 하는 말이야."

"그건 나를 생각해서 하는 말이 아니에요. 나를 생각한다면 그런 말은 더더욱 할 수 없어요. 난 절대 후회하지 않을 거예요."

낭패감은 끝없이 몰아치고 있었다. 그녀의 입에서 흘러나오는 말들이 순간순간 날카로운 비수로 변하여 그의 가슴을 난도질하였다.

"난 원치 않아."

"……."

혼자 지껄이라는 식으로 그녀가 물끄러미 그를 바라보았다.

"그리고 난 결혼 날짜까지 받아 놨다구."

"내가 원해요."

"난 용납할 수 없어."

"왜 용납할 수 없는 거죠."

"몰라서 묻는 건가?"

"알아요. 하지만 오빠 입으로 직접 듣고 싶어요."

"내가 원했던 아이가 아니야."

"오빠가 뭐라 해도 난 아이만큼은 절대로 포기하지 않을 거예요."

그녀는 이미 결심을 굳히고 있었다. 그녀에게 민수의 말이 통할 리 없다.

"그건 불장난이었어."

"어떻게……."

"내 말은 복잡하게 일을 만들지 말자는 거야. 그건 서로에게 짐이 될 뿐이니까."

"……."

"다시 한 번 잘 생각하고 판단해."

되도록 안정된 목소리로 민수가 타이르듯 말했다.

"……."

"……아이를 낳는다고 쳐. 아이가 자라서 출생에 대해 묻는다면 수연이는 뭐라고 말할 거야?"

"……."

한쪽은 일방적이었고 다른 한쪽은 달래는 편이었다. 바꾸어 생각해도 변함없이 어느 한쪽은 일방적일 수밖에 없었다.

"난 결정했어요."

"……."

"낳을 거예요."

"안 돼."

짧고 굵은 민수의 성난 목소리였다.

사람들의 시선이 민수와 수연이 앉아 있는 쪽을 주시하다가 소리 없이 제자리로 돌아갔다.

민수의 목소리가 점점 날카롭게 변했고 얼굴도 마찬가지로 벌겋게 얼룩졌다.

"그렇게 말해도 못 알아듣겠어."

"미안해요."

"수연이는 앞뒤가 꽉 막힌 사람 같아."

상기된 표정을 가라앉히며 민수가 수연을 쳐다보았다.

민수는 그녀의 강렬한 눈빛을 외면해 버릴 수밖에 없었다. 그녀 앞에 앉아 있는 자신이 부끄럽고 초라할 뿐이다. 당장이라도 자리를 박차고 일어서서 뛰쳐나가고 싶은 심정이었다.

어찌해야 할지 통 종잡을 수가 없었다. 조금만 신경을 썼더라면…… 하지만 후회해도 소용없는 노릇이다.

있는 그대로 받아들인다면…… 그렇지만 자신에게 주어진 상황은 그러질 못했다.

"포기해."

"그럴 순 없어."

"아직도 못 알아듣겠어."

팽팽한 접근 전이었다.

"난 오빠의 아이를 낳고 싶었어요. 그건 지금도 변함없구……"

'조금이라도 그녀가 물러선다면……'

그것은 바람이었다.

돌이키지 못할 운명의 장난인 것이다. 잘잘못을 가리기 위해 수연을 질책할 그의 입장도 아니었다.

"진찰 받은 산부인과가 어디에 있는 거야. 내일 같이 가자. 내가 수연이 옆에 있어 줄게. 수술도 금방 끝난다고 하니까 걱정하지 않아도 될 거야. 겁낼 것도 없구……"

그가 단정적으로 말했다. 이미 수연의 의견은 안중에도 없었다. 그는 수연의 생각 따위에는 관심도 없었다.

"걱정하지 마. 아무 일도 없을 거야. 나만 믿어."

"오빤 일방적이야. 왜 조금도 나를 이해하려 하지 않는 거죠? 이해해 줄 가치도 없는 쓸모없는 여자라서……?"

'야속한 사람 같으니.'

수연은 한순간 참을 수 없는 울분을 느꼈다.

그에게서는 더는 아무런 희망도 발견할 수 없었다. 그녀는 소리 내어 크게 울고 싶었지만 막상 눈물이 나오지 않았다. 그 어디에도 그녀를 감싸줄 사람은 없다.

그녀의 눈에서 강렬한 섬광이 불타오르듯 이글거렸다.

"어쩔 수 없어. 아이는 지워야 돼."

"나도 마찬가지야. 오빠의 뜻대로는 할 수 없어."

"아이에게 사생아란 껍질을 씌우고 싶어."

"……."

그 말에 수연의 얼굴이 격앙되었다. 하지만 그녀는 민수에게 흐트러짐을 보이지 않으려고 애쓰는 눈치였다.

"그런 말 안 듣도록 잘 키울 거야. 그리고 누구도 그런 소리는 하지 못할 거야. 내 아이한테는……."

"안 돼. 절대 그럴 수는 없어. 수연이를 그렇게 내버려두고 싶지 않아. 제발 부탁이야. 그러지 말고 내 말을 듣는 게 좋아."

"……."

그녀가 고개를 저었다.

단념시켜야 한다. 그 말이 아득하게 그를 이끌었다.

무엇이 그녀를 포기할 수 없게 만들며 무엇이 그를 단념할 수 없게 만드는 것인가.

"오빠!"

"……."

한순간 그녀의 목소리에서 울음이 섞여 나왔다.

아무 말도 하지 않은 채 민수가 그녀를 쳐다보았다. 애처로움이 느껴졌다. 그녀의 간절한 눈빛을, 그 소망을 민수는 어찌해야 할지 몰라 자신의 입술을 지그시 깨물었다.

수연을 힘껏 안아 주고 싶었다. 힘껏 껴안아 그녀의 벽이 되고 싶었다. 의지할 수 있는 커다란 장벽으로 그녀 앞에 서 있고 싶었다. 하지만 그것은 마음뿐 더 이상 다가서는 것을 그는 망설이고 있었다.

무엇이 그를 그렇게 만들었던가.

"오빠, 이해해 줘. 난 지울 수가 없어. 무책임한 엄마가 되고 싶지는 않아. 만일 아이를 지운다면 난 살아갈 의욕을 잃어버릴 거야. 살아야 할 이유가 없을 것만 같아……. 희망이야. 아이는 마지막 남은 나의 꿈이야. ……그렇게만 해준다면 다시는 오빠 앞에 나타나지 않을 거야. 그리고 아이한테도……."

"……."

무너질 수밖에 없었다. 민수는 가슴이 쓰라렸다.

"제발……."

"……."

"응, 오빠……."

"……."

무슨 말을 어떻게 해야 할지 민수는 막막했다.

"내게 남은 마지막 희망을 깨뜨리지 않게……."

"몇 번이고 말해도 내 말은 한 가지야. 안 돼, 안 돼……."

"……."

그의 상기된 목소리가 수연을 주눅 들게 만들었다.

민수도 더는 참을 수가 없었다. 선을 그어야 했고 확고부동함을 내보여야 했다.

"내 마음은 어떻겠니. 그 아이는 수연이 너의 아이만은 아니야. 나의 아이이기도 하다구. 네 생각대로 내가 알지 못하는 곳에서 아이를 키운다고 치자. 내 마음이 편하겠니. 두 사람한테 못할 짓 시키고 잘 먹고 잘 살 수 있겠느냐구. 그렇게는 못해. 그건 잔인한 짓이야. …… 그러지마. 네가 그러면 난 더 힘들어. 우리 이성적으로 생각하자. 수연아."

"오빠!"

핑그르르 눈물이 흘러 여린 양 볼을 타고 연약하게 흘러내렸다. 그녀를 보고 있던 민수의 가슴도 뭉클해졌다.

"그렇게 하는 거야?"

"제발!"

"……."

"오빠, 미안해."

그 말을 남긴 채 수연이 후다닥 자리에서 일어나 뛰쳐나갔다. 너무 순식간에 벌어진 일이라 그녀를 잡을 시간적 여유가 없었다.

민수는 곧 그녀를 뒤따라 쫓아 나가려다가 이내 포기하고 말았다.

어찌해야 하는가.

민수는 수연이 채 반도 마시지 못하고 내려놓은 커피잔을 무심코 바라보았다. 커피잔 한쪽에 그녀의 입술 자욱이 선명하게 돋아나 보였다.

성폭행을 일삼는 무지한 인간들과 자신이 다를 게 무엇이 있다는 말인가.

착잡함과 서늘함이 밀려와 그의 얼굴로 파고들었다.

더 이상 그 자리에 앉아 있을 수가 없어서 민수는 계산을 마치고 그곳에서 나왔다.

막연하게 걷고 싶다는 생각이 들었다. 어디든 발길 닿는 데로 한없이 걸어가고 싶었다.

자신에 의해 비롯된 일인 것이다. 누구를 원망하고 또 누구를 탓하겠는가.

무심코 그는 하늘을 쳐다보았다. 희뿌연 매연에 찌들었을 하늘에는 희미하게 드문드문 별이 떠 있을 뿐이다. 그것을 보며 민수는 애처로움을 느꼈다.

그때 핸드폰이 그의 손에서 가볍게 떨렸다. 그는 서둘러 핸드폰을 귓가에 바짝 밀착시켰다.

"수연이?"

"……"

"어디야?"

"민수 씨. 나야 예린이."

왜 수연이라고 생각했던 것인가. 이렇게 전화할 것이라면 그렇게 커피숍을 도망치듯 뛰쳐나가지 않았을 것이다.

"나야. 왜……?"

"집에 전화했더니 받지 않아서. ……그런데 무슨 소리야. 수연이라고 하던데?"

"아……아냐. 아는 후배한테 전화했는데 금방 끊어져서."

그는 말끝을 흐렸다. 그렇게 쉽게 거짓말을 내뱉을 수 있다니

"내일 세시 알지."

"세시?"

"웨딩드레스 맞추기로 했잖아."

예린의 목소리가 잠시 기분에 들뜨다가 가라앉았다.

"아 그랬지."

"그런 걸 잊고 있으면 어떡해. 신문사로 와서 전화해. 같이 가게."

"알았어."

그의 목소리가 무뚝뚝했다.

"지금 어디야?"

"거리……."

"술 마시지 말고 일찍 들어가서 쉬어."

사근사근하게 그녀가 말했다. 그 목소리에는 내일에 대한 기대로 한껏 부푼 흥분이 실려 있었다.

"알았어."

"그럼 내일 봐. 나도 일마치고 곧 퇴근할 거야."

민수는 그녀와의 통화를 마치고 어색한 발걸음을 속절없이 옮기기 시작했다. 예린과의 전화 통화를 하면서도 그는 단 한마디도 제대로 듣고 있지 않았다. 낯선 단어쯤으로 귓가를 굴러다니고 있었다.

'임신했어요.'

그 말이 자꾸만 떠올라서 민수는 도저히 자신을 감당할 수가 없었다.

"저예요, 수연이."

수화기를 통해 들려 온 그녀의 목소리는 상당히 수척한 편이었다.

전화가 온 것은 그녀가 커피숍에서 도망치듯 뛰어나간 며칠 뒤였다.

"……"

"어떻게 됐어?"

민수의 목소리는 짧고 날카로웠다. 그래서인지 수연이 말을 하지 못하고 머뭇거렸다.

"병원에는 다녀온 거야?"

그의 목소리에는 어느새 추궁의 빛이 역력하게 묻어 있었다.

그런 그의 말이 야속했던지 수연의 흐느낌이 들려왔다.

민수는 담담한 표정으로 그녀의 대답을 기다리고 있었다.

"……오늘 다녀왔어요."

"……"

이젠 민수가 할 말이 없었다. 갑자기 하늘이 멍하니 비어 있는 느낌이 들었다.

"이젠 됐나요?"

"미안하다."

"……"

"이해해 줘."

"……전, 제가 이해 받기를 원했었어요."

그것으로 끝이었다. 거친 기계음과 함께 싸늘하게 식어 버린 수화기를 내려놓은 것이……

그 이후 수연에게서는 단 한 통의 전화도 없었다. 그렇다고 민수가 먼저 연락을 취할 입장도 아니었다. 그렇게 시간이 흘러간 것이다.

바쁜 일상의 연속이었다.

어떻게 지나갔는지도 모르게 순식간에 몇 주일이 흘러갔다. 그동안 그에겐 많은 변화가 찾아왔다. 예린과 결혼을 하였고 쉴 틈 없이 영화 촬영 현장에 그림자처럼 붙어 다녔다. 그리고 오늘은 짬을 내어 작업 실로 쓸 오피스텔을 계약하고 들어왔다.

오랜만에 그의 입에서 휘파람 소리가 저절로 흥겹게 흘러나왔다. 휘파람이 멎을 때면 콧노래가 곧바로 쏟아져 나왔다.

그가 집으로 돌아 왔을 때 예린은 집에 없었다. 아직 회사에서 퇴근 하지 않은 모양이었다.

그는 피곤했음인지 욕실에서 샤워를 하고 나와 침대에 쓰러져 곧바 로 잠이 들고 말았다.

그가 잠에서 깬 건 밤 열한 시 경이었다.

"왜 이렇게 늦었어?"

예린의 옷 갈아입는 소리에 잠이 깬 그가 가라앉은 목소리로 말했다.

"회식이 있었어."

"……."

"미안해."

"술 많이 마셨어?"

"조금했어. 덥다. 나 샤워 좀 하고 나와서 얘기해."

그녀가 들어간 욕실 안에서 상큼하게 물소리가 흘러나왔다. 그 소 리를 듣고 있던 민수는 묘하게 달아오르는 열기를 느꼈다.

남자의 본능은 어둠에서 비롯되는 것이다.

민수는 예린의 알몸을 타고 흘러내리는 물줄기를 상상하였다. 상상할수록 가슴이 묵직해졌다.

욕실에서 나온 그녀의 나이트가운 안으로 브래지어와 팬티가 희미하게 드러나 보였다. 또한 촉촉하게 젖은 그녀의 머리카락이 그를 더 흥분하도록 만들었다.

예린이 침대 위로 올라왔다.

그는 달아오른 감정을 삭이지 못하고 예린의 몸을 더듬었다.

"아이, 이러지마. 나 내일 일찍 나가 봐야 해."

"나 지금 하고 싶어."

하며 그가 예린의 입에 자신의 입술을 가져다가 맞추었다. 싱그러움과 달콤함이 느껴졌다.

예린은 한동안 아무 반응도 보이지 않았다.

그녀의 입술이 더없이 촉촉했다. 민수는 그녀의 입술을 빨다가 안으로 혀를 내밀었다. 그 순간 뜨거움이 강렬하게 느껴졌다. 남자는 비로소 적극적으로 일어설 수 있었다.

혀를 깊숙이 넣은 채 이리저리 헤집고 돌아다녔다. 그렇지만 예린은 특별한 기교 없이 무감각하게 그를 받아들이고 있을 뿐이다.

하지만 그는 개의치 않고 갈증을 해소하기에만 여념이 없었다. 그의 손이 예린의 가슴을, 봉긋한 갈증의 근원을 찾고 있었다.

그의 입술이 목을 핥다가 좀더 아래로 내려갔다. 그리고는 혀끝으로 정성껏 예린을 일으켜 세웠다.

"이러지 말라니까. 내일 해도 되잖아. 오늘은 안 되겠어."

그녀가 짜증을 섞어 가며 말했다.

"잠깐이면 돼."

"그럼 알아서 해. 난 잘 테니까."

"……."

예린이 말을 마치고 호흡을 새근새근 내뱉었다.

"사랑해."

다시금 귓가로 올라가 귓불을 애무하며 그가 말했다. 예린은 잠깐 몸을 움츠리다가 잔잔한 호흡을 만들었다.

민수는 계속해서 그녀의 살갗에 진득한 타액을 묻혀 냈다. 하지만 예린은 아무런 반응도 없었다.

'자고 있는 것일까'

그녀는 어느새 알몸이 되었다.

여자에 의해 남자는 비로소 흔들릴 수 있는 것이다. 삭막한 사막과도 같았던 남자의 가슴에 여자는 한 가닥 기쁨의 희망을 심어 줄 수 있는 것이다.

아래로 아래로, 그녀의 하얀 허벅지 살에 자신의 아래가 얼핏 닿을 때마다 짜릿한 경직이 느껴졌다. 민수는 참지 못하고 다리를 오므리며 예린의 허벅지에 자신의 경직된 일부를 자지러들듯 밀착시켰다. 포만감이 느껴졌다.

목마른 쪽은 민수뿐이다.

그의 한 손이 여자의 탱탱한 봉우리를 쥐어짰다.

"아……아!"

민수의 입에서 탄성이 흘러나왔다.

하지만 그녀는 어떠한 움직임도 제 스스로 만들려 하지 않았다. 신음 소리 또한 전혀 입 밖으로 쏟아 내지 않고 있었다.

그는 자신을 의심하지 않을 수 없었다. 목석같은 예린의 알몸 위에서 그는 잠시 멈칫거렸다.

그 정도의 확인을 받아들였다면 최소한 몸이라도 꿈틀거렸을 것이다.

민수는 포기하지 않았다. 주체할 수 없이 달아오른 그의 은밀한 일부는 더더욱 그러했다. 지금 이 순간을 포기하고 만다면 수치스러울 것 같았다.

어떡해서든 예린을 무너뜨리고 말겠다는 오기가 발동했다. 그는 더더욱 거칠게 예린을 다루었다. 그래야만 자신의 욕심을 충족시킬 수 있다고 그는 생각했다.

"아아……. 예린아……."

그가 의도적으로 신음 소리를 쏟아 내었다. 그 속에는 예린이 자신을 끌어안고 발버둥치리라는 기대가 섞여 있었다.

그는 여전히 틈을 내어 예린의 표정을 살폈다.

목석과도 같았던 예린의 몸에서 물기가 가득 배어 나왔다.

스탠드의 조명에 의해 실오라기 하나 걸치지 않은 예린의 알몸이 윤기 있게 빛나고 있었다.

여자는 흠뻑 젖은 상태였다.

더 이상은 기다려 줄 수가 없다고 그는 판단했다. 그는 분출하고 싶은, 폭발하고 싶은 욕구에서 벗어날 수가 없었다.

흠뻑 젖은 채 아무런 반응도 일으키려 하지 않은 예린의 열려진 가슴속으로 그는 쉽게 기어들어 갈 수 있었다.

달아오른 이상 끝을 보아야만 직성이 풀리는 것이 남자였다.

"아……."

알 수 없는 쾌감이 산더미처럼 밀려와 그의 가슴을 한껏 벅차게 만들어 놓았다.

분명 있어야 했던 여자의 발버둥이었다. 그러나 이 여자에게선 찾을 수가 없었다.

"아……. 예린아!"

생명의 아련한 근원이 그의 입에서, 가슴에서 강렬하게 분출되어 예린의 몸속으로 흘러 들어갔다.

그 순간 예린의 잠잠했던 알몸이 희미하게 움찔거렸다. 그것이 전부였다. 그녀의 몸은 쌀쌀맞기 그지없었다.

무능력한 자신을 그는 인정할 수 없었다. 예린의 몸에서 처참하게 짓밟힌 기분이었다.

여자의 입에서 단 한마디도 질퍽한 신음을 나오게 하지 못했다는 낭패감과 자괴감에서 민수는 헤어 나올 수 없었다.

그것은 수치였다.

창피스러운 일인 것이다. 성급하게 발버둥 치다가 무너진 남자의 수치인 것이다.

어찌하면 그 난처함에서 벗어날 수 있을지…….

여자의 의도적이 무표정에 민수는 쓸쓸한 웃음을 삼켰다.

더는 그렇게 포개져 있을 수가 없을 것만 같았다. 그는 절망하고 있는 중이었다.

"이제 끝난 거야? 그럼 이제부터는 건드리지 마."

그 말을 하고선 예린이 등을 돌렸다.

고요한 적막이 숨죽인 채 둘 사이를 불편하게 가로막았다.

민수는 모멸감 같은 것을 느꼈다.

더 이상 무슨 말을 할 수 있겠는가. 민수도 그녀와 마주하고 싶지 않았다.

엉뚱하게 갈증을 해소하기는 했지만 그것은 오히려 그의 가슴을 더욱 더 복잡하게 만들어 놓았다.

그는 거실로 걸어 나왔다. 걸음걸이까지도 유쾌하지 않았다. 그의 얼굴에서는 어둠이 떠나가지 않고 있었다.

그는 맥주를 꺼내다가 소파에 앉았다. 베란다 밖의 짙은 어둠이 그를 애처롭게 휘감았다.

'어떻게 그렇게 무책임 할 수 있었을까.'

그녀가 원망스러웠다. 아무리 생각해 보아도 이해할 수 없는 그녀의 방관이었다.

민수는 씁쓸하게 맥주를 마셨다. 감각 없이 입안에서 빙빙 돌다가 목으로 넘어갔다.

무엇이 문제란 말인가.

둘 사이에 문제가 될 것은 아무것도 없었다. 예린의 일에 대한 놀랄 만큼 강한 집착을 빼고서는…….

부부간의 성이 그러한 것이라면, 성적 접촉에서 그런 수치심을 다시 또 느끼게 된다면 더 이상 예린과 관계를 갖고 싶지 않다고 그는 생각했다.

미지의 선고 공판이 있는 날이었다.

"얼굴이 안 좋습니다."

"그래요. 어젯밤에 잠이 안 와서 술을 좀 했어요."

"건강 조심하십시오. 유리 씨……."

"불안해요. 판결이 어떻게 떨어질지 모르겠어요."

민수의 차가 향하는 곳은 수원 법원 쪽이었다.

민수는 차분하게 핸들을 조작해 나갔다. 반면 유리의 얼굴에는 걱정이 태산처럼 밀려와 얼굴 근육이 경직되어 있었다.

"좋은 결과가 있을 겁니다. 또 많은 사람들이 걱정하고 신경 써 주었으니까 걱정하지 않으셔도 될 겁니다."

"그럴까요……?"

"마음 차분하게 가지십시오."

"고마워요. 민수 씨."

"만약 좋은 결과를 얻지 못한다 해도 실망하셔서는 안 됩니다. 그리고 여성 단체에서도 이 사건을 쉽사리 포기하지는 않을 겁니다. 이번 법정 공방은 여성들의 자존심 싸움이기도 하니까요. 여권 신장을 위해서라면 꼭 이겨야 되는 싸움입니다."

"성폭력의 본보기가 되어야 해요. 다시는 이런 일이 없도록……."

"저도 그렇게 생각합니다. 그것은 당연히 근절되어야 할 가장 추악한 범죄입니다."

그의 얼굴이 불끈 달아올랐다.

그들이 법정 안으로 들어선 건 막 개정하기 직전이었다.

방청석은 꽉 찬 상태였다.

그들은 겨우 한쪽 구석에 자리를 잡고 앉을 수 있었다.

"재판장님이 입장하십니다. 모두 자리에서 기립해 주십시오."

그 말이 끝나자 곧 판사가 들어왔다. 판사는 꽤 근엄하고 담담한 표정을 짓고 있었다.

모두가 숨죽이고 있었다. 그 중에는 각 신문사의 기자들과 여성 단체의 인사들도 끼어 있었다.

미지의 수감 번호와 이름이 호명되었다 그러자 오른쪽 문을 통해 교도관과 함께 오랏줄에 묶인 미지가 재판정 중앙으로 나왔다.

미지가 나오는 것을 보고 유리가 가볍게 몸을 떨었다. 민수가 그녀의 어깨를 지그시 감싸 안았다.

선고 공판이라 간단명료하게 판사가 말을 이끌었다.

"피고 이미지가 김상덕을 살해한 것을 인정한다. 과거 김상덕에게 성폭행을 당한 피고가 정신적 피해 의식과 육체적 고통에서 헤어 나오지 못하고 정신적 불구가 되어 버린 상황은 이해하지만 정당방위로는 볼 수 없다. 그러나 피고 이미지의 정신과 치료를 요하는 점을 감안, 징역 2년 6개월에 치료 감호 3년을 선고한다."

재판장의 판결문은 그것으로 끝이었다. 재판장이 판결문을 낭독하는 동안 내내 유리의 몸이 애처롭게 떨리고 있었다.

만족스러운 결과였다. 유리도 민수도 동시에 막혔던 숨을 내쉬었다.

포승줄에 묶인 채 미지는 미처 유리를 발견하지 못하고 다시금 교도관과 사라졌다. 미지의 눈가에 얼핏 눈물이 맺혔다가 주르륵 흘러내리는 것이 보였다.

"다행입니다. 유리 씨."

"고마워요. 민수 씨."

유리가 기쁨을 참지 못하고 민수에게 와락 안겨 왔다. 야윈 그녀를 민수는 힘껏 끌어안아 주었다.

그들이 법원 내의 주차장을 지날 때였다.

"유리야!"

검은색 중형 승용차에서 여자가 내렸다.

"지수야. 언제 왔어?"

"아까."

"결과는 들었니?"

"그래. 다행이야."

부둥켜안는 둘의 눈에 눈물이 그렁그렁하게 맺혔다. 민수는 우두커니 둘을 바라보고 있었다.

"참, 인사해. 여긴 한민수 씨, 그리고 최지수."

소개를 받으며 지수가 선글라스를 벗었다.

"처음 뵙겠습니다."

"말씀 많이 들었어요."

지수가 나긋나긋하게 말을 이었다. 지수는 누가 볼세라 다시금 선글라스를 썼다.

"그……. 최지수 씨?"

"맞아요."

"……."

"김 감독님하고 친하시더군요."

"……."

"유리야. 가 볼께. 민수 씨, 다음에 또 만날 수 있을 거예요. 그럼……."

그녀의 뒤에 서 있던 거구의 사내가 승용차 문을 열어 주었고 곧 운전석으로 달려가 차에 탔다.

지수는 마지막으로 손을 흔들어 보이고는 사라졌다.

그녀는 상당히 주가가 올라 있는 영화배우였다. 영화뿐만이 아닌 드라마나 CF, 연극 등에서도 재능을 인정받는 그런 엔터테이너였다. 그리고 그녀는 뭇 남성의 동경의 대상이기도 했다. 남자라면 그녀를 모르는 사람이 없을 정도였다.

그녀가 서둘러 떠난 것을 민수는 이해할 수 있었다.

"지수 씨도……?"

"맞아요. 우리 칠공주의 멤버였어요."

"그랬군요."

민수는 여전히 놀라움을 금치 못하고 있었다.

칠공주의 가려져 있는 베일 속으로 빠져들며 민수는 궁금증을 저버릴 수 없었다.

"민수 씨. 우리 어디 가서 술 한 잔 해요. 오늘은 마셔야겠어요."

영혼이 되어

그들이 서울로 돌아와 예약되어 있는 호텔에 짐을 푼 건 세시 삼십 분 경이었다.

술을 마시기에는 조금 이른 시간이었다. 그렇지만 축배를 들지 않고서는 배기지 못할 것 같은 기분이었다.

"어디로 갈까요?"

"아무데나 좋아요. 편안한 곳이라면……."

"호프집은 어때요?"

민수가 눈앞에 보이는 호프집 간판을 선뜻 집어내며 말했다.

"그렇게 해요."

호프집 안으로 들어서자 이십대 초반의 웨이터가 그들을 맞이했다. 아르바이트생인 듯 싶었다.

가게 안은 한적한 편이었다. 테이블 하나를 차지하고 앉아 쏙닥거리는 남녀 한 쌍이 전부였다.

민수와 유리는 통유리로 되어 있는 창가에 앉았다. 어두운 것보다는 밝은 편이 나을 듯싶어서였다.

아르바이트생이 메뉴판과 재떨이를 가져왔다. 주문을 하자 아르바이트생은 주방 쪽으로 사라졌다. 그리고 곧 음악이 발랄하게 바뀌었다.

"이런 기분 얼마 만인지 몰라요."

"언제 내려가실 겁니까?"

민수가 그녀에게 담뱃불을 붙여 주며 말했다.

"내일이나 모레쯤 ……."

"……."

"가게를 오래 비울 수는 없잖아요. 요즘에는 통 가게에 신경을 쓰지 않아서요."

그러며 그녀가 담배연기를 자욱하게 내뱉었다. 담배연기가 민수의 얼굴로 희미하고 달콤하게 풍겨졌다가 사라졌다.

아르바이트생이 과일 안주와 호프 그리고 생수 한잔을 가져다주었다. 생수를 받아 든 유리는 핸드백에서 약병을 꺼내 다섯 알을 손바닥에 털고는 생수와 함께 약을 삼켰다.

"그건 무슨 약입니까? 한꺼번에 그렇게 많이 먹어도……."

"신경안정제예요. 먹다 보니까 한두 알 가지고는 어림도 없더라구요."

그러며 유리가 얼굴에 연한 웃음을 지어 보였다.

민수가 3000cc 호프 잔을 들어 유리의 술잔에 가득 따라 주었다. 그리곤 자신의 잔에 역시 알맞게 따랐다. 거품이 보기 좋게 술잔 위로 넘치고 있었다.

통유리를 통해 황혼의 잿빛 그림자가 더없이 아름답게 들어오고 있었다.

"민수 씨, 영화를 전공하셨다고 했지요."

"네."

"그런데 왜 시나리오만 쓰시는 거죠?"

"영화에서 시나리오는 생명입니다. 연출과 촬영기법도 중요하지만 제 생각에는 시나리오가 탄탄하지 않으면 아무리 뛰어난 촬영 기술과 훌륭한 감독이 있다고 해도 좋은 영화를 제작할 수 없다고 봅니다. 그 것이 바로 시나리오에 매력을 느끼게 된 동기입니다."

"그럼 영화는, 연출을 생각해 보지는 않으셨어요?"

"지금은 이대로가 좋습니다."

"만약에 제가 민수 씨에게 부탁한다면……?"

"……."

그녀가 맥주를 두어 모금 마시고서 잔을 내려놓으며 민수를 빤히 쳐다보았다. 그러다가 다시 말문을 이어나갔다.

"영화로 제작하고 싶어요. 우리들 얘기를……, 제작비는 제가 전적으로 부담하겠어요. 민수 씨가 연출을 맡아 주신다면……."

"……."

"물론 시나리오도 민수 씨가 쓰셔야 하겠지요."

"전 아직……. 얼마든지 유능한 감독을 섭외할 수 있으실 텐데요."

"그렇지만 다른 사람은 싫어요. 그들은 이해할 수 없을 거예요. 하지만 민수 씨는 달라요. 내 느낌으로는 민수 씨가 적임자 같아요. 내가 태어나서 믿어 본 남자라고는 민수 씨 뿐이에요. 어때요. 제 제안을……?"

"과찬이십니다."

"그렇지 않아요. 그리고 민수 씨는 그 누구보다도 나를 잘 알잖아요. 나를 보여줄 수 있었던 사람은 민수 씨 밖에 없었으니까. 민수 씨를 처음 보는 그 순간부터 나는 알 수 있었어요. 전 민수 씨를 믿고 인정해요. 제 판단은 여태까지 틀린 적이 없었거든요."

"……."

"고통 받는 여성들을 위해서……. 그들의 처절하게 멍든 삶을 위해서……, 위안해 줄 수 있는 건 그것뿐이라고 생각해요. 단지 그뿐이에요. ……흥행 따위에는 관심 없어요. 그늘에서 가슴 아프게 살아가고 있는 여자의 슬픔을 알려서 무지한 남성들에게 경각심을 느끼게 하고 싶어요."

유리의 얼굴이 진지하고 심각하게 변했다. 민수는 그녀의 얼굴에서 한 가닥 희망을 발견하고 있었다.

"……."

"누군가가 해야 할 일이에요. 여자들을 대변할 수 있는 용기 있는 사람이 필요해요. 그 사람은 바로 민수 씨구요."

"……."

난감함이 밀려와 그를 복잡하게 만들었다. 유리는 분노하고 있는 듯했다. 무지한 남성들에 대한 증오의 눈빛이었다. 민수는 차마 외면할 수 없을 것만 같았다. 그녀를 감싸고 있는 그림자가 그를 끌어들이고 있었다.

"……가족들 모두가 고통에서 벗어나지 못하고 비참한 나날을 되풀이할 거예요. 당사자는 더더욱 치욕을 떨쳐 버리지 못하고 어둠 속에서 폐인이 될 거구요. 시간이 지나면 해결될지도 모르지만 그 충격은 쉽게 잊지 못할 거예요. 미지와 같은 상황이 속출할 지도 모르지요."

"……."

유리가 슬림형 담배를 꺼내 입에 물고 연기를 뿜어냈다. 그러다가 맥주잔을 기울였다. 그녀의 빈 잔에 민수가 맥주를 따라 주었다.

"그 대표적 피해자인 우리들의 얘기를 영화화해서 그 비참함과 처절함을 가해자들에게 보여 주고 싶었어요. 평생 죄책감에서 헤어나지 못하게 만들고 짓밟고 싶었어요. 그리고 무분별한 생각으로 여성을 탐하려고 하는 일부 남성의 잔악한 실수를 미연에 방지할 수 있으면 어떨까 하는 생각도 했구요. 성범죄에 대한 경종을 울릴 때가 왔다고 생각해요. 비록 작은 발버둥이기는 하지만……. 영화는 처절하고 비참하며 증오스럽고 때론 참을 수 없는 아픔과 슬픔으로 질퍽거려야 하겠지요. 우리들이 살아왔던 것처럼……, 숨김없이 보여주고 싶어요. 그들에게……, 더는 참을 수 없어요. 여성의 수동적인 면이 아닌 유동적인 면을 내보여야 할 때라고 생각해요. 숨길수록 비참해지는 것은 여성들뿐이에요. 헤아릴 수 없이 많은 성범죄가 벌어졌을 텐데 정작 신고 되는 것은 얼마 되지 않잖아요. 그건 여성의 의식 문제겠지요. 사회적 문제도 있을 테구. 그러한 여성을 감싸고 보듬기보다는 손가락질하는 게 우리의 현실 아닌가요. ……일깨워 주고 싶어요. 여성들이 일어설 수 있도록 용기를 불어넣어 주고 싶어요. 음지에서 고통 받고 있는 여성들을 양지로 나서게 만들고 싶어요. 이유는 그것뿐이에요. 피해자의 입장으로서……."

"……."

아무 말도 할 수 없었다. 참담함이 그를 주눅 들게 만들었다. 유리 옆에 앉아 있는 자신이 마치 먼 나라의 사람처럼 느껴졌다. 유리의 말을 들으며 민수는 그녀의 거대한 형체를 부담스럽게 받아들여야만 했다.

그가 다시 담배를 입으로 가져갔다.

"제가 너무 많은 걸 민수 씨에게 바라고 있는 건가요?"

"……."

"이해할 수 있을 거라고 생각했어요. 민수 씨는 충분히 감당할 수 있는 사람이니까."

"너무 많은 부담을 주시는군요."

무겁게 그가 말했다.

"……."

그의 힘겨움을 감싸듯 그녀가 포근하게 눈으로 보듬어 안았다. 그녀의 눈빛에서 민수는 알 수 없는 흥분을 발견했다.

담뱃재를 재떨이에 터는 소리가 들렸다.

"한번 생각해 보겠습니다. 하지만 자신이 없군요. 과연 내가 유리 씨와 미지 씨에 대해 얼마큼 이해하고 있는지……."

"그래요. 차차 시간을 두고 생각하도록 하세요. 저도 일을 너무 성급하게 진행시키고 싶지는 않으니까. 될 수 있으면 민수 씨께서 승낙하시는 쪽이었으면 해요. 그 선택이 빠르면 빠를수록 더 좋구요. 이제 시간이 얼마 남지 않은 것 같군요. 나도 지쳐 있으니까."

그녀의 끝말이 조그맣게 자지러들고 있었다.

그녀가 민수의 잔에 자신의 잔을 부딪쳤다.

"신혼 생활은 어때요?"

"별로……. 생각했던 것과는 다르더군요. 아마도 성격 차이 때문에 그런 것 같아요."

"벌써부터 성격 차이를 느낀다면……."

"……."

"구체적으로 어떤 문제지요?"

"……."

"말하기 싫으면 안 하셔도 좋아요. 주책없이 제가 많은 걸 물었나 봐요. 미안해요."

어둡게 일그러진 민수의 얼굴을 쳐다보는 그녀의 눈가에 호기심이 배어 있었다.

민수는 숨기고 싶지 않았다. 왠지 유리에게만큼은 다 말할 수 있을 것 같았다.

"알고 싶으시다면 말하겠습니다."

"……."

"가장 문제되는 건 일과……."

"……?"

"섹스 때문입니다."

그가 말라 드는 입술을 맥주로 촉촉하게 적셔 냈다. 차가움과 함께 싸한 느낌이 속에서부터 밀려 넘쳤다. 그의 입에 유리가 과일 한쪽을 찍어다가 내밀었다.

"문제가 심각한 가요?"

호기심 가득한 눈으로 맥주잔을 기울이며 유리가 민수를 쳐다보았다.

"항상 일이 전부입니다. 저는 안중에도 없고……. 잠자리조차 하기를 꺼려합니다.”

“……”

“혼자서 알아서 하라는 식이지요. 어쩔 때는 결혼을 왜 했나 하고 후회할 때도 있습니다.”

“……”

“그녀가 무얼 원하는지 도대체 알 수가 없습니다.”

“예린 씨와 대화를 가져봤나요?”

“대화 자체가 이루어지지 않습니다.”

“관계를 가질 때는 어떻던가요.”

“……”

“반응 말이에요.”

“시체나 다름없습니다. 아무리 노력해도 꿈쩍도 하지 않습니다.”

“전혀?”

“네. 전혀.”

“그럴 리가……”

“……”

민수는 말문이 막혔다. 어색하게 맥주잔을 기울일 뿐이다.

유리에게 그런 가정 문제까지 이야기하고 있는 자신이 놀라웠다. 그것도 성에 대한 이야기이지 않은가.

“혹시……”

“……”

“불감증 아닐까요. 아니면 민수 씨의 시도가 부족했거나요.”

“제가 부족했다고 보지는 않습니다.”

"그건 저도 인정해요. 하지만 사람마다 성감대에 차이가 있으니까."

"……."

"그렇다면 불감증이라고 결론을 내릴 수밖에 없겠군요."

"불감증."

"원인을 한번 찾아보세요. 이를테면 충격 같은……."

"성폭행을 말하는 건가요."

"그래요. 성폭행을 당한 여성들은 대개가 충격에서 헤어 나오지 못하고 성에 대한 불쾌한 감정을 느끼게 되죠. 일방적으로 섹스가 무시되어 버리는 거예요."

"……."

그가 말없이 맥주잔을 만지작거리고 있었다. 그녀의 말을 믿고 싶지 않았다. 그럴 리가 없다고 생각하면서도 그는 쉽게 그러한 생각에서 벗어나지 못하고 있었다.

예린과 관계를 갖던 날이 자꾸만 떠올랐다. 시체처럼 누워 꿈쩍도 하지 않던 여자의 체온. 그리고 관계가 끝나자 곧 등을 돌려 자괴감과 수치심을 심어 주었던 그녀의 행동. 그러한 생각들에 골몰한 채 민수는 한없이 어두운 곳으로 휩쓸려 들어가고 있었다.

성 없이 그녀와 결혼 생활을 유지할 수 있을 지에 대해 자신이 없어졌다. 남녀 관계에서 성은 무시할 수 없는 것이다. 부부에게서는 더더욱 있을 수 없는 일인 것이다.

사랑은 정신적, 육체적으로 일치될 수 있을 때 커다란 행복과 만족으로 다가서는 것이기 때문이다. 그것에서 하나를 뺀다면…….

3,000cc의 맥주는 어느새 바닥을 드러내고 있었다. 유리가 아르바

이트생을 불러 맥주를 주문했다.

민수가 담배를 가져다가 입에 물었다. 뒤이어 담배연기가 자지러지 듯 자욱하게 그의 입 밖으로 흩어져 나왔다.

모든 것이 어색하게 느껴졌다. 심지어 음악까지도, 그리고 실내를 비추는 조명까지도 거추장스럽게 느껴졌다.

"제가 괜한 소리를 한 모양이에요."

"……."

"너무 걱정하지 마세요. 그럴 리는 없을 거예요. 설사 그렇다 하더 라도 얼마든지 치료로 고칠 수 있잖아요."

"그래요. 그럴 리는 없을 겁니다. 제가 너무 성급했던 걸 겁니다. ……이제 그러한 얘기 그만하고 술이나 마셔요. 미지 씨를 위해 서……."

그 말과 함께 민수가 맥주잔을 유리의 잔에 쨍, 하고 부딪친 뒤 깨끗 하게 비워 냈다.

새로 날라져 온 맥주를 유리가 힘겹게 들어 민수의 잔을 채워 주었다.

민수는 더 이상 예린의 생각에 빠져들고 싶지 않았다. 그는 예린이 그럴 리가 없다고 단정해 버린 상태였다. 단정해 버린 만큼 유리와의 만남에 충실해지고 싶었다.

"맥주 맛이 좋습니다."

민수가 아무 일도 없었다는 듯 유리를 쳐다보았다. 그의 말에 유리 의 입에서도 더 이상 예린을 떠올리지 않았다.

창밖으로 어둠이 스멀스멀 내리고 있었다. 어둠은 곧 유흥가의 물 결로 이루어져 있었다. 현란한 네온의 주체하지 못하는 반짝거림이 도심 전체를 멍들게 하고 있는 것 같았다.

그 물결 속에서 민수는 빠져나오고 싶지 않았다. 정신없이 빨려 들어가 자신이길 거부하고 싶었다.

저절로 맥주잔이 들려졌고 비워졌다. 그러면 유리가 밝은 표정과 미소로 다시 채워 주었다. 그러나 마셔도 마셔도 취하지는 않았다.

"외로웠어요."

유리가 빤히 민수를 쳐다보았다. 그녀의 얼굴에 연한 홍조가 깃들어져 있었다.

"……."

"민수 씨, 오늘밤을 뜨겁게 불사르고 싶어요."

"그럼 편히 쉬십시오."

민수가 객실 문을 열고 침대에 술에 흠뻑 취한 그녀를 눕히면서 말했다.

"잠깐만요."

유리가 뒤돌아서려는 민수를 잡아 세우며 서둘러 말했다.

"……."

"가지 말아요."

"……."

"혼자 있고 싶지 않아요."

유리의 손은 민수를 쉽게 놓아줄 것 같지 않았다.

"함께 있어 줘요."

유리가 가냘프게 민수에게 안겼다.

"……."

"그리웠어. 이대로 민수 씨를 보내고 싶지 않아."

그녀의 목소리는 초조함으로 가득했다. 알 수 없는 흥분이 가슴에서부터 뜨겁게 달아올랐다. 민수는 그녀의 가냘픈 머릿결을 다정스럽게 쓰다듬어 주었다.

"……."

"날 안아 줘요. 당신의 여자가 되고 싶어."

그녀의 말에 민수는 흔들렸다.

사랑, 그렇게 찾아오는 것일까.

민수는 그녀의 얼굴에서 외로움을 읽어 낼 수 있었다. 하지만 그녀를 그렇게 받아들이고 싶지는 않았다. 어쩌면 서로에게 실망을 느끼게 될지도 모른다.

"많이 취했습니다."

"난 당신이 필요해. 어서요……."

"……하지만."

"제가 싫은가요?"

"그런 건 아닙니다. 그렇지만 오늘은 안 되겠습니다."

"왜 안 되지요?"

"전 아직 준비가 되지 않았습니다. 이해해 주십시오. 유리 씨……."

사랑이란 무엇이던가.

민수는 그녀에게 다가서고 싶었지만 애써 자제했다.

"민수 씨……."

그녀의 목소리는 붉게 물들여져 있었다.

"전 유리 씨를 아끼고 싶습니다."

그 말을 하고서 민수는 그곳에서 나왔다. 그곳에 오래 있다가는 실수 할 것 같아서였다.

민수는 집으로 돌아가고 싶지 않아 곧 발길을 돌려 오피스텔로 향했다. 그곳에서 유리의 제안을 생각해 볼 요량이었다.

민수는 며칠 동안 오피스텔에 머물면서 나름대로 오리지널 시나리오에 대한 구상을 하고 있었다.

벌써 창밖은 어둠으로 짙게 깔려 있었다.

그는 오랜만에 집에 들어가 침대에서 잠을 푹 자고 싶었다.

그가 아파트 상가에서 캔맥주를 사가지고 들어왔을 때까지도 예린은 귀가하지 않고 있었다.

그는 샤워를 끝내고 거실로 나와 소파에 앉아 맥주를 마셨다. 열어놓은 창문 사이로 바람이 밀려들어와 그를 더욱 나른하게 만들었다. 맥주는 단번에 비어졌고 그가 새로운 캔을 따서 상큼하게 한 모금 마시고 탁자에 내려놓았다.

아홉 시쯤 되어서였다.

현관문이 열리는 소리가 들렸다. 그리곤 하이힐이 또각또각 거렸다.

"언제 들어왔어?"

예린이었다. 그녀의 얼굴에 취기가 완연하게 피어올라 있었다. 민수는 그녀를 빤히 쳐다보았다.

"내 얼굴에 뭐라도 묻은 거야. 왜 그렇게 뚫어져라 쳐다봐."

그녀가 무거운 표정으로 민수를 쏘아보았다. 민수는 어이가 없었다. 술에 취한 그녀가 비틀비틀 거리며 그에게 걸어왔다.

"술 마셨니?"

"그래 마셨다."

"……."

민수는 입을 다물었다. 그리곤 캔맥주를 들어 길게 한 모금 마시곤 내려놓았다. 그는 무색한 표정이었다.

"나, 마셔도 되지?"

민수가 대답하지 않았는 데도 그녀는 캔맥주를 집어 취기를 돋구었다.

"그만 마셔……. 많이 마신 것 같은데……."

"오늘은 좀 마셔야겠어."

하며 그녀가 벌컥벌컥 소리를 만들었다. 그리곤 숨 가쁘게 캔맥주를 탁자에 내던지듯 내려놓았다.

"자기, 나 밉지……?"

"……."

"미워 안 미워……?"

"술 마셨으면 들어가서 자."

"아직 대답하지 않았잖아."

"대체 왜 그러는 건데?"

"……."

그녀가 옅은 미소를 만들었다. 민수는 그녀의 표정을 외면해 버렸다.

"나 피곤해."

"미안해."

"……뭘?"

일순간 예린의 눈이 애처롭고 쓸쓸하게 빛났다. 그녀는 힘없이 고개를 숙였다. 민수는 그녀에게서 안쓰러움과 서글픔을 발견할 수 있었다. 그녀의 어깨가 너무도 힘이 없어 보였다.

"알아. 민수 씨가 왜 집에 들어오지 않고 밖으로만 겉돌려고 하는지……, 미안해."

"……."

"민수 씨도 어느 정도는 짐작하고 있을 거야. ……난 관계를 갖지 못하는 여자야."

예린이 무참하게 무너져 내렸다. 민수도 가슴이 쿵, 하고 내려앉는 기분이었다. 믿고 싶지 않은 일이었다.

지우고 싶었다. 차라리 그러한 말을 듣지 않았을 때가 더 좋았다고 그는 생각했다. 하지만 안정을 찾아야 한다. 그는 되도록 침착해지려 노력했다.

"……."

"미안해. 내가 자기한테 할 수 있는 말이라고는 그것밖에 없어. 숨길 생각은 없었어."

그녀는 아파하고 있었다. 비로소 술기운을 얻어 이야기할 수는 있었지만 그 다음이 더욱 난감했다. 그녀는 모든 것을 각오하고 있는 듯했다. 민수의 결단이 어떠한 것이라도 받아들일 수밖에 없다고 그녀는 자각하고 있었다.

예린은 고개를 푹, 숙인 채 들지 못했다. 그가 자신을 어떻게 쳐다볼지 겁부터 났다.

섹스의 비중이 그렇게 크다는 말인가? 부부간의 범위가 공인 받은 섹스 파트너로 치우쳐 있다는 것이 그를 더욱 가슴 절이게 만들었다. 그는 자책할 수밖에 없었다. 예린을 몰아세우던 자신이 못마땅하였다.

예린을 저버려서는 안 된다. 그녀의 아픔을 감싸주는 것이 자신의 도리이며 당연히 해야 할 일인 것이다.

민수는 재떨이에 담배를 눌러 껐다. 예린의 눈에서 구슬 같은 아픔이 뚝뚝 떨어져 내리고 있었다. 민수의 마음이 더욱더 쓰려 왔다.

예린이 앉아 있는 쪽으로 그가 건너가 앉았다. 그리곤 손가락으로 그녀의 눈물을 닦아 내었다. 손가락에 묻어 난 여자의 눈물은 뜨겁고 애잔하였다.

"괜찮아."

"……."

그녀가 와락 민수에게 안겨 왔다.

그녀의 가느다란 목선이 민수의 시선으로 들어와 있었다. 그녀의 살갗에서 풍겨나는 냄새가 더없이 향기롭고 포근하게 민수는 느껴졌다.

한동안 부둥켜안은 채 둘은 아무 말도 하지 않았다.

그것은 사랑이었다. 정신적으로 안정을 취할 수 있는 끈끈한 남녀 간의 교감이었다.

민수는 결혼 이후 처음으로 예린의 따뜻함을 느낄 수 있었다. 그녀에게 자신이 얼마나 소중한 폭을 차지하고 있는지 새삼 발견하고 가늠할 수 있었다.

"사랑해. 민수 씨!"

"나도 예린이를 사랑해. 앞으로도 영원히……."

앞으로 눈물을 흘리게 만들지 않으리라. 예린에게 슬픔과 아픔은 절대 심어 주지 않으리라. 민수는 굳게 마음을 먹었다. 다시는 그녀와의 사랑을 부정하지 않으리라.

실로 오랜만에 느껴보는 안락함과 평온함이었다.

그의 삶의 방향과 목표는 예린에게 향해져 있었다.

"알고 싶지 않아?"

"……."

민수가 말없이 고개를 저었다. 이 순간 그것은 대수롭지 않다고 생각했기 때문이다.

"얘기하고 싶어. 민수 씨가 오해하지 않도록 모두 다……."

"……."

"중학교 때 열병을 앓았었거든, 사람들이 다 죽는 줄 알았데. ……3일 동안이었는데 겨우겨우 살아날 수 있었어."

"……."

"의사가 그러는데 그때 그것이 원인일지도 모른다는 거야. 내가 안건 민수 씨와 처음 관계를 가졌을 때였어. 전혀 느낄 수 없었거든……. 남들은 어떻고 어떻다고 말하는데……. 나라고 왜 느끼고 싶지 않겠어. 남들 다 느끼는 건데……. 느낄 수 없으니까. 겁부터 먹는 거야. 민수 씨가 어떻게 생각할지 몰라서. 그리고 수치라고 생각했거든……."

그녀는 용기 내어 조목조목 이야기할 수 있었다.

그녀의 말을 들으며 민수는 예린의 등을 어린아이 어르듯 토닥이고 있었다.

그리 어색하지 않은 어둠 속이었다. 어둠 속에서 하나인 채 그들은 알 수 없는 교감을 형성하였다.

"많이 망설였어."

"바보."

"……."

"이젠 됐어. 난 이해할 수 있어. 사랑해."

"고마워. 민수 씨가 이해한다니 더 없이 행복한 걸."

"그래, 이제부터는 나도 잘 할게."

"……."

"어떻게 해. 민수 씨가 느끼지 못할 텐데……."

"걱정 마. 참을 수 있어. ……우린 극복할 수 있을 거야."

"나, 병원에 다닐 거야."

그녀가 민수의 귀에 대고 소곤거렸다. 삭삭하면서도 아늑한 목소리였다.

"……."

"그리고 일도 조금씩 줄일게. 자기와 함께 있는 시간을 늘리고……. 최선을 다 할 거야. 더는 자기한테 부끄러운 모습 보이지 않을게."

"그래."

"자기야, 사랑해."

예린의 얼굴에 화색이 가슴 벅차게 돌았다.

어둠은 짙어질 데로 짙어져 둘 만의 공간에 휴식을 자져다 주었다.

소파에서 예린을 안아 침대 위에 뉘인 후 그도 곧 침대 위로 올라갈 수 있었다. 그녀의 얼굴에 피어난 연한 홍조가 아름답기 그지없었다.

그가 예린에게 팔베개를 만들어 주자 그녀가 부담없이 안겨 왔다.

"신혼 첫날 밤 같아……."

"……."

민수가 그녀에게 슬며시 웃음을 만들어 주었다.

"키스 해 줘."

"……."

민수는 말없이 그녀의 요구에 따랐다.

입술과 입술이 맞닿은 사이로 뜨거움이 전율하였다. 민수는 색다른 쾌감을 맛보았다.

그가 입술을 예린 쪽으로 깊숙하게 집어넣자 그녀가 이빨로 그의 혀를 살짝 깨물었다. 짧은 동안의 입맞춤이었지만 그런 대로 강렬함을 느낄 수 있었다.

그녀와의 입맞춤은 신선하고 상큼했으며 달콤하기까지 했다. 전혀 기교를 찾아볼 수 없는 서투른 입맞춤에서 그러한 것을 느낄 수 있다는 것이 민수를 놀라게 했다.

그것이 전부였다.

그 어떤 행위도 뒤이어 이어지지 않았다. 가슴이 팽창되었지만 민수는 내세울 수가 없었다. 그녀를 난감하게 만들어서는 안 된다고 생각했다.

방황 뒤의 꿀맛과도 같은 휴식이었다.

민수와 예린은 곧 평온의 숲으로 아늑하게 다가설 수 있었다. 눈을 감자 스스로 온몸에서 힘이 빠져나가며 포근함이 밀려왔다. 그는 더없이 곤한 잠 속으로 편안하게 빠져들어 갔다.

얼마를 그렇게 잠들어 포근함을 맛보았을까. 어렴풋 전화벨이 울리는 소리가 거추장스럽게 들렸다. 전화벨은 한동안 계속해서 침실 안을 돌아다녔다.

그가 눈을 떴을 때 전화벨이 멈추었다가 다시금 어색하게 이어졌다.

전화벨은 촉박하게 울렸다. 핸드폰이었다.

벽시계는 여섯 시를 불투명하게 가리키고 있었다.

민수는 곧 핸드폰을 개통시킬 수 있었다. 저쪽에서 들려 온 건 남자의 목소리였다.

"여보세요?"

그가 잠에서 덜 깬 목소리로 말했다.

"한민수 선생님 계십니까?"

남자의 무게 있는 목소리가 그의 정신을 맑게 해 주었다. 처음 듣는 낯선 목소리였다. 민수는 순간 의아한 표정으로 핸드폰을 귓가에 바짝 붙여 대었다.

"어디십니까?"

"잠깐만 기다리십시오."

그리고선 남자는 뜸을 들였다. 그 공백 사이에 민수는 다시금 심상치 않은 일이 벌어지고 있음을 느낄 수 있었다. 그의 가슴이 알 수 없게 울렁거렸다.

예린은 평온한 얼굴로 잠 속을 뒤척이고 있었다. 그는 예린의 잠에 훼방이 되지 않을까 해서 거실로 자리를 옮겼다.

소파에 앉아 담배를 물고 라이터를 켤 때 저편에서 여자의 침울한 목소리가 들려왔다.

"한민수 씨?"

"그렇습니다. 그런데 누구시죠. 이렇게 이른 새벽에……?"

그가 가라앉았던 목소리를 가다듬으며 경계감을 늦추지 않고 여자에게 물었다.

여자는 밤을 꼬박 지새운 듯한 야윈 목소리로 말했다.

"먼저 사과드립니다. 이렇게 이른 시간에 전화하는 것이 도리가 아니라는 것은 알지만……."

"……."

민수는 귀를 쫑긋 세웠다. 여자의 무게 담긴 목소리에 민수는 집중하지 않을 수 없었다.

"최지숩니다."

"최지수……?"

민수는 곰곰 해졌다. 그 최지수란 말인가? 그는 왜 지수가 자신에게 전화를 했는지 궁금해졌다. 그것도 꼭두새벽에…….

"수원에서 한 번 만났지요."

"아, 안녕하십니까? 그런데 무슨 일 때문에……."

"……."

그녀는 쉽게 말문을 열려 하지 않았다. 그의 입에서 담배연기가 파리하게 뿜어져 나왔다.

"민수 씨도 아셔야 할 것 같아서 이렇게……."

"……?"

그는 조급해졌다.

무슨 말이기에 이렇게 뜸을 들이고 있는 것일까? 무슨 급한 일이라도 생겼다면……. 그것은 분명 유리와 관계가 있는 일일 것이다. 하지만 민수는 속단하지 않았다.

"무슨 일이 신데⋯⋯?"

"유리 일이에요."

"유리 씨가 어떻게⋯⋯?"

"⋯⋯."

민수의 손에 붙어 있던 담배가 초라하게 필터 부문만을 남기고 있었다. 그는 핸드폰을 귓가로 더 바짝 밀착시켜 지수의 뒷말에 대비했다.

"유리가 지금 병원에 있어요."

"많이 아프신 가요?"

"⋯⋯."

저편의 지수의 목소리가 한순간 애잔하게 흐느끼고 있었다. 민수는 그때까지 무엇을 의미하는지 알 수가 없었다. 그는 지수를 채근하려고도 생각했지만 그러지 못했다. 그녀가 말 할 수 있을 때까지 민수는 기다려야 했다.

"그게 아니에요."

"그럼⋯⋯?"

"영안실에 있어요."

그녀의 목소리는 담담했다.

"믿을 수 없습니다. 농담 마십시오. 지금 제가 꿈꾸고 있는 것 아닌 가요. 그럴 리가 없습니다."

민수는 지수가 자신에게 농을 걸고 있다고 생각했다.

그가 싱겁게 웃었다. 거짓이리라. 믿을 수 없는 일이다. 하지만 지수가 이렇게 이른 시간에 전화하여 실없는 소리를 지껄이겠는가. 그것은 엄연한 현실이다.

"저도 믿을 수가 없어요. 하지만 믿어야 해요. 이곳에 누워 있으니까."

"……"

그가 담배를 입에 물었다. 담배연기가 자지러들었다. 그는 감각이 무뎌져 오는 것을 느꼈다.

"언제……?"

"어제 밤에……."

지수의 말끝에 물기가 잔뜩 서려 있었다.

"아, 어느 병원이지요?"

핸드폰을 쥐고 있던 그의 손에 힘이 저절로 들어갔다. 그의 손에는 식은땀이 흐르고 있었다.

믿겨지지 않는 일이지만 믿을 수밖에 없었다.

그는 침실로 들어가 옷을 갈아입었다. 그가 막 침실 문을 나서려 할 때였다.

"벌써 일어난 거야?"

예린이 그를 붙잡아 세웠다. 그녀는 눈을 부스스 뜨며 벽시계를 올려다보았다.

"몇 시야?"

"좀더 자. 난 가 봐야 할 곳이 있어서……."

"어딜……?"

"다녀와서 말할게. 지금은 말할 시간이 없어……."

"전화 할 거지?"

"……."

예린을 향해 고개를 끄덕이고는 서둘러 아파트에서 나왔다. 그는 차에 올라 시동을 걸고 공항을 향해 출발시켰다.

그의 손끝이 가볍게 떨리고 있었다. 이른 새벽의 믿지 못할 급보였다. 그는 안정을 찾으려 노력했지만 그것은 허사였다.

승용차의 속력을 가속시키며 그가 핸드폰을 눌러 항공편을 예약하였다. 다행히도 주말이 아니라서 항공편은 여유가 있었다.

그가 제주 공항에 도착한 것은 아홉 시를 조금 넘긴 뒤였다.

그는 공항에서 택시를 타고 지수가 알려준 병원으로 달려갔다. 그곳으로 향하는 동안에도 민수는 유리의 죽음을 믿으려 하지 않았다.

'사실이 아닐 것이다.'

영안실 앞에는 검은색 양복을 입은 사내가 지키고 서 있었다. 얼핏 낯이 익어 보였다.

사내는 그를 보자 정중하게 고개를 숙이고는 지수가 있는 쪽으로 그를 안내했다.

영안실은 한적한 편이었다.

한편에 유리의 사진이 걸려 있었으며 그 앞에 향이 타고 있었다.

민수는 자신의 몸에서 힘이 쭈욱 빠져나가는 것을 느낄 수 있었다. 그 자리에 주저앉고 싶어졌다. 창백함이 그의 얼굴에 그대로 배어났다.

믿어야 한다.

확인한 이상……. 그는 알 수 없는 흐느낌 속으로 빠져 들어갔다. 그녀에게 아무것도 해줄 수 없었던 자신이 원망스러울 뿐이다.

한동안 넋을 잃고 서 있다가 희망을 포기한 채 자각하고 마는 그였다. 그는 힘없이 유리의 사진 앞으로 다가가 향을 피워 놓았다.

'날 안아 줘요. 난 당신의 여자가 되고 싶어.'

'난 유리 씨를 아끼고 싶습니다.'

그녀와의 마지막 대화를 민수는 상기시켰다.

과연 그녀가 의미하던 것은 무엇이었을까?

민수는 안쓰러움을 접어 둘 수가 없었다. 그녀가 이렇게 서늘하게 딴 세상 사람이 되어 있다니…….

막막함이 그를 사로잡았다.

지수는 넋을 잃고 있었다. 그녀의 손에 들려져 있던 하얀 면수건은 눈물로 하염없이 젖어 들었다.

마지막 가는 길이었다. 다시는 그녀를 볼 수 없다고 생각하니 저절로 가슴이 찡해 왔다.

그녀의 아픔을 보듬어 주지 못했던 자신이 원망스러울 뿐이다. 그때, 그 몸부림이 마지막이라는 것을 알 수 있었더라도…….

그녀에겐 왜 아픔만 있어야 했는가. 그 알 수 없는 그림자. 항상 그녀를 따라다니던 속절없는 희망의 또 다른 아픔. 민수는 몇 날 며칠을 그곳에 앉아 있었다.

'내 곁에 있어 줘요.'

자꾸만 그녀의 목소리가 어른거려 그는 잠시도 그곳에서 벗어날 수 없었다. 마지막 배웅을 해 주고 싶었다.

울고 싶어도 울 수 없는 고통이란……. 그는 가슴속으로 처절한 자신을 확인할 수 있었다.

살아가는 동안 아프기만 했던 여자.

여자의 영혼은 서글픔을 남기고 여자의 영혼은 욕망의 모든 찌꺼기를 남김없이, 부끄러움 없이 훌훌 털어 버리고 이제야 비로소 자유로울 수 있었다.

여자로 태어나 평범하지 않은 어두움의 일생으로 이제 흙이 되려 하는 유리가 민수는 불쌍하여 한없이 끝없이 눈물을 머금었다.

그녀의 그림자 속에 존재하고 있는 모든 아픔을 민수는 그제서야 받아들이고 이해할 수 있을 것 같았다. 그녀에 비하면 자신은 턱없이 모자라고 부족한 사람 중의 하나인 것이다.

"이제 좀 쉬세요."

지수의 목소리였다. 그녀의 창백한 얼굴이 민수를 잡아 세웠다. 그녀의 손에서 하얀 면 손수건이 떠날 날이 없었다.

"지수 씨, 힘드시죠?"

"아뇨, 전 힘들지 않아요. 민수 씨가 걱정이지요."

"……."

그녀가 애써 얼굴에 화색을 띄려 했지만 어색할 뿐이다.

"약물 과다 복용이었어요."

"……."

민수는 그녀가 분신처럼 들고 다니던 약통을 떠올렸다. 신경안정제라며 서너 알 씩 입안으로 털어 넣던 그녀의 모습이 자꾸만 그의 머릿속에 떠올랐다. 자제하도록 만들 수만 있었어도……. 초췌하게 일그러진 지수의 얼굴을 바라보며 그가 어처구니없게 쓰디쓴 웃음을 만들었다.

"아!"

지수의 입에서 한숨과 함께 속절없이 울음이 솟구쳐 나왔다.

"힘내십시오."

무슨 조화란 말인가?

이 여자들의 만남과 끝에는……. 왜 같은 길로 이어져 있는 것일까.

'칠공주.'

민수는 안쓰러움을 접어들일 수 없었다. 성폭행에서부터 이어진 운명의 만남치고는 너무도 속절없는 것이다.

어찌하면 그녀들을, 그녀들의 아픔을 달래 줄 수 있을까.

"우린 왜 이래야 하는 거죠. 왜 항상 이런 식이어야 하냐구요."

그녀가 속절없어 했다.

"……."

"미안해요. 민수 씨."

"아닙니다."

그는 영안실 밖으로 나와 담배를 입으로 가져갔다. 담배연기는 무덤덤하게 그의 입안을 맴돌다가 씁쓸하게 흩어져 나왔다.

금방이라도 소나기가 쏟아질 것처럼 하늘에는 먹장구름이 음산하게 깔려 있었다.

비라도 한바탕 쏟아진다면 기분이 좀 나아질 것 같았다. 민수는 담배를 손톱으로 털어 끄고는 핸드폰을 귓가에 바짝 가져다 대었다.

벌써 이틀 째 예린에게 아무런 연락도 취하지 않고 있었던 그였다.

핸드폰도 꺼 놓은 상태였기 때문에 그녀와는 전혀 연락이 되지 않았다.

민수는 예린의 핸드폰 번호를 차근차근 눌렀다.

곧 그녀의 목소리를 들을 수 있었다.

"지금 어디야?"

예린의 목소리는 상기되어 있었다. 걱정이 짙게 깔려 수척한 편이기도 하였다.

"……."

"얼마나 걱정했는 줄이나 알아? 누구하고 있는 거야?"

"걱정할까 봐서 전화했어. ……자세한 건 집에 가서 얘기할게."

"여자랑 같이 있어?"

"아니야."

"기분이 이상해, 내 말이 맞는 거지. 그렇지?"

"아니야, 아니라니까."

"그러면 왜 말하지 못하는 거야. 집에도 안 들어오고……. 그 여자 누구야?"

"……."

민수는 가슴이 아려 왔다.

"누가 죽었어."

"거짓말하지 마."

그녀가 딱 잘라 말했다.

"……."

민수는 더 이상 아무 말도 하고 싶지 않았다. 예린에게는 자신이 하는 말이 변명에 지나지 않을 것이다. 그러한 그녀에게 어떤 믿음을 심어 줄 수 있다는 말인가.

"여자와 같이 있다면 난 절대 용서하지 않을 거야."

"……."

"그곳이 어디야. ……지금 내가 가서 확인해야겠어. 빨리 말해……."

그녀의 말이 채 끝나기도 전에 민수는 전화를 끊었다.

얼마나 자신을 믿지 못하면 그러한 말을 했을까?

예린의 캐어묻던 집요한 목소리를 생각하면 민수는 짜증스러웠다. 또한 그녀를 믿지 못하게 만들고 있는 자신이 애처로울 뿐이다. 예린은 이제 자신을 보듬어 줄 수 있는 마지막 여자이지 않은가.

빗방울이 그의 얼굴로 안타깝게 쏟아져 내렸다.

어둠이 짙게 내려앉고 있었다. 민수는 그 속에서 하염없이 서글픔을 따라 굴러다녔다. 그러다가 어디쯤에서 속절없음을 깨달았다.

민수는 그렇게 유리를 떠나보낼 수밖에 없었다. 민수는 바다의 거친 풍랑 속에 그녀를 묻어 두고 일상으로 돌아와야 했다.

그녀는 영혼이 되었다. 이젠 이곳에 존재할 수 없는 서글픔인 여자, 그녀가 한 가닥 희망을 찾아 길을 나설 수 있도록 놓아주어야 한다.

잊어버려야 한다.

아쉬움 남김없이 훌훌 털어 버리고 아무 일도 없었던 것처럼 유리의 자리를 메꿔야 하는 것이다. 그것은 간 사람과 남은 사람의 운명의 그림자이기 때문이다.

절망의 자리에서

며칠 째 오피스텔에서 민수는 무료한 시간을 보내고 있었다.

영화촬영도 이제 모두 끝났고 남은 것은 편집 작업과 개봉뿐이다. 이번 영화는 제작 발표회를 하면서부터 많은 관심과 화제를 낳았다. 그만큼 감 감독의 대단한 집념이 있었으며 그의 자존심 문제이기도 했던 것이다.

벌써부터 여주인공인 다은은 일간지와 주간지의 연예면에 빠짐없이 등장하며 비상한 주목을 받고 있었다. 그녀는 스타의 대열에 성큼 다가서고 있었다.

아무튼 민수는 이번 작품의 반응이 심상치 않을 것으로 믿고 있었다. 김 감독에게도 자신에게도 그리고 다은에게도 좋은 성과가 예상되고 있었다.

밖은 어두침침했다.

눈이 올 것 같은 날이었다. 신문의 일기예보에서도 비나 진눈깨비가 한두 차례 쏟아지겠다고 했다.

그가 창밖을 내다보고 있는데 전화벨이 울렸다.

"여보세요."

그는 무감각하게 수화기를 들었다. 그때 저쪽에서 들려 온 목소리는 다름 아닌 다은이었다.

"선생님이세요. 저 다은이에요."

"다은…… 어쩐 일로?"

"지금 뭐하고 계셨어요?"

그녀의 목소리는 들떠 있었다.

"……작업하고 있었어."

마땅히 할 말이 없었기 때문에 그는 그렇게 얼버무렸다.

"바쁘세요?"

"그런 건 아니지만……. 왜?"

"제가 선생님 저녁 식사를 대접하고 싶은데. 어떠세요?"

"저녁……."

민수는 마땅히 할 일도 없었기 때문에 그녀와 약속을 정했다. 그는 전화를 끊고 나서 서둘러 오피스텔을 나섰다. 그녀도 곧 출발한다고 했기 때문에 지체할 여유가 없었다.

그녀와 만나기로 되어 있는 커피숍으로 향하는 동안 민수는 복잡한 생각들을 잊을 수 있었다.

커피숍 안으로 들어서면서 그는 다은을 쉽게 발견할 수 있었다.

"선생님 여기예요."

그녀가 민수를 향해 손을 들어 보였다. 민수는 곧 그녀가 앉아 있는 곳으로 다가가 앉을 수 있었다.

"일찍 왔네."

"선생님 뭘로 드시겠어요?"

커피가 날라져 왔고 민수는 설탕과 크림을 넣어 티스푼으로 저은 뒤 홀짝 한 모금 마셨다. 커피의 은은하고 달콤한 향이 그의 얼굴에 포근하게 묻어났다. 다은도 앙증맞게 커피잔을 기울였다.

"어떻게 지냈어?"

민수가 그녀의 근황에 궁금증을 내보였다.

"바쁘게 지냈어요."

"……"

"모두가 선생님 덕분이에요."

"뭐가……?"

"감독님한테 말씀 들었어요. 선생님이 저를 캐스팅하는데 많은 도움을 주셨다구요. 고마워요 선생님."

"뭘, 난 한 일도 없는데."

"선생님이 아니었다면 지금의 저는 없었을 거예요."

그녀가 방긋 웃어 보였다.

"……어때, 일은 할만 해?"

"네, 하루하루가 즐거워요. 자고 일어나니까 세상이 달라진 거 있지요. 공주가 된 기분이에요. 가는 곳마다 사람들이 알아보는 거 있죠. 가발이나 선글라스 없이는 길거리를 걸어 다닐 수도 없어요."

그녀의 얼굴에는 즐거운 비명이 섞여 있었다.

"이제부터 시작이야. 다은이는 더 유명한 사람이 될 수 있을 거야. 그건 내가 장담할 수 있다구."

"선생님 고마워요."

그러면서 그녀가 손목시계를 들여다보았다. 저녁 식사를 하기에는 좀 이른 시간이었다.

"앞으로는 힘든 일도 많을 거야. 이젠 다은이가 어떻게 하느냐에 달렸어. 기대하는 사람들이 많으니까 그 기대에 실망하지 않도록 열심히 해 봐."

"네, 명심할게요. ……시간이 좀 이르기는 하지만 우리 여기서 나가요. 제가 근사한 곳으로 모실게요."

"그럴까."

그가 먼저 자리를 털고 일어섰다. 그리고 다은이 벗어 놓은 롱 코트를 입고 그의 뒤를 따랐다.

차에 오른 그들은 춘천 쪽을 향해 차를 출발시켰다.

"선생님도 그곳이 마음에 드실 거예요. 저는 가끔 혼자서 그곳에 가곤 하거든요. 카페에서 눈 내리는 강가를 바라보면서 앉아 있으면 묵었던 체증이 모두 풀리는 것 같은 기분이 들곤 해요. ……오늘은 기분이 색다른데요. 선생님과 함께 라서 그런 가 봐요."

"기대 되는데."

차창밖엔 어둠이 소리 없이 깔리고 있었다. 어두워지기에는 이른 시간이었지만 하늘에 구름이 잔뜩 서려 있었기 때문에 일찌감치 어둠은 도시를 뒤덮었다.

차가 막 도심을 벗어나려고 할 때였다. 활짝 달아오르며 다은이 말을 이었다.

"눈이 와요."

들뜬 목소리였다.

차창으로 빗방울이 들이치는가 싶더니 눈으로 바뀌어 소곤소곤 파고 들어왔다.

민수도 덩달아 기분이 좋아졌다. 하지만 걱정이 먼저 앞섰다.

"이거 난감한데."

그의 말에 기쁨을 잠시 접으며 그녀가 민수를 쳐다보았다.

"왜요?"

"아니야."

그가 간단하게 대답했다.

눈발은 더 굵어져 함박눈이 되었다. 민수의 차도 서서히 속도를 줄였다. 눈은 쉽사리 그칠 것 같지 않았다. 거북이걸음으로 차를 진행시키는 그의 얼굴에는 비지땀이 송골송골 맺혀 있었다.

"어떡하지. 미처 스노타이어를 준비하지 못했는데……'

"체인 같은 것도 없어요?"

"……."

민수가 난처하게 고개를 끄덕였다. 다은도 상황을 짐작하며 걱정스러워 하고 있었다.

"돌아가는 게 낫겠는 걸……."

그의 얼굴에는 아쉬움이 맺혀져 있었다.

"……."

"어떻게 할까?"

"……글쎄."

그녀가 어물어물거렸다. 민수는 다은의 결정에 따를 참이었다.

눈발이 시야를 가리고 있었다. 민수는 바깥쪽 차선으로 승용차를 밀착시키며 안전 운행을 했다. 노면은 어느새 눈으로 뒤덮여 있었다.

마음 같아서는 액셀러레이터를 힘껏 밟고 싶었지만 무장이 되어 있지 않은 민수로서는 어쩔 도리 없이 속도를 최대한 줄여야 했다.

"갈 수 있는 곳까지 가 봐요."

그녀가 아쉽게 말했다.

"……그럴까."

함박눈이 퍼부어 운전하는데 여간 껄끄러운 게 아니었다. 다은이 들뜬 기분을 가라앉히며 혀를 끌끌 찼다.

"첫 눈이 오는 건 좋은데……"

그녀가 밝아졌다가 다시금 시무룩해졌다. 민수는 운전에 온 정신을 집중시키고 있었다.

그대로는 무리였다. 민수의 얼굴에 짜증이 덤덤하게 깔렸다.

도로 옆 갓길에 드문드문 차들이 주차되어 체인을 감고 있었다. 다은이 차창 밖으로 지나치는 그들을 유심히 살폈다.

갓길 한편에 차를 주차시키며 그가 짜증스러운 표정을 지었다. 그러며 담배를 꺼내다가 입에 물었다.

담배연기가 후, 하고 입 밖으로 뱉어졌다. 그가 파워윈도로 차창을 조금 열었다.

싸늘한 바람이 아리게 흘러 들어와 담배연기를 안고 빠져나갔다.

"어떡하면 좋아요."

그녀의 걱정된 표정이 민수를 붙잡았다. 민수가 쓸쓸하게 담배연기를 내뱉다가 다은을 쳐다보며 빙긋 웃어 보였다.

"미안해. 이럴 줄 알았으면 나오지 않는 건데. ……조금만 기다려 보자. 사정이 좀 나아질지도 모르니까."

"죄송해요. 저 때문에……."

그가 담배를 눌러 끄고 교통방송 채널에 사이클을 고정시켰다. 프로를 진행하는 중간 중간에 사고 소식과 정체 현상을 정리하여 전해 주었다.

남자와 여자의 숨소리가 차안을 어지럽게 맴돌았다. 남녀의 귀는 쫑긋 상대의 호흡 소리에 예민해졌다.

"선생님……."

그녀의 목소리가 일순간 격정적으로 진득거렸다.

"……."

"선생님과 오래 전부터 이렇게 있고 싶었어요."

그의 눈이 알 수 없이 활활 불타오르고 있었다. 그러다가 민수에게 스르르 안겼다.

"왜, 무서워서 그러는 거야?"

"난 선생님을 사랑하고 있는 것 같아요."

그녀의 눈빛이 심상치가 않았다. 그녀가 민수를 뚫어지게 쳐다보다가 입을 맞췄다. 민수는 엉겁결에 그녀의 입술을 받아들였다.

'여자의 체취, 얼마 만이던가.'

민수의 가슴이 울렁거리기 시작했다.

"선생님께 해줄 수 있는 건 이것밖에 없어요."

그러면서 그녀가 자신의 털실 스웨터 안으로 민수의 손을 잡아당겼다.

남자의 본능이 불쑥불쑥 일어서고 있었다.

그녀의 호흡이 안정을 찾지 못하고 불거지고 있었다.

그의 손은 어느새 그녀의 봉긋한 가슴을 매만지고 있었다. 그녀의
입에서 여린 신음이 흘러나왔다.

"난. 선생님을 원해요."

민수로서는 뜻밖이었다.

이성의 벽이 이처럼 쉽게 무너질 수 있단 말인가.

그녀가 몸을 비꼬며 그를 유혹하기 시작했다. 그녀의 몸에서는 여
태까지 느껴보지 못했던 색다른 향기가 흘러나오고 있었다.

민수는 스르르 그녀에게 빨려 들어갔다. 왠지 빠져나오고 싶지 않
았다.

"안아 주세요. 선생님이 필요해요."

"아……."

"제발……."

그녀는 간절했다. 무엇이 그녀를 그렇게 대범하게 만드는지 알 수
없었다. 민수의 호흡도 거칠어졌다.

"여기서는 곤란해."

"……."

"여기서는 할 수 없어. 여긴 도로변이다. 찾아보자……."

그는 난감해졌다.

서둘러야 했다. 서두르는 만큼 마음이 조급해졌다.

그는 서둘러 차를 출발시켰다. 어디든 들어갈 만한 곳을 그는 찾고
있었다.

그 흔하던 모텔도 약에 쓰려니 없었다. 다은도 달아오른 얼굴로 차창 밖을 열심히 내다보고 있었다. 그녀의 호흡이 가느다랗게 흩어져 나왔다. 민수의 입에서도 역시 뜨겁게 타 들어가던 갈증이 쏟아졌다.

"선생님 전 지금 급해요. 아아…….."

그녀가 민수를 재촉했다.

"후회하지 않아?"

"아니요. 난 선생님을 느끼고 싶어요. 절대 후회하지 않을 거예요. 젊음은 즐기는 것이니까. 단지 즐기는 것으로 저는 만족할 수 있어요. 그 이상 저는 바라지 않아요. 선생님 어서요."

그녀가 채근했다. 그럴수록 그가 액셀러레이터를 힘껏 밟았다.

"한순간에 모든 걸 잃어도?"

"그건 그때 가서 생각하면 되요. 지금부터 그런 걸 생각하며 나 자신을 감추고 싶지는 않아요."

그녀가 민수 쪽으로 몸을 밀착시켜 왔다. 그러다가 급기야 그의 숨겨져 있던 본능을 손으로 어루만지기 시작했다.

"아!"

그는 어지럼증을 느꼈다. 금방이라도 터질 것만 같은 그런 짜릿한 흥분이었다.

"선생님의 체취는 정말 좋아요."

그러며 그녀가 점점 더 가까이 파고 들어왔다.

민수는 문득 예린을 떠올리고 있었다. 하지만 이 순간 그녀는 민수에게 아무런 장해도 되지 않았다. 그녀는 이미 멀리 있기를 고집한 여자였다. 그녀는 그녀일 뿐이고 자신은 오직 자신일 뿐이다. 민수는 더 이상 구차하게 예린의 틀에 자리 박혀 스스로를 포기하고 싶지 않았다.

혼자만의 노력으로는 불가능한 것이 성의 근본이다. 근본적인 만남에 선을 긋고 평행선이길 고집하는 그녀에게서는 민수는 무의미함 자체에 불과한 것이다.

민수는 그 순간 즐기고 싶었다. 한껏 즐기다가 돌아가면 그것이 전부라고 생각했다.

마냥 즐기다가 갈증을 발버둥으로 해소하면 그뿐이었다. 민수는 이 순간 다은에게서 거리감을 조금도 느끼지 않았다. 거리감보다는 친밀감과 알 수 없이 이끌려 드는 교감에 넋을 잃고 있었다. 그가 향하는 것은 오로지 한 길로만 존재하는 여자의 몸부림이었다.

무엇이던가. 바로 이것이 여자의 향기일 것이다.

다은은 민수의 지퍼를 내리고 어느새 들어와 물기를 찾고 있었다. 그것은 여자의 간절한 희망의 나락이기도 하였다.

무엇을 의미하는 것일까. 의미가 없다 해도 좋다. 민수는 그 상황에서 자신을 포기하고 싶지 않았다. 그녀에게 남아 있는 것이 있다면 그것은 오직 즐김뿐이었다.

그들이 탄 승용차의 속도는 더욱 빨라졌다. 급했기 때문에 이것저것 가릴 만한 처지가 아니었다. 승용차는 위태하게 눈 쌓인 노면을 빠른 속도로 달리고 있었다.

차안에서 몽롱한 기운이 피어올랐다.

"모텔은 아직도 안 보이는 거야?"

"……"

달아오른 얼굴로 다은이 고개를 끄덕였다. 그녀는 애타하고 있었다.

모텔은 보일 것 같으면서도 보이지 않았다. 조급함을 참지 못하고 그가 속력을 더 내기 시작했다.

커브 길에서 속력을 줄여 차를 진입시킨 뒤 벗어나려 속력을 가중시킬 때였다.

반대편 차선에서 불쑥 화물차가 민수의 차를 향해 아슬아슬하게 진입해 들어왔다. 그것을 발견했을 때는 이미 늦은 상황이었다.

"악!"

다은의 입에서 찢어질 듯한 비명이 아찔하게 쏟아져 나왔다.

눈부신 헤드라이트 불빛이 그대로 민수와 미나의 얼굴로 쏟아졌다. 놀란 민수의 눈이 동그래졌다.

그는 눈앞에서 벌어지고 있는 상황이 믿어지지 않았다. 이미 차를 세우기에는 역부족이었다.

급제동을 걸어 보았지만 승용차는 스르르 밀려나갔다.

"안 돼."

그의 입에서도 비명이 쏟아져 나왔다. 다은은 양손으로 얼굴을 가린 상태였다.

아무 소리도 들리지 않았다. 자신이 내지르는 비명조차도 까마득하게 느껴졌다.

짧은 한순간이었지만 민수와 다은이 느끼는 것은 그렇지 않았다. 오랫동안 정지되어 있다가 슬로모션이 이어지는 것 같았다.

민수는 포기할 수밖에 없었다. 핸들을 급하게 조작하면서 눈을 감았다.

'쾅.'

둔탁한 굉음이 눈과 귀를 뚫고 들려왔다.

차체가 찌그러지는 것 같았는데…….

추위가 밀려왔다.

얼마를 그렇게 앉아 있었는지 모른다. 한동안 움직일 수가 없었던 것 같은데…….

꿈결일지도 모른다고 민수는 생각했다. 하지만 느껴지는 것은 그렇지가 않았다.

물컹한 액체가 조수석에서 흘러나오는 것 같기도 했고 이상야릇한 비린내가 느껴지는 것 같기도 했다.

그는 추위를 이기지 못하고 점점 정신을 잃어 가고 있었다. 사방이 온통 어두웠다. 그는 아무 것도 할 수가 없었다. 손끝이 절여 왔고 다리에는 전혀 아무런 감각도 없었다.

얼핏 사이렌이 들려왔다. 민수는 그제야 안심할 수 있었다. 그 소리는 생명의 빛처럼 그를 밝혀 왔다.

누군가 차안을 들여다보는 것 같았다. 그러다가 말소리가 들렸다.

"여자는?"

"죽었어. 아깝게 됐어. 젊은 여자 같은데."

말끝에 혀를 차는 소리가 들렸다. 그 소리를 들으며 민수는 의식을 잃었다. 그의 체온이 서늘하게 식어 가고 있었다.

한 생명이 또다시 그의 곁을 떠나갔다.

그 모든 책임은 자신에게 있었다. 그날 그곳에만 가지 않았더라도, 그녀를 만나지 않았어도…….

민수는 다은이 죽은 것을 믿을 수가 없었다. 금방이라도 자신 앞에 다가와 뜨거운 열정을 진득하게 쏟아 부을 것만 같았다.

하지만 그녀는 이미 이 세상 사람이 아니다. 민수는 자신에 대한 원망에서 단 하루도 벗어날 수가 없었다.

차라리 그때 그녀와 함께 죽었더라면 하는 생각이 머릿속을 떠나지 않았다.

그가 가벼운 3주 진단을 받은 것에 비하면 다은의 죽음은 너무도 어처구니없는 것이다. 그는 그 사고의 후유증으로 하루하루를 절망에서 벗어나지 못하고 어둠의 나날을 보내야만 했다. 그렇지만 영혼이 되어 버린 그녀를 생각하면 그가 지니고 있는 고통과 아픔은 턱없이 빈약한 것이다.

일상이 허무하고 무감각하게 느껴졌다. 살아 있다는 그 자체가 낭패스러웠다.

젊음을 한껏 불태우지 못하고 영혼으로 되돌아간 그 여자, 다은. 그녀의 영혼을 어떻게 달래 줄 수 있을까.

불가항력이었다. 그의 힘으로는 도저히 돌이킬 수 없는 일인 것이다. 그는 체념하는 법을 배우기 위해 이 순간 고통스러울 수밖에 없었다.

서글픔이 밀려왔다. 방탕한 자신에게 돌아온 처참한 대가라고 생각했다. 그는 자괴감에 휩싸여 갈수록 초췌하고 핼쑥하게 일그러졌다. 그가 할 수 있는 일이라고는 오직 그렇게 자신을 채근하고 자책하는 것밖에는 없었다.

시사회에도 그는 참석하지 않았다. 그런 것에 의미를 지닐 이유를 민수는 찾지 못했다. 도대체 그러한 것이 무슨 소용이 있단 말인가.

오늘도 그는 외출을 삼가고 있었다. 다섯 시에 지수를 만나기로 한 것을 제외하고는 어떤 스케줄도 잡혀 있지 않았다. 지수가 무엇 때문에 자신을 만나려 하는지 그는 오전 내내 궁금증에 사로잡혀 있었다.

민수는 그녀의 생각에 빠져 있다가 병원에 입원 해 있을 때의 일을 생각했다.

"여보세요?"

"나야 ."

예린이었다.

그녀의 목소리를 듣는 순간 반가움이 느껴졌다. 하지만 그녀의 목소리에서 배어 나오는 심상치 않은 말투에 민수는 경계를 하고 있었다.

"웬일이야?"

"나쁜 자식."

수화가 저편으로 그녀의 거친 호흡이 아찔하게 흩어져 나왔다.

"나쁜 자식."

"……."

민수는 영문을 몰랐다. 그녀의 입에서 쌍스러운 말이 쏟아져 나오리라는 것은 예상 밖의 일이다.

그는 말문이 막혔다. 그냥 전화를 끊어 버릴 까도 생각했지만 그럴 수는 없었다. 그녀가 왜 자신에게 욕지거리를 쏟아 냈는지 궁금하기도 했다. 이유를 알아야 욕도 받아들일 것이 아닌가.

"왜 그래?"

"더한 욕도 할 수 있어."

그녀의 음성은 점차 격해졌다. 민수는 말없이 수화기를 움켜쥐었다. 손에서 물기가 배어 나왔다.

"……."

"더러워."

민수의 가슴이 떨려 왔다. 무엇 때문에 예린이 이토록 상기되어 있는 것일까.

"어쩜 그럴 수가 있지……. 우리 합의 이혼 해. 서류는 내가 준비하겠어."

"도대체 왜 그러는데?"

"몰라서 물어."

"……."

"여배우와……. 나만 모르고 있었으니. 창피해서 고개를 들고 다닐 수가 없어. 당신 같은 인간과 함께 살았다니. 정말 증오스러워. 지금 같은 심정으로는 간통으로라도 집어넣고 싶은 심정일 뿐이다."

"……."

"그래도 잡아 뗄 거야."

"……."

"정 모르겠다면 오늘자 신문을 봐. 거기에 자세하게 나와 있으니까……. 난 이미 결정을 내렸어. 빠른 시간 내에 관계를 청산했으면 좋겠어. 선택의 여지는 없어."

앙칼진 목소리로 그녀가 강요하며 전화를 끊었다.

그는 한없이 난감해졌다.

그녀가 전화를 끊은 후 민수는 서둘러 신문을 찾아 들었다.

그때 다시 전화벨이 긴박하게 들려왔다. 그는 껄끄러운 상태로 수화기를 어색하게 들었다.

"한 작가. 일이 정말 꼬이는데. 후우……"

"……"

민수는 어떠한 변명도 할 수가 없었다. 온몸이 굳어져 왔다.

"아니지. 그렇지?"

"……"

"사실이야?"

"……"

김 감독의 목소리가 조급해졌다.

"도대체 어떤 자식이 그렇게 말도 안 되는 엉뚱한 소리를 흘린 거야."

그는 민수의 편이 되어 부정하고 있었다. 민수는 그의 기대에 어긋나는 자신이 부끄러울 따름이다. 어떤 낯으로 그를 볼 수 있을 지 난감해졌다.

"……"

"대책을 세워야겠어. 이대로 당할 수는 없다구. 한 작가 편안하게 마음먹고 있어. 내가 알아서 할 테니까."

하며 그가 서둘러 전화를 끊었다.

'얼마나 대단한 기사가 났기에 이 난리들일까.'

민수는 차분하게 신문을 뒤적였다.

'신인 영화배우 고다은, 유부남과의 불륜의 종말'

애써 신문을 뒤적이지 않더라도 쉽게 기사를 발견할 수 있었다.

기자는 섹스 스캔들이라는 단어까지 과감하게 사용하며 사실보다 더 이빨을 늘어놓고 있었다. 흥미를 돋구기 위한 말도 안 되는 기사였다.

민수는 어처구니가 없었다. 그렇게 책임지지 못할 인신공격을 해대는 저의가 무엇일까. 특종을 건져낸답시고 있는 말없는 말까지 다 동원하며 입에 발린 소리를 지껄이는 그 기자가 얄미웠다.

그는 신문을 사정없이 구겨서 쓰레기통에 처박았다.

그때 일을 생각하면서 민수의 얼굴이 어처구니없이 일그러졌다.

그는 생각에 잠겨 있다가 서둘러 오피스텔을 나섰다.

다섯 시가 거의 다되어 그는 지수와 만나기로 되어 있는 호텔에 도착할 수 있었다. 그 호텔은 유리가 자주 이용하던 곳이기도 했다.

라운지로 올라가자 민수는 곧 웨이트리스에 의해 별실로 안내되었다. 웨이트리스가 문을 두드렸다. 그리곤 그가 들어갈 수 있게끔 문을 살짝 열어 주었다.

안에선 지수가 그를 기다리고 있었다. 유명세 덕분에 노출을 꺼려하는 그녀였기 때문에 별실을 택한 모양이었다.

안으로 들어서며 그가 눈인사를 보냈다. 그녀가 일어나 그를 맞이해 주었다.

지수에게서 사뭇 상냥해 보이는 표정이 흘러나왔다. 민수가 자리에 털썩 주저앉았다. 그녀가 민수를 찬찬히 뜯어보았다.

"그땐 고마웠어요."

그녀가 연한 미소를 가냘프게 흘렸다.

"아닙니다. 전 당연히 해야 할 일을 한 것뿐입니다."

"식사는 ……?"

"별 생각이 없습니다."

"그럼 우리 술이라도 한 잔 할까요. 어때요?"

그녀가 상냥하게 민수를 쳐다보았다.

"그러십시오.

그의 말에 지수가 옆에 서 있던 웨이트리스에게 눈짓을 해 보였다.

웨이트리스가 돌아간 자리를 민수가 담배연기로 자욱하게 메꾸었다. 지수도 역시 어색함을 접으며 슬림형 담배를 꺼내 입에 물었다. 그녀의 얇은 입술 사이에서 상큼하게 담배연기가 흩어져 나왔다.

"지수 씨 라고 불러도 실례가 안 되겠습니까?"

"편할 대로 부르세요. 전 아무 상관없으니까."

"그럼 그러겠습니다. 많이 힘드시지요?"

"시간이 지나다 보니까 차차 슬픔도 무뎌지네요."

하며 그녀가 힘없이 담배연기와 함께 한숨은 내뱉었다. 그 모습이 민수를 안쓰럽게 만들었다. 민수는 유리의 얘기를 되도록 자제했다.

"미지 씨는 어떻습니까.

"엊그제 면회 갔다가 왔어요. 많이 좋아 보였어요. 유리가 왜 안 오느냐고 ."

지수는 말을 끝까지 잇지 못하고 얼굴에 수척한 표정을 만들었다. 민수는 괜한 소리를 했나 해서 마음이 착잡해졌다.

그때 노크 소리가 들렸다.

웨이트리스가 위스키와 과일 안주를 놓고 나가는 동안 민수와 지수의 대화는 잠깐 멈추어졌다.

그의 잔에 지수가 위스키를 따라주었다. 그리고 민수가 위스키 병을 받아 그녀의 잔을 채워 주었다.

"자 들어요."

잔을 들어 보이다가 그녀가 먼저 위스키를 반쯤 마시고 내려놓았다. 그녀를 지켜보다가 민수도 술잔을 비우고 내려놓았다. 그가 자작하였다.

뒤늦게 위스키의 독한 맛이 목을 따끔거리게 만들었다. 빈속이라 그런지 위스키를 받아 낸 위에서 아린 경련이 느껴졌다.

"무엇 때문에 저를 보자고 하셨습니까?"

"이유가 있어야 하나요?"

"······."

"차차 얘기할게요."

그녀가 뜸을 들였다. 민수는 궁금증을 접어 두고 위스키 잔을 기울였다.

몇 잔을 그렇게 기울이는 사이 그의 얼굴이 붉게 물들었다.

"얼마 전에 교통사고가 났었다구요?"

"네. 그랬습니다."

그가 힘없이 피식 웃었다. 정말이지 생각하고 싶지도 않은 일이었다. 지금 생각해도 그 아찔함은 잊혀지지가 않았다.

위급하여 포기할 수밖에 없었던 무기력한 상황, 그 속에서의 자지러짐은 마치 죽음과도 같은 것이었다. 죽었다가 살아난 것인지도 모른다. 민수는 인간의 나약함을 체험한 것이다. 속절없는 그 아련한 실체, 생명이 그처럼 연약하게 일그러질 수 있다는 것이 안타까울 따름이다.

그가 다은을 생각하며 입안에 위스키를 속절없이 털어 넣었다. 그 모습을 보다가 지수가 말을 이었다.

"제가 민수 씨 만나고 싶었던 것은 이것 때문이에요."

그녀가 편지 봉투를 그의 앞으로 살짝 밀어 주었다.

"이게 뭐지요?"

"유서예요. 유리가 민수 씨에게 전하는……."

"……."

민수가 편지 봉투를 집어다가 내용물을 꺼냈다. 일순간 그의 표정이 상기되었다.

"그때는 미처 전할 경황이 없었어요. 한동안 까맣게 잊고 있다가 며칠 전에야 생각났어요. 그리고 의논할 일도 있고……."

"……."

유리의 필체가 그를 끌어당겼다.

'이제 때가 온 것 같아요.

당신에게 이런 모습은 절대 보이고 싶지 않았지만…….

어쩔 수가 없네요.

그것이 나에게 주어진 길이라면 그렇게 따라야 하겠지요.

아쉽지는 않아요. 난 준비가 거의 다 된 상태니까. 손짓하는 데로 따라가면 그뿐이겠지요.

언제 또 다시 만날 수 있을지…….

당신에게서 난 포근함과 따듯함을 느낄 수 있었어요.

왠지 오늘 이걸 쓰지 않으면 안 될 것 같아서…….

당신에게 부탁하고 싶은 것이 있어요.

손을 내미세요. 그리고 한 곳에 안주하려 하지 말고 적극적으로 다가서세요.

가능성은 얼마든지 있으니까.

내 말 무슨 뜻인지 민수 씨도 잘 알거예요.

난 당신에게 모든 걸 맡기고 싶어요. 당신은 우리를 만족시켜 줄 유일한 사람이니까.

실망하시겠지요.

하지만 난 그렇지 않아요. 당신에게 내 모든 것을 보여 주었으니까. 그것만으로도 흡족해요.

이제 남은 건 민수 씨의 선택이에요.

모든 여성들의 아픔을, 그리고 음지에서 고통 받고 있는 여성들의 흐느낌을 바로 일깨워 주세요.

민수 씨가 대신해 줄 수 있다고 생각하는데, 하지만 강요하지는 않겠어요. 그리고 기다리겠어요.

민수 씨가 준비될 때까지.

만일에 대비해서 이런 편지를 쓰는 거예요.

내가 살아 있다면 이 편지는 전해지지 않겠지요. 이를테면 이 편지가 유서가 되는 셈이네요.

민수 씨만 선택한다면 내가 없는 후라도 지수가 도와줄 거예요.

내가 해야 할 일을 당신에게 떠넘기는 것 같아서 미안하네요.

당신도 이젠 한 발 앞으로 내디딜 때라고 생각해요.

자기 자신을 속이지 말아요.

속이는 것은 나 하나로도 족하니까.

그리울 거예요.'

민수는 유리의 유서를 읽으며 담담해졌다.

그녀의 얼굴에 배어나던 알 수 없는 그림자의 흔적이 그를 괴롭혔다. 민수는 착잡해져 오는 것을 어쩌지 못하고 술에 의존했다.

술을 마실수록 쓰게 느껴졌다.

'왜 굳이 자신이어야 하는가. 많고 많은 사람 중에…….'

그녀를 외면해 버릴 수는 없었다. 하지만 그녀의 바람만큼은…….

그는 아찔하게 아래로 아래로 곤두박질치고 있었다. 정작 자신이 가야 할 길은 어디란 말인가.

막막해졌다. 자신의 존재가 답답하기 그지없었다.

왜 이렇게 힘든 것인가.

왜 자신을 보듬어 편안한 휴식의 자리를 제공하는 여자는 없는 것일까. 왜 힘들게 몰아세우려고만 하는가.

민수는 자신이 없었다. 더욱이 지금의 상황으로는 더더욱 그러했다. 단지 아무 생각도 하지 않은 채 어디론가 잠적하고 싶은 심정이다.

취기가 얼굴을 달구었다.

"민수 씨. 괜찮아요."

"……."

"제가 민수 씨한테 하고 싶은 얘기는 그거예요."

"……."

민수는 대답 없이 술잔을 만지작거리다가 입안으로 털어 넣었다.

"민수 씨에게 그렇다고 꼭 해야 한다고 강요하고 싶지는 않아요. 그건 유리의 선택이었지요. 하지만 유리의 선택을 저는 믿어요."

"……."

말을 마치고 지수가 그의 반응을 기다렸다. 그의 얼굴은 더더욱 볼품없이 일그러졌다.

지수가 그를 쳐다보며 술잔을 기울였다.

"어때요. 제작에 대한 모든 문제는 전혀 걱정하지 않으셔도 좋아요. 얼마가 든다 해도……."

"……."

해볼 만한 제의였다. 하지만 민수는 선뜻 결정을 내릴 수가 없었다.

여성들의 음지의 실상과 아픔을 다루어야 할 영화가 아닌가. 그런 영화를 연출하게 된다면…….

부끄러웠다. 민수는 스스로의 방탕함을 자책할 수밖에 없었다. 어찌 그러한 자신이 고개를 뻣뻣이 들고 연출자라고 명함을 내밀 수 있단 말인가.

나무랄 것이다. 온갖 욕설과 폭언으로 삿대질 해 댈 것이 분명하다. 민수는 애초부터 자신이 없었다.

"생각해 볼 시간을 드릴까요. 아무래도 지금 결정을 내리기보다는 그러는 것이……."

그녀가 힘겨워 하는 그를 배려하며 말을 건넸다. 민수는 여전해 고개를 숙인 채 술잔을 만지작거렸다. 그러다가 술잔을 비워 내고 용기를 내어 그녀를 쳐다보았다. 지수는 걱정되는 눈빛이었다.

"아닙니다."

"……."

"전, 할 수가 없습니다."

"왜죠?"

"제가 너무 부족합니다. 다른 감독을 섭외하시는 편이 좋을 듯 싶습니다."

"……."

그의 변명이 모자랐는지 지수가 한참 동안 그를 빤히 쳐다보았다. 민수는 지수를 똑바로 쳐다볼 수가 없었다.

"아무래도 안 되겠습니다. 지금은 그렇습니다."

"지금은 그렇다면 언젠가는 하실 용의가 있다는……?"

"……."

그가 씁쓸한 웃음을 만들었다.

"이만 가보겠습니다. 지수 씨, 오늘 즐거웠습니다. 그럼 다음에."

결정을 내린 이상 그곳에 있어야 할 이유가 없었다. 그로서 그는 유리에 의해서 이어져 온 칠공주, 라는 선을 단호하게 자를 수 있었다.

성폭행과 폭력에 시달리는 모든 여자들의 아픔도 그는 외면한 채였다.

자신이 아니더라도 누군가 대신할 사람이 있을 것이다. 어쩌면 이 순간도 어디에선가…….

다시 피어나는 희망

"선생님께서 의뢰하신 일 처리는 저희로서도 불가능합니다. 그분께서 연락해 오실 때까지 기다려 보는 수밖에는 없겠는데요. 그리고 앞으로도 저희 용역 회사를 아껴 주신다면 성심 성의껏 봉사하겠습니다. 죄송합니다."

자동응답기에 메모리 된 내용의 전부였다.

민수는 오피스텔에 돌아오자마자 응답기를 확인하고 힘없이 소파에 파묻혔다.

그가 의뢰한 것은 수연이를 찾는 일이었다. 그녀를 찾아 용서를 고하고 싶었다. 그래야만 마음이 편안할 것 같아서였다.

수연의 잠적을 뒤늦게 추적해 내기란 쉬운 일이 아니었다. 민수는 그녀를 찾는 것을 포기해야만 했다.

그는 속절없이 담배를 꺼내어 입에 물었다. 그는 병원에서 퇴원하던 날 의사가 한 말을 떠올렸다.

'심인성 발기부전증.'

의사의 말로는 원인이 교통사고에서 비롯된 것이라고 추정했다. 민수도 의사의 진단을 설득력 있게 받아들였다.

치료만 잘하면 회생 가능성이 높다는 말에 그는 안심할 수 있었다.

묵은해가 가고 신년이 찾아 왔다.

신년 들어 그가 처음으로 한 것은 이혼 서류에 도장을 찍는 것이었다.

예린을 놓아주어야 한다고 생각했기 때문이다. 더 이상 그녀와의 결혼 생활로 얻을 것은 없었다. 얻는 것보다는 서로 잃는 것이 많을 것이다. 그래서 민수는 홀가분하게 그녀를 떠나보냈다.

그는 유학 준비를 하고 있었다. 그곳에서 새 출발을 하고 싶었다. 견문도 넓히고 본격적인 감독 수업을 받을 생각이었다.

민수는 자신의 선택을 잘한 것이라고 생각했다.

이제 그곳으로 출발하면 그만이었다.

아쉬운 것이 있다면 수연에 대한 자신의 죄책감을 털어 버릴 수 없다는 것이다. 떠나기 전 한번만이라도 그녀를 만나고 싶었다.

하지만 그녀는 민수 앞에 나타날 생각을 하지 않았다. 몇 군데 용역 회사에 의뢰를 해보았지만 허사였다.

그녀를 그렇게 잠적하도록 만든 장본인인 자신이 마냥 원망스러웠다.

시계를 보면서 민수는 서둘러 외출을 준비했다.

그가 향하는 곳은 도심 외곽의 고아원이었다.

유학을 가기 전 좋은 일이라도 하고 싶어서였다. 정리한 재산 중의 일부를 그곳에 기탁할 셈이었다.

자신에게는 과분한 재산이었기에 그는 집착하지 않았다. 새롭게 시작하기 위해서는 그러는 편이 나을 듯 싶었기 때문이다.

버스를 타고 가면서 민수는 내내 지난날에 대한 죄책감에서 벗어날 수 없었다.

외로움이 느껴졌다. 그는 철저히 혼자인 것이다. 자신에게 위치해 있던 모든 여자들이 그의 곁을 떠났기 때문이다. 이젠 돌이키고 싶지는 않은 생각들이다. 다시는 그러한 방탕함을 반복하지 않으리라 그는 마음먹었다.

스쳐 지나가는 차창 밖으로 군데군데 눈이 쌓여 있는 것이 보였다.

이렇게 털어 버릴 수 있다는 것이, 작지만 지난날에 대한 대가를 지불하는 것이라고 생각하니 가슴이 날아 갈듯 홀가분해졌다.

어쩌면 오래 전부터 그는 이런 홀가분한 혼자를 기다리고 있었는지 모른다. 마음을 비운 혼자만의 설렘, 바로 그것이었다.

그곳으로 떠나게 되면 몇 년간을 돌아오지 않을 작정이었다. 그곳에서 자신을 돌아다보며 진정한 사랑이 무엇인지, 삶의 의미를 어디에 두어야 하는지 발견하고 터득할 수 있을 때 되돌아오리라.

그때를 생각하면 민수는 가슴이 절로 벅차 왔다.

버스를 탄지 한 시간 삼십 분 정도 되어서 그는 고아원에 도착할 수 있었다.

초라한 두 채의 건물과 손바닥만한 마당이 전부였다.

추위 때문인지 아이들은 밖으로 나와 뛰어 놀지 않았다. 방안에서 뒹굴면서 추위를 삭이고 있을 것이다.

민수가 건물 안으로 들어갔을 때 여덟 살 정도 되 보이는 꼬마 아이가 그를 보고 대뜸 인사를 하였다.

"꼬마야. 너 나 아니?"

"아니요. 아버지가 어른들 보면 인사하라고 했어요.

아버지란 원장을 말하고 있는 것 같았다.

민수가 대견스러워 아이의 머리를 쓰다듬어 주었다. 그러자 정이 모자란 아이의 얼굴에 웃음이 발딱 일어서는 것이 보였다.

"원장실이 어디니?"

그가 묻자 아이는 그의 손을 잡고 원장실 쪽으로 향했다. 아이는 민수가 꽤 마음에 들었던 것 같았다. 아이의 올망졸망한 걸음걸이를 따라 민수는 원장실로 들어갔다.

"아버지 손님 오셨어요."

아이가 민수의 손을 붙잡고 있다가 60대쯤 되 보이는 남자에게 달려가 안겼다. 노인은 꽤 서글서글해 보였다. 마음이 넓고 깨끗한 사람 같았다.

민수는 노인에게서 풍겨 나오는 이미지에 저절로 호감을 갖게 되었다.

"전화하신 한민수 씨?"

"네 그렇습니다."

민수가 정중하게 고개 숙여 인사를 했다. 노인이 다가와 그의 손을 맞잡았다. 그의 손이 따뜻하게 느껴졌다.

"성운아, 너 언니한테 가서 차 좀 내오라고 해라."

아이의 이름이 성운인 것 같았다. 노인의 다정다감한 목소리에 아이가 얼른 문을 열고 밖으로 뛰어나갔다.

"자, 앉으시지요."

원장이 소파 쪽으로 그를 안내했다.

"어떻게 그렇게 큰돈을 저희 고아원에……?"

"유학을 가게 됐거든요. 그곳에서 아주 뿌리박고 살지도 모르고 해서요. 제게 필요한 만큼만 빼고 기탁하는 겁니다."

"그러시군요. 이거 인사가 늦어서 죄송합니다."

원장의 얼굴에 웃음이 방긋 피었다.

"……."

"아이들 키우는데 소중하게 쓰겠습니다."

"통장으로 내일 중 입금시키겠습니다."

그때 원장실 문이 열리면서 아이와 함께 언니라는 여자가 쟁반에 차를 받쳐 들고 들어왔다.

민수가 원장과 얘기 하다가 돌아다보았을 때였다.

믿겨지지 않았다. 민수는 자신의 눈을 의심했다.

"쨍그르르."

여자가 들고 있던 쟁반을 바닥에 떨어뜨린 채 얼음장처럼 굳어졌다. 여자는 임신 중이였으며 임신복 밖으로 배가 불러와 있었다.

수연이였다.

얼굴이 조금 부어 있기는 했지만 그녀라는 것을 민수는 쉽게 알아차릴 수 있었다.

소파에서 일어선 그도 목석이 되어 버렸다.

"오빠!!"

그 말과 함께 원장실에 정적이 깃들었다. 원장과 아이가 둘 사이를 번갈아 쳐다보았다.

"수연아."

민수는 그 말을 내뱉고도 한참 동안 그대로 서 있었다.

그녀의 출현은 그에겐 다시 피어나는 희망처럼 느껴졌다.

"아이는…… ?"

"……."

그녀가 말을 잇지 못하고 고개를 끄덕였다.

'아! 이런 일이……'

민수는 그녀의 속에서 꿈틀거리는 생명의 흔적과 의미를 가슴 벅차게 받아들일 수 있었다.

'정말, 나의 아이란 말인가.'

민수는 그녀의 마지막 전화를 생각해 냈다.

비로소 그는 자신이 있어야 할 자리가 어디임을 알 수 있었다.

진정한 의미를 …….

새출발

시련 뒤에 행복이 찾아오듯이 그들에게도 기쁨의 순간들이 찾아왔다.

얼마나 바라던 순간이었는지 모른다. 민수는 수연을 받아들였고 그녀와의 단란한 신혼집을 꾸몄다.

그는 수연과의 재회로 인해 안정을 찾을 수 있었고 자신이 있어야 할 자리가 그녀의 곁이라는 것을 뒤늦게 알 수 있었다. 그만큼 민수는 수연과 그녀의 몸에서 한 생명의 우렁찬 울음을 터뜨리게 될 아기에게 최선을 다하리라고 마음먹었다. 이번마저도 실패한다면 더는 살아야 할 의미를 찾지 못할지도 모른다고 그는 생각했다.

그는 지수의 영화 제작에 관한 제의를 흔쾌히 수락했다. 유리의 유언도 있었지만 그것보다는 왠지 누군가에게 그 일을 미루고 싶지 않았기 때문이었다. 그리고 그녀들의 실화를 바탕으로 해서 여성들의 짓밟힌 정신적 고통을 치유시킬 수도 있다는 그 나름대로의 의욕이 앞서기도 했기 때문이었다.

쉽게 다루어질 문제가 아닌 만큼 시나리오 작업도 만만치가 않았다.

지수에게 넘겨받은 자료들을 토대로 그는 힘겨운 자신과의 싸움을 하고 있었다.

그는 집에도 들어가지 못하고 작업실에 파묻혀 시나리오 작업에 몰두했다. 그런 그가 안쓰러웠는지 수연이 식사 때만 되면 꼬박꼬박 도시락을 싸 가지고 작업실을 드나들었다. 그런 수연이 그에게는 언제나 힘이 되었다. 지쳐 있다가도 수연의 얼굴만 보면 힘이 저절로 솟는 그였다.

오늘도 수연은 점심을 싸 들고 와서 식사하는 그의 얼굴을 마냥 즐겁게 바라보다가 돌아갔다.

그는 커피를 마시고는 쉴 틈 없이 막바로 컴퓨터 앞에 앉아 자판을 두드리기 시작했다. 한참 글발이 오르려던 참에 전화벨이 작업을 훼방하듯 울렸다.

"여보세요?"

"……."

"말씀하세요?"

그가 짜증스럽게 얼굴을 찡그렸다.

"당신 조심하는 게 좋아."

"누구십니까?"

"그건 알아서 뭐하게……. 몸조심하라구."

남자의 날카로운 음성이었다.

"당신 누구야? ……어디에다 대고 장난 전화야."

그의 말이 채 끝나기도 전에 저쪽에서는 수화기를 내려놓았다. 그도 별 싱거운 놈 다 보겠다는 듯 코웃음과 함께 수화기를 내려놓았다.

그리곤 다시 컴퓨터의 모니터를 주시했다. 하지만 맥이 끊겨 작업의 능률이 오르지 않고 있었다.

그는 좀 전에 걸려 왔던 남자의 섬뜩한 목소리가 자꾸만 마음에 걸렸다. 생각할수록 그 목소리가 심상치 않게 느껴졌다. 그때 다시 전화벨이 울렸다.

"당신 자꾸 장난 전화 할 거야."

그가 수화기를 들자마자 자신도 모르게 그 말을 내뱉었다.

"⋯⋯한 선생님 작업실 아닌가요?"

저편에서 여자의 상냥한 목소리가 들려왔다.

"아, 죄송합니다. 장난 전환 줄 알고 그만 실수를 했습니다."

"그랬군요. 저 지수예요. 어때요, 시나리오 작업은⋯⋯?"

"예, 거의 마무리 질 단계에 와 있습니다."

그가 목소리를 가다듬으며 말했다.

"목소리를 들으니까 꽤 피곤하신 것 같아요. 쉬어 가면서 하세요. 영화도 찍기 전에 한 감독님이 쓰러지시면 안 되잖아요."

"그러잖아도 쉬어 가면서 하고 있습니다. 그 쪽 일은 어떠십니까?"

"그것 때문에 전화를 들였어요. 오늘 계약을 끝냈거든요. 지금 잔금까지 모두 치르고 나오는 길이에요. 사무실 집기하고 영화사 간판 올리는 일만 남았거든요. 어떡하실래요. 바람이라도 쐬실 겸 사무실 집기 보러 가는데 같이 가실래요? 영화사 상호도 의논해야 할 것 같은데⋯⋯."

"그러지요. 그쪽이 어디십니까? 제가 그쪽으로 나가겠습니다."

"그러실 것까지는 없구요, 바로 나오시면 되요. 작업실 건물 앞에 차를 주차시켜 놨거든요.”

“예, 그럼 곧바로 나가겠습니다.”

전화를 끊고 민수는 곧 밖으로 나갔다.

그가 건물 현관 앞으로 나가자 기다렸다는 듯이 검정색 외제 승용차에서 클랙슨이 울렸다. 그리곤 항상 지수의 옆에 보디가드처럼 따라다니던 거구가 운전석에서 내려 뒷좌석 문을 열어 주었다. 그는 주저하지 않고 승용차에 올라탔다. 그런 그에게 지수가 가볍게 눈인사를 전했다.

“형섭아, 출발하자.”

“네, 누님.”

형섭이란 남자의 목소리는 묵직했고 곧 그녀의 지시에 따라 차를 출발시켰다.

“사무실이 마음에 드실지 모르겠어요?”

지수가 그를 쳐다보며 지그시 웃어 보였다.

“사무실이 그렇게 중요한 건 아니지 않습니까. 영화를 어떻게 만드느냐가 중요한 거지요.”

“제가 괜한 걱정을 한 모양이에요. ……한 감독님만 믿어요.”

“너무 부담을 주시는 마십시오.”

그러면서 그가 차창 밖으로 시선을 돌렸다.

그들이 탄 승용차는 얼마 가지 않아 사무실 집기를 전문으로 파는 도매 센터에 도착했다. 차에서 내리면서 지수는 선글라스를 착용했다. 스타 급 연예인이 그러하듯 그녀도 자신의 얼굴을 애써 보이고 싶지 않았던 모양이다. 구차하게 자신의 얼굴을 내보여 이런저런 인사치레를 받고 싶지 않았기 때문이었다. 그녀는 자신을 감추는 것에 많이 익숙한 듯 했다.

형섭이 먼저 도매 센터 안으로 들어갔고 뒤를 이어 지수와 그가 나란히 따라 들어갔다. 먼저 안으로 들어간 형섭이 주인을 불러 세웠고 사십 대 중반쯤으로 보이는 그가 지수와 민수를 안내하며 집기들의 실용성을 차근차근 설명해 나갔다.

지수는 그의 말을 들으며 꼼꼼하게 집기의 견고성을 집어내었다. 그러면서 민수의 마음에 드는지 의중을 떠보기도 했다.

그녀의 눈썰미는 상당히 세련된 편이었다.

"어떠세요, 마음에 드세요?"

"예."

그가 간단명료하게 대답했다. 그러자 그녀가 형섭에게 눈짓을 해보였다. 그러자 형섭이 주인과 흥정에 들어갔다. 그사이 지수와 민수는 승용차로 돌아왔다.

얼마가 지난 뒤에 형섭도 차로 돌아왔다.

"어떻게 하기로 했어?"

"한 시간 뒤에 사무실로 배달해 주기로 했습니다. 누님은 아무런 걱정하지 마십시오. 제가 다 알아서 처리하겠습니다."

"그래. ……한 감독님 어디 가서 식사라도 하실까요?"

그녀가 민수를 돌아다보며 말했다.

"식사보다는 간단하게 술이나 한잔하고 싶은데, 지수 씨는 어떠세요?"

"좋아요. 그렇게 하세요. 형섭아."

그녀가 굳이 말을 하지 않더라도 형섭은 벌써 알아차린 모양이었다. 그는 알아서 차를 출발시키며 그녀가 원하는 곳으로 핸들을 꺾었다.

지수는 흐트러짐 없이 앉아 무엇을 생각하는지 곰곰한 표정을 짓고 있었다. 민수도 역시 별다른 말없이 앉아 있었다.

목적지에 다다랐을 때 형섭이 말을 꺼냈다.

"누님, 저는 사무실에 가서 뒤처리를 하겠습니다."

"그러도록 해."

그녀가 싹싹하게 대꾸했다.

"그럼 즐거운 시간 되십시오."

지수와 민수를 남겨 두고 형섭은 사무실 쪽으로 승용차를 돌렸다.

지수가 연인이라도 된 것처럼 민수의 팔에 팔짱을 끼고 술집 안으로 안내했다. 그들이 들어서자 술집 종업원이 반갑게 맞이해 주었다. 그리곤 두말없이 그들을 룸 안으로 안내했다.

"술은 뭘로 하시겠어요?"

지수가 민수를 향해 연한 미소를 지으며 말했다.

"저는 아무거나 좋습니다."

"평소 마시던 걸로 주세요."

그녀가 민수를 쳐다보다가 다시 웨이터에게 말했다. 웨이터는 곧 정중하게 고개를 숙이고는 밖으로 나갔다.

"담배 좀 태워도 되겠어요?"

지수가 조심스럽게 민수를 쳐다보며 말했다. 민수는 대답 대신 고개를 끄덕여 주었다. 지수는 핸드백에서 담배 케이스와 라이터를 꺼내 먼저 민수에게 담배를 권했다. 민수가 담배를 받아 들자 그녀가 불을 붙여 주었다. 그녀도 담배를 물고 라이터로 불을 붙였다. 그녀의 입에서 한줄기의 담배 연기가 달콤하게 쏟아져 나왔다. 지수의 그러한 모습을 보던 민수는 매우 섹시하고 향기롭다고 생각했다.

재떨이에 톡톡 담뱃재를 털어 끄는 그녀의 모습 또한 색달라 보였다. 그녀가 다시금 담배 연기를 깊게 들이마셨다가 내뱉으며 말을 이었다.

"수연 씨 하고는 어때요?"

"……."

"예정일이 언제라고 그랬지요?"

"두어 달 남았습니다."

"좋으시겠어요."

"모르겠습니다, 아직 까지는……. 아빠가 된다고 생각하니까, 왠지 설레기도 하고 믿겨지지 않기도 하구요."

그가 지수를 보면서 들뜬 표정으로 말했다. 그때 문이 열리며 웨이터가 룸 안으로 들어왔다. 그리곤 술과 안주를 놓아두고 다시 한 번 정중하게 인사를 한 뒤에 되돌아 밖으로 나갔다.

"받으세요."

그녀가 민수에게 위스키를 따라 주었다. 민수도 그녀의 잔에 술을 채워 주었다. 그녀가 말없이 술잔을 부딪쳐 왔다.

술잔을 단숨에 비워 내고는 그가 먼저 잔을 내려놓았다. 그리곤 그가 담담하게 자신의 술잔을 위스키로 채웠다. 뒤늦게 잔을 내려놓은 지수가 안주를 하나 집어 그의 입 앞으로 내밀었다.

"드세요."

그는 할 수 없이 멋쩍게 그것을 받아먹었다.

그 여자 유리, 민수는 자신도 모르게 그녀를 생각하고 있었다. 따듯하고 신선하면서도 편안했던 여자. 하지만 이젠 세월 속에 묻어 버려야 하는 그 여자.

유리처럼 지수도 그에겐 멀게 느껴지지 않는 왠지 다정하고 익숙한 여자였다. 만날수록 가까워지고 싶고 다가설수록 더 깊이 알고 싶은 그런 여자. 하지만 알면 알수록, 깊어지면 깊어질수록 측은할 것만 같은 슬픔이 있을 것 같은 여자이기도 했다.

민수는 더 이상 여자의 그런 뒷모습을, 숨겨진 아픔을 알고 싶지가 않았다. 언제부터인가 그는 남자라는 것에 뭔지 모를 자괴감을 느끼고 있었다. 여자의 아픔이 남자로 인해 비롯되었다는 것은 모든 남성들이 자각해야 할 문제이기도 한 것이다.

"뭘 그렇게 곰곰 하게 생각하고 계세요?"

"아……아닙니다."

그러면서 그가 술잔을 기울였다. 위스키가 짜릿하게 목젖을 스쳐 내었다. 그런 그의 모습을 지수는 연한 미소로 받아넘기고 있었다.

"지수 씨는 왜 영화에 그렇게 집착하시는 겁니까?"

"……."

그의 말에 지수가 남은 술을 홀짝 마셨다. 그녀의 빈 잔에 민수가 술을 따라 주었다. 지수는 받은 술잔을 내려놓고 차분하게 말을 이었다.

"집착……. 그건 아니에요."

"그럼?"

"그건 약속이에요."

"약속?"

"그래요. 누군가는 꼭 지켜야 하는 그런 약속이지요. 그리고 그건 이 나라에 살고 있는 모든 여성들과의 무언의 약속이기도 해요. …… 그 동안 그 큰 짐을 유리에게만 맡긴 것 같아 내 자신이 원망스러워요. 민수 씨는 이런 내 마음을 이해해 주실 거라 믿어요. 사실 저도 많이 망설였어요. 하지만 지금은 망설이지 않아요. 망설인다면 그건 유리의 죽음을 헛되게 하는 거예요."

"……."

민수는 담담해졌다.

"우리나라 여성들은 너무나 힘이 없어요. 그래서 본의 아닌 피해자로 전락하고 마는 거지요. 힘이 있다면 그런 수모를 당하지는 않을 거예요. 이를테면 성적인 것에서부터 정치적인 것에 이르기까지……. 여성들을 그렇게 만든 장본인은 남성이지만, 그렇다고 그 모든 책임을 남성에게 돌리고 싶지는 않아요. 여성 스스로 자각하지 못했기 때문에 가정이나 사회적으로 그리고 정치적으로 불이익을 당하고 있는 거예요. 대개의 여성들은 무력하기 때문에 남성에게 보호를 받고 의존하지 않으면 안 된다는 그릇된 인식을 갖고 있어요. 그것을 바로 잡기 위해 사회적, 경제적 권익을 확보해 나가야 하는데 그것은 당연히 여성들 스스로가 싸워서 성취해야 하는 것들이지요. 하지만 그 일이 결코 쉬운 일 만은 아니거든요. 그것을 일깨워 줄 누군가가 있어야 해요. …… 전 영화로 그런 것을 말하고 싶은 거예요. 이 시대를 살고 있는 여성들 자신에게……. 그래서 여성 자신들을 나서도록 할 수만 있다면 그것만으로도 큰 성과를 얻을 수 있다고 생각해요."

그녀가 다시 위스키를 한 모금 마시고는 내려놓았다.

"……."

민수는 동감이 간다는 듯 묵묵하게 고개를 끄덕이고 있었다.

"사실 우리의 사회 현실은 여성들을 너무나 억압하고 있어요. 여성들에겐 자유가 보장되어 있지 않거든요. 여자로 태어나는 그 순간부터 불행이 시작된다고 해도 과언이 아닐 거예요. 그 대표적인 것이 바로 성폭행이에요. 그건 여성들의 자율권과 존엄성을 침해하는 폭력 범죄지요. 여성들은 막연한 불안과 공포 때문에 노출을 꺼려할 수밖에 없는 거구요. 그걸 누가 대신 나서서 해결해 줄 수 있겠어요. 남자들은 여태까지 그랬던 것처럼 앞으로도 방관만 하고 있을 게 분명해요. 여성들 스스로가 일어서야 할뿐이지요. 도움을 바라기 이전에 자각하고 나서서 싸우는 수밖에 없는 거예요. ……저 자신도 결혼을 한다 해도 딸을 낳는다는 것이 두려울 거예요. 이런 척박한 세상에 딸을 낳아 키운다는 것이 쉬운 일은 아니거든요."

"……."

"남아 선호 사상이 이 사회를 병들이고 있는지도 모르지요. 얼마 전에도 매스컴에 그런 말들이 떠들썩 했잖아요. 산부인과 의사가 성감별을 해주고 돈을 받았다는……. 그리고 아들 낳는 약이라면 돈이 얼마가 들건 간에 그 약을 사서 복용한다는……. 그것뿐만이 아니에요. 민수 씨도 아시겠지만 딸이라는 것 때문에 울어 보지도 못하고 산모의 뱃속에서 지워지는 태아들이 한둘이 아니잖아요. 지금도 어디에선가는 그런 몹쓸 짓을 하는 장본인들이 있을 거예요. 무엇 때문에 그런 일들이 공공연하게 벌어지겠어요. 사회 현실 때문에 그래요. 예전부터 남자의 성을 격상 시켜 놓은 이중적인 성 규범 때문에 그렇다고 저는 생각하거든요. 성폭력 가해자들을 대상으로 보면 별다른 죄 의식을 느끼지 않아요. 의례 그럴 수도 있는 일이라고, 한순간의 실수일 뿐인데 뭘 그런 걸 가지고 귀찮게 그러느냐고……. 결과적으로 보면 그 피해가 늘어갈 수밖에 없는 거예요. 여성과 남성을 떠나서 동등한 주체로 인식하게 된다면 그런 일은 벌어지지 않겠지만……. 남성 중심적인 성 문화가 빨리 바뀌어야 해요. 법적 제도적으로 뒷받침이 되어야겠지요. 피해자의 권익을 최대한 보장하고 가해자를 적절하게 처벌할 수 있는 그 때 여성들이 어느 정도 마음을 놓을 수 있겠지요. 부끄럽겠지요. 저도 사실 부끄러워요. 하지만 이제는 부끄러워야 할 이유가 전혀 없다고 봐요. 여성들이 뒤로 자신을 감출수록 자신을 외면하는 꼴이 되어 버리거든요. 보여주고 싶어요. 모든 남성들에게……. 여성들의 힘이 얼마나 크고 대단한지를, 언제까지 당하고 살 수는 없잖아요."

"……."

"전 이 영화에 많은 걸 걸고 있어요."

"이젠 알겠습니다. 힘닿는 데까지 도와 드리겠습니다."

그의 얼굴에 결심이 또렷하게 서고 있었다.

그가 잔을 들어 지수에게 술을 권했다. 그러자 지수가 사양하지 않고 잔을 들어 민수의 잔에 부딪쳐왔다.

위스키는 그 동안의 쌓였던 체증을 말끔히 씻어 내듯 가슴으로 싸하게 흘러 들어갔다. 민수의 얼굴에 미소가 살아나고 있었다. 지수도 마찬가지로 연한 홍조를 얼굴에 띠고 있었다.

"우린 이제 한 배를 탄 거예요."

"그래요 절대 실망하는 일이 없을 겁니다. 저도 지수 씨만큼 열정을 가지고 이번 작품을 만들어 보겠습니다."

둘은 약속이라도 했다는 듯이 잔을 들어 다시금 술잔을 비웠다. 채우고 비우고 몇 번을 반복하는 사이 웨이터가 한 번 더 안으로 들어왔다가 되돌아 나갔다.

밤새도록 술을 마셔도 취할 것 같지 않은 그런 날이었다.

민수는 지수와 헤어져 여덟 시쯤 집으로 돌아왔다. 오랜만에 수연과 오붓한 밤을 보내고 싶어서였다.

그가 막 집안으로 들어서자 수연이 뛸 듯이 반가워 그의 품에 안겨왔다.

"어린애처럼……."

말은 그렇게 하면서도 민수는 더할 나위 없이 행복했다. 누군가가 피곤에 지친 자신을 반갑게 맞이해 준다는 것이 그지없이 좋았다.

"고마워."

"……."

"나 같은 사람 곁에 있어 줘서."

"오빠 별소리를 다해."

하며 수연의 얼굴이 붉게 일어섰다.

"샤워 먼저 해요. 그 동안 식사 준비할게요."

"별로 밥은 먹고 싶지 않은데, 우리 간단하게 와인이나 한잔 할까? ……참, 아기 때문에……."

"괜찮아요. 와인 반 잔쯤은……."

"그래도 되겠어?"

"네, 빨리 씻고 나와요. 준비해 놓을 게요."

그러면서 민수를 수연이 욕실 안으로 떠밀었다.

욕실 안으로 들어간 민수는 저절로 흥에 겨운 콧노래를 흥얼거리고 있었다. 샤워 꼭지를 통해 쏟아져 내리는 물줄기가 그의 몸을 포근하게 감싸주었다.

그가 막 몸에 비누칠을 하려던 참이었다. 욕실 문 밖에서 수연의 촉촉한 목소리가 들려왔다.

"오빠, 갈아입을 옷 문 밖에 놓아두었어요."

"알았어."

민수는 대답을 하고서는 몸에 비누칠을 시작하였다.

꿈만 같은 행복의 순간이었다. 민수는 점점 자신의 가슴이 부풀어 오르는 것을 느끼고 있었다. 그러며 지난날 폭풍우가 치던 제주에서의 밤을 떠올렸다. 생각만 해도 아찔했던 그때의 수연의 모습이 선명하게 되살아나고 있었다. 욕실에서의 그 격정적인 섹스, 그리고 자신의 품에 안겨 눈물로 가슴을 적셔 내던 측은했던 그 순간. 그녀가 지금은 자신의 아내가 되어 출산일 만을 손꼽아 기다리고 있다고 생각하니 민수는 더 없이 기쁠 뿐이었다.

그가 샤워를 마치고 욕실에서 나왔을 때 수연은 침실의 화장대 앞에서 화장을 고치고 있었다.

"뭐 하는 거야?"

"아……아니에요."

"수연이는 화장을 안 해도 예뻐."

"정말!"

"……."

어린아이처럼 그녀가 민수를 돌아다보며 기뻐했다. 그런 수연 곁으로 그가 다가가 꼬옥 끌어안아 주었다.

"그래. 이 세상에 수연이처럼 예쁜 사람은 없을 거야."

"사랑해, 오빠."

"나두!"

그러면서 민수가 그녀의 귀에 입을 맞추었다. 그러자 수연이 앉은 자세로 그의 넓은 가슴에 푸욱 파묻혔다.

"오빠의 몸에서 나는 비누 냄새가 정말 좋아."

"나도 수연의 몸에서 나는 체취가 더없이 좋은 걸."

"참, 보여 드릴게 있어요."

"……?"

수연이 민수의 품에서 벗어나 옷장 쪽으로 다가갔다. 그리곤 서랍을 열고 안에서 무엇인가를 꺼내려 하고 있었다. 민수는 그녀가 무엇을 꺼내려고 하는지 몰라 궁금한 눈으로 그곳을 쳐다보았다.

"오늘 샀어요."

수연이 옷장에서 꺼낸 것은 쇼핑백이었다.

"……?"

"정말 귀엽더라."

그녀가 쇼핑백에서 꺼낸 것은 아기 옷과 앙증맞은 신발이었다.

"어때요, 오빠?"

생글생글 웃으며 그녀가 소중하게 옷가지를 만지작거렸다.

"이게 아기 신발이야?"

"……."

수연이 고개를 끄덕여 보였다. 민수는 아기의 자그만 신발을 들고 신기한 듯 쳐다보았다. 그러는 그의 얼굴에 웃음이 가득 묻어 나오고 있었다. 수연 역시 연신 행복한 웃음을 짓고 있었다.

"우리 아기를 낳으면 이름을 뭐라고 지을까?"

"글쎄?"

"수……민. 수민이라고 지으면 어떨까?"

"수민?"

"그래, 수연이의 이름과 내 이름의 한 글자를 따서……."

"그건 남자 이름이잖아요. 만약에 딸을 낳으면……."

"딸아이라……. 그럼 수연이라고 짓지."

"그건 내 이름이잖아요."

"왜 싫어?"

"아니에요. 이름은 차차 생각해 보기로 하고 우리 와인이나 한잔 씩 해요."

수연이 침실의 조명을 분위기 있게 조절하고 침대 위로 올라갔다. 민수도 역시 침대 위에 앉아 와인 잔에 술을 따랐다.

"건배, 태어날 우리의 아기를 위해서."

그러며 수연이 민수의 잔에 부딪쳐 왔다.

와인은 달콤하게 입안을 맴돌다가 스르르 목 안으로 넘어갔다.

"어디 우리 아기 좀 얼마나 컸나, 만져 볼까."

"아이."

"아빠가 아기랑 얘기하고 싶어 하는데 엄마가 왜 부끄러워하지."

하면서 엉큼하게 민수가 수연의 배를 손으로 쓰다듬었다. 그러자 수연이 능글스럽다는 듯 민수의 옆구리를 살짝 꼬집었다.

그것만으로는 부족했는지 민수가 이번에는 그녀의 배에 귀를 바짝 밀착시키며 말을 이었다.

"아기가 아빠 사랑해요, 라고 그러는데."

"설마?"

"정말이야. 잠깐, 아빠가 빨리 보고 싶다고 또 그러네."

"……."

수연이 웃음을 참지 못하고 피식 웃었다.

"아가야, 엄마 힘들게 하면 안 된다. 얌전하게 있다가 나와야 돼."

"바보, 아기가 그 말을 어떻게 알아들어요."

"아빠와 아기는 서로 대화를 할 수 있다니까."

피식, 하면서 수연이 다시금 손으로 입을 막고 웃었다.

민수가 웃는 그녀를 힘껏 끌어안았다. 그러며 그가 수연의 귀에 대고 속삭이듯 말을 이었다.

"난 영원히 수연이만을 사랑할 거야."

"오빠!"

수연은 그의 품에 날아갈 듯 깊숙이 파묻혔다. 그녀의 눈에서 알 수 없이 행복의 눈물이 자르르 흘러 내렸다. 민수는 그런 수연의 기분을 이해할 수 있었다.

버림받았던 여자, 여자는 다시 그런 고통을 받게 될까 봐 두려워하고 있는지도 모른다. 그래서 우는 것일까.

민수는 지난날의 죄책감을 떨쳐 버릴 수가 없었다. 다시는 수연에게 아픔을 간직하게 만들지 않으리라. 그는 있는 힘껏 그녀를 가슴으로 끌어안았다. 하지만 그것으로는 부족했다. 수연이 겪었을 그 아픔에 비하면 그것은 턱없이 부족한 것이었다. 민수는 자신이 할 수 있는한 최선을 다해 수연과 아기를 보살피는 일 밖에는 없다고 생각했다. 그러며 다짐하고 또 다짐했다.

스탠드를 끄고 침대 시트 안으로 파고들자 적막이 침실 안을 가득 매웠다. 한동안 둘 사이에는 아무런 대화도 이루어지지 않았다. 그러다가 먼저 말을 꺼낸 것은 수연이었다. 수연은 민수의 팔을 베개 삼아 베고 있다가 한 번 뒤척거렸다.

"오빠?"

"……."

"자는 거야?"

"아니, 왜?"

"……."

수연은 무슨 말인가를 하려는 눈치였다. 하지만 그녀는 쉽게 말문을 트지 못하고 있었다. 그런 수연에게 이번에는 민수가 물었다.

"할 얘기 있으면 해봐?"

"……."

수연은 말 대신에 그의 가슴을 손바닥으로 간절하게 쓸어 올리고 있었다.

"어서……?"

"오빠, 난 아이를 많이 낳고 싶어."

"……."

순간 민수의 가슴이 쿵, 하고 내려앉았다. 그는 벙어리가 될 수밖에 없었다. 무슨 말을 해야 할지 막막할 뿐이었다.

민수는 할 말을 잃고 몸을 뒤척거려 수연에게 등을 보였다. 그가 할 수 있는 것은 그것뿐이었다.

"화났어요?"

"……."

하지만 민수는 어떠한 대꾸도 하지 않았다.

그런 민수가 안쓰러웠던지 그녀가 자신의 가슴을 그의 등에 바짝 밀착시키며 다가왔다.

그의 입에서 긴 한숨이 속절없이 쏟아져 나왔다.

수연의 심장 박동 소리가 밀착된 등에서 느껴져 왔지만 그는 아무런 감정도 없이 그저 무감각하게 누워 있을 뿐이었다.

그녀가 다시 민수의 등을 손으로 쓰다듬기 시작했다. 그렇지만 민수는 내키지 않는 듯 몸을 자꾸만 뒤척였다. 그럴수록 수연의 숨소리가 자꾸만 거칠어졌다. 그녀의 입에서 흘러나온 마른 입김이 그대로 민수의 가슴에 뜨겁게 와 닿았다.

"미안해요, 오빠."

"……."

"오빠, 날 믿어요?"

"……."

민수가 말없이 고개만을 끄덕였다.

"그럼 나한테 맡겨요. ……의사가 심인성 발기부전증이라고 했다면서요. 알아보니까 노력만 하면 얼마든지 낳을 수 있는 병이래요. 그러니까 너무 상심하지 말고 우리 같이 노력해 봐요. 자꾸 피하려고 하지만 말고……. 난 외롭게 자라서 그런가 봐요. 그래서 아이도 많이 낳고 싶은 거예요. 이런 내 마음 오빠가 조금이라도 이해해 주셨으면 해요. 오빠가 날 사랑한다면 그 정도는 해줄 수 있는 거잖아요. 노력하다가 안 되면 어쩔 수 없는 거구. 밑져야 본전인데……. 그리구 죽은 사람 소원도 들어준다는데 산사람 소원 못 들어주겠어요. 그러기로 하는 거예요. 우리 오늘부터 시작해요. 쇠뿔도 단김에 뺀다고 빨리 시작한다고 손해 볼 것도 없잖아요. 사랑해요, 오빠.”

“…….”

민수는 대답 대신 침묵으로 일관했다. 참혹한 느낌이 들기도 했지만 그렇다고 수연의 말이 틀린 것도 아니었다. 그는 닫혀져 있던 성의 본능을 수연에게 모두 내맡기기로 했다. 그의 가슴이 서서히 열리면서 수연에게 다가서고 있었다.

그렇게 가슴을 열고나니 굳어져 있던 그의 몸이 서서히 풀리기 시작했다.

“아, 오빠…….”

수연의 달아오른 숨소리가 민수의 귓가를 발갛게 물들이듯 맴돌고 있었다.

민수는 수연이 고마웠다. 자신을 위해 아낌없는 사랑으로 다가서려 하는 그녀를 민수는 어떻게 감당해야 할지 주체하지 못하고 있었다.

‘왜 난 그녀에게 그러지 못했을까.’

민수는 예린을 생각하고 있었다. 입장이 바뀐 지금에 와서 생각하면 그녀에게 혹독하게 대한 자신이 원망스러웠다. 조금만 손을 내밀고 그녀의 입장에서 다가서려 노력만 했더라면 생판 남이 되어 버리는 상황까지는 가지 않았을 지도 모른다.

민수는 사랑을 너무 쉽게 포기했다는 생각이 들었다. 하지만 지금에 와서 그런 것에 연연해야 할 필요가 없다고 그는 생각했다.

다시는 그런 과오를 저지르지 않으리라고 민수는 다짐하고 또 다짐했다.

그는 수연의 손가락에 모든 감각을 집중하면서 따라다니고 있었다. 수연은 그가 흥분하기를 바라며 정성껏 그의 몸을 애무하기 시작했다. 그의 무뎌진 가슴을 들추어내면서 확인해 들어가기란 여간 힘이든 것이 아니었다. 하지만 수연은 포기하지 않고 끈질기게 민수를 부추기고 있었다.

"오빠, 통나무집에서 있었던 일을 생각해 봐요. 빗속에서 우린 정말이지 행복했어요. 나는 지금도 오빠의 그 땀 냄새가 생생하게 느껴져요. 그때처럼 우리 미친 듯이 끌어안고 사랑해요."

"……."

"우선 마음을 안정시켜요, 오빠……."

그러면서 그의 입술에 수연이 입을 맞혀왔다.

민수는 받아들이는 입장이었다. 실로 오랫만의 키스였다. 하지만 그는 별다른 감정 같은 것은 느끼지 못했다. 그저 수연의 보드라운 혀와 입술이, 그리고 타액이 흘러 들어오는 것이 느껴질 뿐이었다.

알맹이가 쏙 빠져나간 느낌이 전혀 없는 키스였다. 서로의 혀가 말리면서 뜨거운 만남이 이루어진 프렌치 키스였지만 민수에게는 가벼운 입맞춤에 불과했다.

수연은 한동안 그의 입술을 놓아주지 않고 계속해서 빨아 대기 시작했다. 그녀의 입에서 흘러나온 뜨거운 입김이 그대로 민수의 얼굴로 번져 나갔다.

그녀의 애무는 차츰 민수의 귓불을 어르다가 서서히 아래로 내려가고 있었다. 그의 목을 핥으면서 그녀는 연상 진득한 타액을 그의 피부에 묻혀 내었다.

민수는 그녀의 애무가 썩 내켜지지 않았다. 그녀가 조금씩 움직여 내려갈 때마다 그는 간지러움을 느낄 뿐이었다. 하지만 애써 자신을 숨길 필요가 없다고 생각한 이상 그는 수연의 이끌림에 따라 들어가고 있었다.

"아, 오빠를 느끼고 싶어……. 아아!"

"미안해, 도저히 안 되겠어."

"조금만 더 해봐요."

그러면서 수연은 그의 자그만 유두를 손가락으로 곧추세우면서 혀로 간절하게 애무하기 시작했다.

그에게는 너무 지루한 순간이었다.

'어떻게 이렇게 가슴이 꽉 막혀 버릴 수 있다는 말인가.'

모든 것이 온통 막혀 버린 느낌이었다. 더는 일어설 수 없을 것만 같은 그였다. 답답하기도 했고 숨이 막혀 오는 것 같기도 했다. 어떻게 해야만 일어설 수 있을지 그는 난감할 따름이었다.

예린도 이러한 기분이었을 것이다. 자신이 참담함을 느끼는 것처럼 그녀도 불타오르지 않는 자신을 자책했을 것이다.

그는 더 이상 견딜 수 없었지만 그렇다고 포기하고 싶지도 않았다.

미룬다고 해결될 일이 아니었기 때문이다.

수연의 잠옷 사이로 붉게 솟아오른 풍만한 가슴이 살며시 드러나 보였다. 그렇지만 그것이 무슨 소용이 있다는 말인가. 민수의 눈에는 아기를 잉태한 여성의 순결한 가슴으로밖에 보이지 않았다.

그가 손을 뻗어 그녀의 가슴을 어루만져 보았지만 역시 육체는 불타오를 생각을 하지 않았다.

그의 이마에서는 욕망을 잃은 식은땀이 맺혀 있었다.

"못 느끼겠어."

"처음부터 너무 많은 걸 바라지 말아요. 이제부터가 시작이라고 생각해요. 그러다 보면 좋은 결과가 있을 거예요."

"……."

수연은 자신이 갖고 있는 모든 기교를 그의 몸에 쏟아 붙고 있었다.

그도 최대한 편안한 자세를 취했다.

"아……아!"

신음까지 섞어 가면서 그녀는 적극적으로 민수의 몸을 염탐해 들어갔다. 그의 가슴을 벗어난 수연의 얼굴은 이제 배를 공략하고 있었다.

민수는 자신이 마치 목석이 되어 버린 기분이었다. 어쩌면 자신이 빙판 위에 누워 있는 것인지도 모른다고 그는 생각했다. 도대체 욕정의 갈증과 분출이 어디에서 시작되어 어떻게 해갈되는 지를 그는 알 수가 없었다.

"안되겠어."

"……."

그의 말에는 아랑곳하지 않고 수연은 계속해서 그의 소중한 곳을 찾아 내려가고 있었다. 그도 할 수 없이 그녀를 따라 내려가는 수밖에 없었다.

"아, 오빠!"

수연의 입에서 다량의 타액이 쉴 사이 없이 쏟아져 나와 민수의 피부를 적셔 내고 있었다. 그러다가 어느 부분에선가 격정적인 신음을 쏟아 내었다. 그것은 민수를 자극하기 위한 그녀의 수단이었다.

그녀의 노력에도 불구하고 민수는 여전히 일어설 생각을 하지 않고 있었다. 민수는 수연에게 무안한 생각이 들었다.

수연은 철저히 숨겨져 있던 그의 은밀한 곳을 정성스럽게 파헤치며 확인하고 있었다. 확인하고 또 확인해도 그의 가슴은 팽창될 줄을 몰랐다.

그렇다고 포기할 수연도 아니었다. 그를 애무하며 달려온 사이에 그녀도 불끈 달아오른 상태였기 때문이었다. 달아오른 이상 느끼지 못하더라도 만족할 때까지 확인해 볼 요량이었다.

"눈을 감아 봐요. 그리고 내가 있는 곳을 생각해 봐요. 아……아."

"……."

그녀가 시키는 대로 민수는 눈을 감았다.

침실 안에는 수연의 침 냄새로 가득 메워져 있었다.

수연의 달아오른 얼굴이 그의 사타구니를 녹이고 있었다. 그렇지만 민수는 전혀 느낄 만한 기색이 없었다.

그녀가 매달리면 매달릴수록 민수는 철저하게 고립되어 가고 있는 듯한 착각에 휩싸였다. 심지어는 그녀가 자신을 희롱하고 있는지도 모른다고 민수는 생각했다.

그녀는 여전히 민수를 놓아주지 않고 바동거렸다. 그녀는 민수의 달아오르지 않은 살갗을 탐하면서도 알지 못할 희열에 사로잡혀 있었다.

"으음!"

"……."

민수에게는 고통의 순간들이었다.

그녀는 간절하게 신음을 토해 냈다.

"어떡해!"

"……."

애무를 하다가 그녀가 잠시 동작을 멈추고 민수의 눈을 뚫어지게 쳐다보았다. 민수는 난처했다. 그대로 쥐구멍이라도 찾아 들어가고 싶은 심정이었다.

다시금 그녀가 민수의 아랫배에 얼굴을 묻었다.

"이제 그만하는 게 좋겠어."

그가 수연을 자신의 몸에서 떼어 내려는 듯 무뚝뚝하게 말했다. 그러자 수연이 포기하며 그의 가슴으로 올라와 얼굴을 묻었다.

그 순간 민수는 그녀의 심장이 심상치 않게 뛰는 것을 느꼈다. 수연은 그의 가슴에 안긴 채 타 들어가는 듯한 한숨을 길게 내뱉었다.

"미안해."

그러면서 그가 수연의 어깨를 자신의 가슴 쪽으로 끌어당겼다. 수연은 그의 체취를 빨아들이듯 깊게 숨을 들이마셨다.

"부탁이 있어, 오빠."

"무슨?"

"나…… 흥분했나 봐."

"……."

민수는 그녀가 원하는 것이 무엇인지 알면서도 해 줄 수 없는 자신이 원망스러웠다. 그가 할 수 있는 것은 고작 수연을 힘껏 끌어안아 주는 것뿐이었다. 그러자 수연의 입에서 받은 신음이 다시 한 번 쏟아졌다.

"아……. 오빠, 손으로 해 줘요."

그녀는 참기 힘든 모양이었다.

"난, 못 해."

"아니, 오빠는 할 수 있어. ……어서요. 키스 먼저 해주세요."

그녀가 민수를 똑바로 쳐다보며 말했다. 그녀의 눈은 어느새 활짝 열려 있었다. 그녀는 민수의 손길을 애타게 기다리고 있었다. 민수는 그런 그녀를 외면할 수가 없었다. 그것은 여자에 대한 의무이기도 했던 것이다.

"……."

"가벼운 페팅 정도는 태아에게도 좋데요."

"……."

"어서요."

그녀가 보채고 있었다.

민수는 더 이상 어쩔 수 없다고 생각했다.

그는 달아오른 수연의 얼굴을 손으로 매만지다가 조심스럽게 입을 맞추었다. 그러한 민수의 혀를 그녀가 깊숙이 빨아들였다. 그녀의 입 안에는 다량의 타액이 고여 있었다. 고여 있던 타액은 그대로 민수의 입안으로 흘러 들어왔다.

그녀의 몸은 진득하게 민수의 몸에 착 달라붙었다. 산더미처럼 부풀어 오른 그녀의 배는 그리 부담스럽지 않게 민수의 아랫배에 맞닿아 있었다.

"오빠!"

그녀가 간절하게 민수의 손길을 유도했다.

민수는 어색하게 그녀를 끌어안고 있다가 망설이듯 가슴을 매만졌다. 그러자 그녀가 몸을 가볍게 떨었다.

알 수 없는 전율이 시작되고 있었다.

민수는 그녀가 원하는 만큼 다가서야 한다고 생각했다. 더는 망설여야 할 이유가 없었다. 그 스스로도 그녀가 행복해 하는 모습을 보고 싶었다.

그녀의 잠옷 안으로 손을 집어넣으면서 그가 숨을 가볍게 내쉬었다. 그 숨소리가 그대로 수연의 귓불을 어르면서 참지 못하게 만들었다.

"어쩌면 좋아!"

"……."

"어지러워요. 못 참겠어. 아……!"

그녀는 자지러들 것처럼 몸을 비꼬았다.

그의 손이 그녀의 가슴을 어르다가 아래로 내려와 배 부분을 쓸어내렸다. 불룩 솟아오른 그녀의 배는 민수를 점차 포근하게 만들었다.

"좀더 아래로……. 아, 그래요. 바로 거기예요, 으음……."

그녀의 신음 소리는 점점 더 커져 갔다.

그녀의 은밀한 곳으로 그의 손이 다가갔다. 그녀의 그곳은 오래 전부터 축축하게 젖어 있었다.

민수는 여자의 미끈거리는 본능을 실로 오랜만에 발견할 수 있었다.

하지만 쾌감은 느끼지 못했다. 그저 무감각하게 그녀의 그곳을 탐색할 뿐이다.

그가 손을 움직이자 그녀는 노골적으로 변했다.

"더 깊이 오빠를 느끼고 싶어."

"……."

그녀가 다리에 힘을 잔뜩 주며 사타구니를 오므렸다. 민수의 손은 저절로 그녀의 깊은 곳으로 빨려 들어갔다.

그의 손은 이미 그녀의 것이 되고 말았다.

그녀의 소유가 되어 그의 손은 헤어 나올 수 없었다. 그의 손은 무엇엔가 흠뻑 젖어 있었다.

한없이 안으로 안으로 빨려 들어갈 것만 같은 기분이었다.

수연은 자신을 그에게 내보이고 싶어 하는 것이다. 그녀는 어떠한 꾸밈도 거짓도 없이 있는 그대로를 그에게 보여주고 있었다.

"좀 더 아래로……. 아, 바로 거기예요."

수연은 스스로 자신의 성감대를 민수에게 인식시켜 주고 있었다. 민수는 그녀가 원하는 곳을 중점적으로 애무했다.

그녀의 몸은 경련을 일으키기 시작했다. 놀라울 만한 욕정의 분출이었다.

"아, 죽을 것만 같아요. 오빠, 사랑해. ……나, 미칠 것만 같아. ……더 깊게……. 으음, 느낄 수 있어. 오빠의……. 아!"

수연은 어찌할 줄 모르고 안절부절못했다.

침대가 그녀의 발버둥으로 출렁거렸다. 민수의 손놀림도 그만큼 빨라졌다. 그는 수연을 기쁘게 해줄 수 있다는 것으로 만족해야 했다. 그녀의 만족을 배가 시켜 주기 위해 그는 최대한의 노력을 서슴없이 베풀었다.

"……."

"……아, 더 빨리……."

그녀는 마치 까무러칠 것만 같았다.

한순간 그녀의 연약한 근육이 단단해지는 것이 느껴졌다. 동시에 민수의 손은 그녀의 한 가닥 희망이 되어 있었다.

그녀의 경직된 전신이 전율을 토해 내고 있었다. 전율은 그의 손놀림에 의해 한없이 지속되었다.

"아……."

그녀의 입에서 마지막 신음이 만족스럽게 흩어져 나왔다.

그녀의 몸은 땀으로 흠뻑 젖어 있었다. 시트 또한 그녀가 흘린 땀으로 축축하게 젖어 있었다.

그녀는 민수의 얼굴로 올라와 아쉬움의 입맞춤을 하였다. 그리곤 그대로 그의 가슴에 파묻혔다.

그녀의 새근새근한 호흡이 그의 가슴을 적막하게 적시고 있었다.

민수는 그런 수연의 머리카락을 손으로 쓰다듬었다.

"정말 오랜만에 느껴 봐요. 정말 좋았어요."

"……."

"너무 내 욕심만 채운 것 같아서 미안해요, 오빠."

"아니야. 오히려 내가 미안해. 수연이를 행복하게 해주어야 하는데……. 그러지 못해서……."

민수는 수연을 똑바로 쳐다볼 수가 없었다.

수연은 아직도 좀 전의 희열을 잊지 못했는지 그의 단단한 근육질의 가슴을 손으로 쓰다듬고 있었다.

"오빠, 난 언제나 오빠 곁에 있을 거야. 오빠도 날 떠날 생각은 하지 말아요. 만약 오빠가 날 버린다면 난 죽어 버릴 거야."

"왜 그런 생각을 해."

"겁이나요."

"다시는 그런 생각하지 마. 그리고 난 언제까지나 수연이 옆에 있을 거야."

"알았어요."

그녀가 민수의 볼에 살짝 키스를 하고는 다시 가슴에 얼굴을 묻었다.

"내일부터는 우리 야한 비디오 보면서 해요. 그러는 게 별로 부담스러울 것 같지 않아요. ……난 오빠의 병을 꼭 고쳐 놓고 말 거야."

"……"

민수는 수연에게 팔베개를 해주었다.

피곤했던지 그는 눈을 감자마자 몸이 나른해졌다. 수연도 역시 오랜만에 열정을 불태운 뒤라 그런지 곧 깊은 잠 속에 파묻혔다.

얼마간을 그렇게 누워 있었는지 모른다. 마악 잠들려던 참에 전화 벨이 울렸다. 민수가 수화기를 들었다.

"여보세요?"

"당신이 한 민수야?"

"그런데, 누구십니까?"

"……"

"말씀하십시오."

그가 가라앉은 목소리로 말했다.

"내 목소리 벌써 잊었나 보지."

"……."

"하하하. ……이거 섭섭한데."

저편에서 찢어질 듯 들려오는 목소리에 민수는 섬뜩함을 느꼈다. 자세히 들어보니 그 목소리는 작업실에 걸려 왔던 장난 전화의 주인공이었다.

"당신……. 집 전화는 어떻게 알았지?"

"……."

"원하는 게 뭐야?"

담담하게 그가 말을 이었다.

"영화를 찍는다면서……. 이쯤에서 그만 포기하시지."

"당신이 뭔데?"

"그럴 만한 사람이니까 전화를 하는 거야. 나도 사람이 다치는 건 싫거든. 이건 첫 번째 경고야."

"미친놈."

"다음에 다시 전화를 하지. 그때도 포기하지 않는다면 당신 신변에 좋지 않은 일이 생길지도 몰라."

저편의 목소리는 허스키한 편이었다.

"할 말 있으면 만나서 얘기합시다. 이런 식으로 협박 전화나 하지 말고 당당하게 왜 포기하라는 건지 말하시지. 나도 만만치 않은 사람이야. ……한다면 하는 사람이라구. 당신이 누군지는 몰라도……."

"다음에 다시 통화하지. 흐흐흐."

민수의 말이 채 끝나기도 전에 저편에서 먼저 전화를 끊었다.

그는 어이가 없어서 수화기를 한동안 멍하니 들고 서 있었다.

'별 미친놈 다 보겠네.'

그가 혼잣말로 중얼거리면서 수화기를 내려놓았다. 하지만 그 허스키한 목소리는 쉽게 그의 귓가를 떠나가지 않았다. 특히 그 기분 나쁜 웃음소리에 등골이 오싹거렸다.

'누굴까?'

작업실 전화번호와 집 전화번호를 안다면 예사로 넘길 만한 장난 전화가 아닌 것만은 확실했다.

"이렇게 밤늦은 시간에 누가 전화한 거예요?"

수연이 몸을 뒤척이며 말했다.

"아……아니야. 잘못 걸려온 전화야. 신경 쓰지 말고 잠이나 계속해서 자도록 해."

"……."

수연은 다시 고른 숨을 쉬기 시작했다.

잠이 달아난 그는 침대에서 조용히 내려와 거실로 나갔다. 그리곤 담배를 꺼내 입에 물고 소파에 다리를 꼬고 앉았다.

떨쳐버리려고 해도 전화 속의 목소리가 쉽게 떠나가지 않았다.

민수는 담배 연기를 깊게 들이마셨다가 길게 내뱉었다. 생각할수록 왠지 불길한 예감이 드는 그였다.

실내는 쥐 죽은 듯이 조용했다.

그는 자신의 손끝에서 담배가 타 들어가고 있는지도 잊은 채 골몰해졌다.

만난 지 일 년 만에

협박 전화는 그날 이후 한 달이 지나도록 단 한 차례도 걸려 오지 않았다. 민수는 시간이 지나는 사이에 차차 그 전화를 잊고 있었다.

오늘은 제작 발표회가 있는 날이었다. 그래서 영화사 안은 아침부터 분주했다.

"홍보팀은 출발했습니까?"

"예, 감독님. 출발한지 삼십 분 정도 됐는데요."

"일은 차질 없이 진행 중이지요. 그럼 여기에는 사무실 직원 둘만 남고 나머지 팀들도 출발하세요."

그가 제작 발표회의 스케줄을 일일이 체크하며 말했다.

"참, 캐스팅매니저 팀장님."

"예, 감독님."

"주연 배우들은 어떻게 하기로 했어요?"

"네, 발표회 장소로 시간에 맞춰서 오기로 했습니다."

"다시 한 번 체크해 주세요."

그가 안심이 안 된다는 듯 말을 건넸다. 그의 얼굴은 연신 흥분으로 가득 차 있었다. 오늘이 바로 정식 감독으로 입봉하는 날이기 때문이었다.

그가 정신없이 이곳저곳에 신경 쓰고 있을 때 여직원이 그를 불렀다.

"감독님 댁에서 전화가 왔는데요."

"알았어요. 몇 번이에요?"

"3번인데요."

그가 막 책상으로 다가가 수화기를 들었을 때 수연의 목소리가 들려나왔다.

"지금 많이 바빠요?"

"으응, 조금. 준비는 다 됐어?"

그가 담배를 꺼내 라이터로 불을 붙이며 말했다.

"지금 화장하고 있는 중이었어요."

"내가 먼저 발표 회장으로 먼저 가야 할 것 같은데, 어떡하지?"

그가 손목시계를 들여다보았다.

"그렇게 하세요. 전 여기서 택시 타고 갈게요. 그리 멀지도 않은 거리인데요. 걱정하지 마시구요. 오빠, 오늘이 무슨 날인지 알아요?"

"······?"

"······우리 만난 지 오늘이 꼭 일 년째 되는 날이에요."

"일 년째라니?"

민수는 그제야 생각났다. 그렇지만 알면서도 시치미를 떼고 있었다.

"벌써 잊은 거예요. ······작년 오늘 우리 비행기에서 만났잖아요."

"그렇구나."

"……."

"근데?"

"그렇다구요. ……선물 같은 거 없어요?"

민수가 담담하게 나오자 그녀가 새침한 목소리로 말했다.

"선물. 그런 거 꼭 준비해야 하는 거야?"

그가 수연을 떠보려고 일부러 더 담담하게 말했다.

"……."

"사랑해!"

"그것뿐이에요?"

"알았어. 제작 발표회 끝나면 우리 근사한 곳에 가서 식사나 하자."

"정말?"

"그래. 발표회 장소로 늦지 않고 오도록 해."

"알았어요, 오빠."

전화를 끊고 난 후 민수는 사무실의 뒷정리를 마치고 서둘러 발표회 현장으로 출발했다.

발표회장으로 향하는 길에 민수는 수연에게 선물할 반지를 샀다.

그가 발표회장에 도착한 것은 발표회 시간을 삼십 여분 정도 앞두고 서였다. 발표회장 안에는 신문사와 방송사의 기자들이 취재에 열을 올리고 있었다. 그리고 초청 객들도 자리를 반쯤 메우고 있었다.

그가 안으로 들어서자 연출부 조감독이 다가왔다.

"감독님, 사장님께서 별실에서 기다리고 계십니다."

"알았어요. 계속해서 일 좀 잘 부탁해요."

민수는 조감독이 안내해 준 별실 앞으로 다가갔다. 별실 앞에는 지수 곁을 분신처럼 따라 다니는 형섭이 서 있었다. 그를 보자 형섭이 정중하게 인사를 하고는 별실 문을 열어 주었다.

별실 안에는 지수와 김 선배가 마주 앉아 담소를 나누고 있었다. 그가 들어가자 두 사람이 자리에서 일어섰다.

"축하해 한 감독."

김 선배가 먼저 그에게 악수를 청해 왔다. 지수는 옆에서 환한 웃음으로 민수를 맞이했다.

"언제들 오셨습니까?"

"저희도 온지 얼마 안돼요. 우리 앉아서 얘기해요."

지수가 말을 하며 손으로 소파를 가리켰다.

"선배님 도와 주셔서 고맙습니다. 선배님 아니었다면 엄두도 내보지 못했던 일인데."

"고맙기는 한 작가가 내 일 도와준 것에 비하면 아무것도 아닌데. 언제든지 내 도움이 필요하면 연락하라구. 내 힘닿는 데까지는 도와줄 테니까. ……아마 내가 보기에는 연락할 일이 없을 것 같아. 한 작가 실력은 알아주잖아."

김 선배가 배시시 웃으며 말했다.

"선배님, 너무 띄우지 마십시오."

"비행기 태우는 건 절대 아니야. 지수 씨, 한 감독을 어떻게 설득했어요. 내가 그렇게 부추겨도 한사코 영화는 찍지 않겠다고 그랬는데……."

"다 방법이 있지요."

그러면서 지수가 민수를 향해 윙크를 보냈다.

"두 사람 관계가 심상치 않은데."

"그래요. 한 감독님 같으신 분이라면 스캔들이라도 만들어 보고 싶어요. 김 감독님이 소문 좀 만들어 주실래요?"

그녀의 얼굴에 장난기 어린 웃음이 만들어졌다.

그녀의 말에 김 감독이 허탈하게 웃었다. 민수의 얼굴이 수줍은 듯 발갛게 달아올랐다.

그렇게 대화를 나누고 있을 때 노크 소리가 들렸다. 그리곤 형섭이 별실 문을 열고 말했다.

"누님, 시작할 시간이 다 됐습니다."

"알았어. 곧 나갈게. 그럼 일어들 서시지요."

그러면서 지수가 먼저 자리에서 일어섰다.

발표회장은 초청객들과 기자들로 만원이었다. 서 있을 자리가 없을 만큼 사람들로 꽉 들어 차 있었다.

발표회는 곧 시작되었다.

조감독이 단상에 올라가서 진행을 맡았다.

그는 먼저 지수와 민수를 소개했다. 그리고 나서 주연 배우와 조연 배우 순으로 소개를 마친 뒤에 조감독이 제작 취지와 제작 형식 등을 발표하기 시작했다.

왁자지껄 하던 발표 회장은 삽시간에 조용해졌다.

민수는 그때도록 오지 않고 있는 수연이 걱정되어 연상 손목시계를 보았다. 벌써 오고도 남을 시간이었다.

그가 주위를 돌아다보았지만 수연은 보이지 않았다. 그는 시간이 지날수록 마음이 놓이질 않았다.

무사히 촬영을 마치기를 기원하는 고사가 끝나도록 그녀는 오지 않았다. 그가 걱정이 되어 집으로 전화를 해 보았지만 신호만 갈 뿐 받지는 않았다.

식순이 끝난 다음 연회와 여흥이 곁들여졌다.

"무슨 걱정이라도 있으세요?"

지수가 그의 안색을 살피며 물었다.

"수연이가 아직……."

"댁에는 전화해 보셨어요?"

"네. 전화를 받지 않던 데요."

"그럼 오는 중이겠지요. 너무 걱정하지 마세요. 자, 우리 한잔 마셔요."

그녀가 임시로 마련된 칵테일바로 그를 잡아끌었다.

그때 마침 전화벨이 울렸다. 민수는 곧 휴대폰을 꺼내 들었다.

"수연이니?"

"……."

"누구시죠?"

그가 휴대폰을 바짝 귀에 댄 채 지수를 쳐다보았다.

"경고했지."

"……."

허스키한 목소리였다.

민수는 불길한 예감이 들었다.

"당신은 나를 실망시켰어. 아마 그 대가를 지불해야 할 거야. 내 말이 말 같지 않았던 모양이지."

"……."

휴대폰을 들고 있던 그의 손에서는 식은땀이 묻어나고 있었다. 그의 얼굴이 창백해졌다.

그를 쳐다보고 있던 지수가 심상치 않음을 알고 그에게 바짝 다가섰다.

"다시 한 번 잘 생각해 보시지."

"이봐. 당신 거기 어디야. 만나서 얘기하지."

그의 말이 끝나지도 않았는데 허스키한 목소리는 자신의 용건만 마치고 휴대폰에 퉁명스러운 차단 음을 남겼다.

그는 휴대폰을 들고 선 채 삭막한 기분을 지울 수가 없었다.

"무슨 일이에요?"

"……."

"말씀해 보세요?"

"아……아닙니다. 칵테일이나 한 잔 하시지요."

그가 먼저 바텐더가 만들어 놓은 칵테일을 들어 마른 입술을 축였다.

"저한테 무슨 숨기고 있는 일이라도 있으세요."

"아닙니다. 제가 사장님께 뭘 숨기겠습니까."

그가 아무 일도 아니라는 듯 딱 잘라 말했다. 하지만 지수는 여전히 좀 전의 전화가 신경에 거슬리는 모양이었다.

"……."

그녀도 말없이 칵테일 잔을 들었다.

"사장님."

"네?"

"아닙니다."

그가 말을 하려다가 포기하고 남은 칵테일을 마셨다.

"할 말씀이 있으시면 하세요."

"……."

"그리구 사장님이라는 말이 좀 어색하네요. 그냥 지수라고 불러 주세요. 그러는 게 편할 것 같아요."

"예, 그러겠습니다."

"오늘만큼은 즐겁게 지내요. 좋은 날이잖아요. 그럼 전……."

지수는 마시던 칵테일을 내려놓고 초청객들에게 감사의 인사를 전하기 위해 그의 곁을 벗어났다.

민수는 그 자리에서 칵테일을 몇 잔 더 마셨다. 그는 좀 전의 협박 전화 때문에 기분이 좀처럼 좋아지지 않았다.

'무슨 일이라도 생긴 건 아닐까?'

민수는 자신의 호주머니 속에 손을 집어넣고 수연을 주기 위해 산 반지를 만지작거리고 있었다.

"민수 씨."

뒤에서 누군가가 불렀다.

민수는 순간적으로 수연이 아닌가 해서 뒤돌아보았다. 하지만 수연이 아니었다. 그를 부른 것은 다름 아닌 예린이었다.

그의 얼굴에는 여전히 어둠이 깔려 있었다.

"오랜만이야."

그녀가 성큼 그의 곁으로 다가왔다.

"……."

"축하해."

"고마워."

그가 무뚝뚝하게 대답했다.

그의 곁으로 다가 선 그녀가 칵테일 잔을 집어 들었다. 그리곤 한 모금 마시고는 다시 말을 붙여 왔다.

"오늘 같은 날 얼굴이 왜 그래?"

"……."

민수는 대답하지 않았다. 그의 생각은 온통 수연뿐이었다. 그녀가 나타나지 않고는 쉽게 그의 얼굴이 밝아질 것 같지 않았다.

"대단하던데."

"뭐가?"

"관심 말이야."

"관심?"

"그래. 벌써부터 매스컴에서는 난리들이야. 좀처럼 칭찬하지 않던 김 감독님도 이번 영화만큼은 기대해 볼만한 작품이라고 입에 침이 마르도록 극찬을 하시던데. 나도 지켜볼게."

"……."

예린의 말이 그에겐 들리지 않았다.

민수가 다시 칵테일 잔을 기울였다. 옆에 서 있던 예린도 다시 칵테일 한 모금을 마시곤 잔을 내려놓았다.

그녀가 다시 말을 꺼냈다.

"어색한 걸. ……살을 맞대고 살던 사람이 이젠 남이 되어 버렸다니 말이야. ……결혼했다면서. 이제 얼마 있으면 이세도 태어난다면서?"

"······."

"왜 나하고 말하기 싫어?"

"아니야."

"그럼 왜 그러는데?"

"그냥 기분이 그래서 그래."

"이번 영화에 대해서 몇 가지 물어 봐도 돼?"

예린이 직업의식을 버리지 못하고 귀찮게 캐어물었다. 하지만 민수는 그에 대한 질문을 무시해 버렸다.

"······."

"그러지 말고······. 민수 씨 인터뷰 기사를 내보내고 싶은데. 언제 응해 줄 거지?"

예린은 쉽게 포기할 것 같지 않았다. 민수는 자꾸 달라붙는 그녀가 짜증스럽게 느껴졌다.

"지금은 혼자 있고 싶어."

"······."

그녀가 민수의 눈을 쳐다보며 대답을 기다리고 있었다.

"알았어. 오늘은 말고 내일이나 모레쯤 시간 나는 데로 연락 줘. 기다리고 있을 게. 영화사 전화번호 알지?"

"그럼, 내일 점심에는 어때? 오랜만에 식사나 같이 하면서······."

"······."

그가 고개를 끄덕여 주었다.

그러자 예린이 자리를 비켜 주었다.

발표회장 안에는 사람들의 웅성거리는 소리로 가득했다.

-디디디딕, 디디디딕.

벙어리처럼 입을 다물고 있던 휴대폰이 긴박하게 울렸다.

민수는 재빠르게 휴대폰을 뽑아 귀에 바짝 대었다.

"여보세요?"

"한민수 선생님이신 가요?"

저쪽에서 여자의 목소리가 촉박하게 들려 나왔다. 민수는 휴대폰을
더 바짝 귀에 밀착시켰다.

"그렇습니다. 근데 무슨 일로……?"

"영화사에 전화했더니 전화번호를 알려주기에 이렇게 휴대폰으로
전화를 드리는 겁니다."

"……."

"조수연 씨라고 아십니까?"

"네, 제 집사람입니다."

수연의 이름이 들려 나왔을 때 민수는 자신도 모르게 휴대폰을 잡고
있던 손에 힘을 꼬옥 주었다.

"너무 놀라지 마십시오."

"……."

민수는 조급해졌다.

"……이리 좀 빨리 와 주셔야겠습니다. 조수연 씨께서 교통사고로
저희 병원 응급실에 누워 계십니다."

그의 말을 전해 듣는 순간 민수의 가슴이 출렁 내려앉았다.

그 말이 믿겨지지 않아 민수는 한동안 그 자리에 멍하니 서 있었다.
일순간 모든 것이 정지되어 버린 느낌이었다.

누군가가 옆에 와서 말을 붙이는 것도 같은데. 민수는 고개를 가로 저었다. 그 순간 민수는 어떤 행동도 취하지 못하고 들고 있던 칵테일 잔을 바닥에 떨어뜨렸다.

"듣고 계십니까? 여보세요?"

정신을 차리고 그가 휴대폰을 바짝 귀에 댔다.

"많이 다쳤습니까?"

"예, 지금 위독한 상태입니다. 한시라도 빨리 와 주세요. 지금 환자가 한 선생님을 찾고 있습니다."

"어……어느 병원이지요."

그는 수첩을 꺼내 병원의 위치를 간단하게 받아 적기 시작했다. 적는 내내 그의 손은 떨리고 있었다.

그는 전화를 끊자마자 발표회 장을 빠져나갔다.

그런 그를 뒤에서 조감독이 불렀다.

"감독님."

"조감독, 나 급한 일이 생겨서 병원에 가 봐야 하거든요. 사장님께 잘 좀 말씀해 주세요. 그리고 뒷정리 좀 해 줘요. 부탁합니다."

그 말만을 남긴 채 그는 황급하게 주차장으로 달려갔다.

정신없이 연회장을 달려 나온 그는 승용차에 시동을 걸고 병원을 향해 차를 몰기 시작했다.

그의 손은 아직도 떨고 있었다.

'위독하다면 어느 정도일까?'

민수는 마음이 놓이질 않았다.

그는 병원에서 걸려 온 그 전화가 잘못 걸려 온 전화였으면 좋겠다고 생각했다. 하지만 부정할 수 없는 사실이었다.

민수는 병원에 누워 있는 수연이 동명이인이기를 바랄 뿐이었다.

그는 조급함을 억누르지 못하고 액셀러레이터를 힘껏 밟았다. 하지만 얼마 가지 못하고 속력을 낮추어야 했다.

도로에는 차들이 즐비하게 늘어서 있었다.

마음을 진정시키지 못한 채 그는 차안에서 발을 동동 구르고 있었다. 그는 차라리 뛰어가고 싶은 심정이었다.

어떡하면 좋을지 그는 난감해졌다.

믿고 싶지 않은 일이었다.

'제발, 제발……'

벌써 두 명의 여자를 떠나보내지 않았던가, 민수는 또다시 수연을 잃고 싶지 않았다. 그녀마저도 잃는다면 그는 살아야 할 의미를 상실하게 될지도 모른다.

그는 어쩔 줄 몰라 하다가 마음을 안정시키기 위해서 담배를 꺼내어 물었다. 그리곤 라이터로 불을 붙였다.

그의 입에서 쓰디쓰게 담배 연기가 쏟아져 나왔다.

그의 양쪽 미간은 좁혀져 있었으며 얼굴은 여전히 창백해 보였다.

'살아만 있어 다오.'

그의 바람은 그것뿐이었다.

그 어디에도 기도를 해본 적이 없는 그였다. 그런 그가 이 순간 간절하게 두 손 모아 기도를 하고 있었다.

부처님이든 하느님이든 성모 마리아든 예수님이든 간에 그는 생각나는 모든 신들에게 닥치는 대로 기도를 했다. 자신에게 한 가닥 희망이라도 안겨 주길 바라면서 그는 핸들에 고개를 묻고 간절하게 흐느꼈다.

그가 병원에 도착한 것은 발표회장을 떠나온 지 한 시간쯤 지난 뒤였다.

그의 안색은 걱정이 태산처럼 쌓여 있었다. 그는 주차장에 차를 주차시키고서 응급실을 향해 급박하게 뛰기 시작했다.

응급실로 뛰어가는 순간이 그에게는 너무도 길게 느껴졌다.

응급실 안으로 그가 들어서자 한쪽에서 찢어질 듯한 신음 소리가 쏟아져 나왔다. 그는 곧 간호사 앞으로 달려갔다.

"전화를 받고 왔습니다."

"조수연 씨 보호자 분이시죠?"

"그렇습니다."

그가 되도록 마음을 진정시키듯 말했지만 정작 밖으로 쏟아져 나온 그의 목소리는 안절부절못하고 있었다.

"이쪽으로 오세요."

하면서 간호사가 그를 안내했다.

"뺑소니차에 치였어요."

그러면서 간호사가 가엾다는 듯이 혀를 걷어찼다.

간호사는 커튼이 쳐져 있는 구석 자리에서 발걸음을 멈추었다. 그리곤 민수의 얼굴을 힐끔 쳐다보다가 커튼을 젖혔다.

순간 그는 눈을 감아 버렸다.

'사실이 아니기를……'

그가 용기 내어 눈을 떴다.

'세상에⋯⋯.'

한순간 그는 그 자리에 주저앉아 울고 싶어졌다. 왜 자신에게 그러한 일이 일어나야 하는지, 그는 삶의 희망이 송두리째 꺾여 지는 듯한 아픔을 느꼈다. 가슴이 찢어질 것만 같았다.

"조수연 씨가 맞지요?"

"⋯⋯."

그는 대답 대신 넋이 나간 사람처럼 힘없이 고개를 끄덕였다.

간호사가 잠시 자리를 비켜 주었다.

민수는 한참을 멍하니 서 있었다. 왜 수연이 그곳에 누워 있어야 하는지, 그는 그 순간이 꿈일 거라고 생각했다. 그러면서 고개를 저었다.

"눈 좀 떠봐. 뭐라고 좀 말해 봐. ⋯⋯왜 여기에 누워 있는 거야. 일어나서 빨리 집에 가자. ⋯⋯우리 오늘 근사한 곳에 가서 외식하기로 했잖아. 수연아 그렇게 누워 있지만 말고⋯⋯."

그의 눈시울이 붉어졌다.

그가 수연을 흔들어 깨우려고 했지만 그녀는 대답 없이 누워 있을 뿐이었다. 그는 더 이상 어쩌지 못하고 그대로 자리에 주저앉고 말았다.

얼마간을 그렇게 앉아 있었을까, 간호사가 그를 불렀다.

민수는 힘없이 부르는 곳으로 다가갔다. 그곳에는 흰 가운을 입은 의사가 그를 기다리고 있었다.

"우리 수연이 좀 살려주십시오. 어떡해 해서든 살려야 합니다. 저는 수연이 없으면 살 수 없는 사람입니다. 제발⋯⋯."

"⋯⋯."

의사가 고개를 저었다.

"선생님……."

그가 마지막 희망이라도 잡아 볼 양으로 의사의 손을 잡고 애원조로 말했다.

"준비하셔야겠습니다."

"……."

의사의 말을 듣는 순간 민수는 모든 것이 끝나는 것처럼 몸에서 힘이 주욱 빠져나가는 것을 느꼈다.

"뇌출혈이 심하고 또 하복부의 출혈이 너무 많아 태아도 그렇고 산모도……. 최선을 다했지만 오늘밤을 넘기지 못할 것 같습니다. 죄송합니다."

의사는 위로하는 눈으로 민수를 한 번 쳐다보고는 뒤돌아섰다.

그는 더 이상 비빌 언덕이 없었다.

'아니야, 수연이는 죽지 않아. 깨어날 거야.'

민수는 믿지 않았다.

그는 수연이 누워 있는 곳으로 다가가 그녀의 손을 두 손으로 꼬옥 움켜쥐었다. 그리곤 침대에 얼굴을 묻고 다시 한 번 간절하게 기도를 했다.

그의 눈에 눈물이 핑그르르 돌았다.

더 이상 부정할 수만은 없었다.

그는 병실 하나를 예약했고 그곳으로 수연을 옮겼다. 짧은 시간이나마 편안하게 있도록 만들어 주고 싶어서였다.

병실로 수연을 옮긴 그는 다시 한 번 그녀의 손을 지그시 잡았다. 그는 한동안 그렇게 수연의 손을 잡고 앉아 있었다. 그러다가 그가 호주머니에서 수연에게 주려 했던 반지를 꺼내 그녀의 손에 끼워 주었다.

그의 눈에서 한 방울의 눈물이 가슴이 찢어질 듯이 흘러 내렸다.

민수는 단 한순간도 그녀의 곁을 떠나지 않았다. 금방이라도 그녀가 깨어날 것 같아서였다. 하지만 시간이 지날수록 그는 체념할 수밖에 없었다.

운명치고는 너무도 야속한 것이었다.

만난 지 일 년 만에 다시 그녀를 떠나보내야 하는 현실이 그는 원망스러웠다. 차라리 그럴 것이었다면 만나지 않는 것이 나을 듯싶었다.

그는 그녀의 얼굴과 머리카락을 손으로 쓰다듬어 주었다. 차라리 자신이 대신 죽을 수만 있다면 그러고 싶었다.

이제 그녀와 민수 사이에는 얼마 되지 않는 짧은 시간이 남아 있을 뿐이다.

'오빠, 오늘이 무슨 날인지 알아요. ……우리가 만난 지 꼭 일 년이 되는 날이에요.'

그녀의 목소리가 민수의 귓가에 생생하게 울려 퍼졌다.

"수연아, 수연아!"

불러도 불러도 대답 없는 이름이었다.

그는 힘없이 고개를 떨구었다. 그건 사랑하는 사람을 떠나보내야 하는 아픔이었다.

－똑똑똑.

병실 문을 두드리는 소리가 들렸다. 그리곤 문이 열렸다.

"누구십니까?"

그가 자리에서 일어나 낯선 두 남자를 향해 물었다.

"예, 경찰입니다."

"……"

"조수연 씨는 좀 어떠십니까?"

"……"

"의사에게 들었습니다. 다른 게 아니라 그 뺑소니 운전자를 잡았습니다. 아셔야 할 것 같아서. 젊은 놈이 음주운전에 뺑소니까지 치다니……. 쯧쯧"

"……"

"조서를 작성하려면 보호자께서 서로 나와주셔야겠는데요."

"예, 알겠습니다. 지금은 혼자 있고 싶은데요."

그가 수척한 표정으로 말했다.

"그 녀석 사람을 저 지경으로 만들어 놓고도 반성하는 기미가 없더라구요. 그 녀석은 합의고 뭐고 무조건 콩밥을 먹여야 합니다. 그럼 저희는 이만 가보겠습니다."

"수고들 하십시오."

그들이 가고 난 뒤에 민수는 다시 수연의 곁으로 다가가 앉았다.

언제부터 오기 시작했는지 창밖에는 비가 내리고 있었다.

민수의 마음은 착잡해졌다. 수연의 얼굴을 보고 있자니 서러움 같은 것이 밀려왔다. 언제나 자신 곁에 있겠다고 입버릇처럼 말하던 그녀가 아니었던가. 생각하면 할수록 가슴이 찢어지는 것만 같았다.

민수는 다시 혼자가 되는 것이 싫었다.

사랑이 무엇이던가, 얼굴을 보고만 있어도 행복한 것이 사랑이 아니던가. 함께 있는 것만으로도 가슴이 뛰는 것이 사랑이 아니던가. 소중한 만큼 아끼고 감추고 싶은 것이 사랑이질 않은가. 그런 것을 일깨워 준 사람이 바로 수연이었다. 그런 수연을 민수는 보낼 수 없을 것만 같았다.

하지만 그의 힘으로는 역부족이었다.

그가 보내고 싶지 않다고 해서 가야 할 사람을 막을 수 있는 것은 아니다. 운명인 것이다. 그것을 어떻게 뒤바꿀 수 있다는 말인가.

민수는 그녀를 보내기 위해 마음의 준비를 하여야만 했다. 언제까지 그녀를 붙들어 놓을 수도 없는 일이었다.

'되도록 편안하게 그녀를 보내 주어야 한다.'

민수는 자신이 할 수 있는 일은 그것밖에는 없다고 생각했다.

그녀를 보내지 않으려고 발버둥 칠수록 서로가 고통스러울 뿐이다. 민수의 입에서 서글픔의 한숨이 쏟아져 나와 수연의 얼굴로 번져 들어갔다.

밤은 점점 깊어만 가고 있었다. 밤이 깊어지면 질수록 수연의 생명의 빛도 차츰 흐려지고 있었다.

민수는 가슴이 새까맣게 타 들어가는 것만 같았다.

'가지마. 꼭 이렇게 가야만 하는 거니. 난 어떡하라구. 앞으로 해주고 싶은 것도 많은데. 그 동안 너에게 아무것도 해주지 못한 내가 원망스러워. 어쩌면 좋으니 네가 없으면 나는 살아갈 용기가 나지 않을 것만 같은데. 나도 수연이를 따라 함께 가고 싶은데. 내가 어떡했으면 좋겠니. 가지마, 가지마. 나만 두고 가지마. 이렇게 너를 보내고 싶지 않아. 제발……. 아니야, 수연이는 죽지 않아. 바보 같이. 왜 떠나야 하는 거니. 내가 불쌍하지도 않니. 사랑해, 수연아. 영원히 너만을…….'

그는 슬픔에서 헤어 나오지 못하고 있었다.

수연의 숨소리가 병신 안을 힘겹게 돌아다니고 있었다. 그녀의 숨소리는 시간이 지날수록 여려지고 있었다.

시간을 정지시킬 수만 있다면 얼마나 좋을까. 교통사고가 나기 전으로 시간을 돌려놓을 수만 있다면 얼마나 좋을까. 하지만 그건 이루어질 수 없는 희망과 억지에 불과했다. 수연의 얼굴에서 핏기가 없어지는 것처럼 민수의 얼굴도 창백해져만 갔다.

가늘게 내리던 비가 어느새 굵게 변하여 유리창을 사정없이 후려치고 있었다.

민수는 여전히 그녀의 얼굴에서 시선을 뗄 수가 없었다.

천둥과 번개가 두 사람을 갈라놓을 듯 창 밖에서 병실 안으로 파고들어왔다. 민수는 수연의 손을 더 힘껏 잡았다.

'내가 지켜 줄게.'

한 가닥 희망도 저버린 채 수연의 체온은 식어 갔다.

식어 가는 그녀의 체온을 느끼면서 벼랑에서 떨어지는 것처럼 민수의 가슴도 무너져 내렸다.

그는 얼핏 그녀의 눈가에서 아쉽게 흘러내리는 이슬방울을 발견할수 있었다. 그와 동시에 수연은 마지막 숨을 내쉬었다. 내쉬었다기 보다는 숨이 안으로 속절없이 빨려 들어갔다는 표현이 나을 것이다.

'안 돼!'

이렇게 보내야 하는 것인가.

그는 아무 것도 할 수 없는 자신이 원망스러웠다.

그녀의 눈가에서 흘러나온 눈물 한 방울이 베갯잇을 적셔 내었다.

새벽녘. 그녀는 말 한마디 없이 한 방울의 아쉬운 눈물만을 남긴 채 그의 곁을 그렇게 떠났다.

아! 가련한 여자.

충격이 컸기 때문일까, 그는 울 수 조차 없었다.

그는 싸늘하게 식은 그녀의 손을 놓을 수가 없었다.

얼마 동안을 그렇게 앉아 그는 흐느꼈다.

이제 또다시 혼자가 된 그였다. 그는 수연의 입술에 마지막으로 자신의 입술을 가져갔다. 입을 맞추면서 그는 그대로 그녀의 차갑게 식은 몸 위로 쓰러지고 말았다.

'사랑해, 언제까지나 너만을.'

사랑했기 때문에 떠나보내기도 그만큼 힘든 것이다.

그녀의 눈물이던가, 폭우가 한없이 쏟아져 내렸다. 폭우는 너무도 처절하게 민수의 가슴을 찢어 놓았다.

수연을 떠나보내는 순간 민수의 다시 찾은 꿈도 산산이 깨져 버리고 말았다. 그는 숨만 쉬고 있을 뿐이지 죽은 것이나 다름없었다.

이틀 동안 비가 내렸다.

영안실에 앉아 있는 그의 얼굴은 초췌하게 일그러져 있었다. 그는 근 삼일 동안 입에 아무것도 대지 않고 있었다.

차라리 그대로 죽고 싶은 심정이었다.

어떻게 알고 왔는지 지수가 처음으로 조문을 왔다. 그리곤 장례에 필요한 모든 준비를 그녀가 해 주었다.

지수와 민수의 입장이 몇 달 사이에 바뀐 것이다.

그가 의지할 수 있는 사람은 지수밖에 없었다. 유리의 죽음 앞에 서 있었던 지수도 어쩌면 그에게 의지하고 있었는지 모른다.

눈물이 말라붙어 그는 더 이상 울 수도 없었다.

그는 혼이 반쯤 빠져나간 채 수연의 검은 천이 둘러씌워진 사진을 마주하고 앉아 있기만 했다.

삶에 대한 모든 의욕이 그에게는 없어 보였다.

지수가 걱정이 되어 그에게 식사를 권해 보았지만 그는 고개만 저을 뿐이었다. 그는 살기를 포기한 지도 모른다.

끝없이 내릴 것만 같던 비도 지쳤는지 더 이상 내리지 않았다.

수연의 장례 행렬은 초여름의 따뜻한 햇살을 등에 업고 화장터로 향했다.

화장터로 향하는 동안 민수는 아무 말도 하지 않았다. 그리고 화장 되는 그 순간에도, 그녀의 뼈가 가루로 빻아지는 동안에도 그는 입을 떼지 않았다. 그저 고개를 가로 저으며 믿을 수 없다는 표정이었다.

이제는 수연의 혼이 빠져나간 육체마저도 볼 수가 없다. 그녀는 이미 이 세상 사람이 아닌 것이다.

이 세상 그 어디에서도 그녀를 찾을 수 없고 볼 수도 없는 것이다. 덩그러니 민수만을 남겨 두고 수연은 혼이 되어 떠나 버렸다.

민수는 그녀에게 집을 지어 주기로 했다. 그녀가 원하던 것이 바로 그것이 아니던가. 물 좋고 산 좋은 곳에 자그만 오두막을 짓고 사랑하는 사람과 행복한 시간을 보내는 것. 그녀는 소박한 여자였다.

어린아이의 순수함을 지닌 흠잡을 곳 하나 없는 여자였다.

'이렇게 아픈 것이었다면…….'

사랑은 그런 것인가 보다. 있을 때 잘해 주어도 떠나보낼 때는 그것이 한없이 빈약하게 느껴지는 것.

그는 수연의 뼛가루를 단지에 담고 왜포로 싸가지고 품에 안았다. 그리곤 자신의 승용차에 올라탔다.

그는 조수석에 왜포에 싼 수연의 뼛가루를 가지런히 내려놓고 차를 출발시켰다.

둘 만의 마지막 밀월여행인 것이다.

그는 액셀러레이터를 힘껏 밟았다.

어디쯤을 달리고 있는 것일까. 그의 차는 올림픽 대로를 달리고 있었다. 그는 액셀러레이터를 끝까지 밟았다. 그녀와 함께라면 무서울 것이 없었다.

달려야 한다. 그 생각만으로 민수는 무작정 차를 몰았다.

반쯤 열어 놓은 차창을 통해 초여름의 따스한 바람이 밀려들어왔다. 그는 숨을 깊게 들이마셔서 막혀 있던 가슴을 적막하게 적셔 내었다. 한 시간쯤 그렇게 달렸을까, 낯익은 도로가 나타났다.

언젠가 수연과 함께 차를 타고 지나쳤던 길이었다.

민수는 앞 차와의 간격을 유지하면서 수연과 대화하듯 중얼거렸다.

'수연아, 춥지 않니? ……차창 문을 조금 닫을까?'

……

말이 없는 사람, 야속한 사람 같으니.

그는 우울했다.

우울한 만큼 차의 속력은 빨라졌다.

한 번쯤 쉬어 가야 할 거리라고 그가 생각했다. 그때 휴게소가 저 앞에 나타났다. 민수는 그곳에 차를 주차시켰다. 그리곤 담배를 꺼내어 입에 물었다.

─오빠, 어디에서 잠깐만 쉬어 가요. ……나 급해 죽겠단 말이야.

수연의 목소리가 들려오는 것 같았다.

민수는 수연과 함께였던 그때를 생각하고 있었다. 수연이 화장실을 다녀오며 커피를 뽑아 오던 모습이 것이 지금도 눈앞에 선 한데.

그는 무의식중에 카스테레오를 틀었다. 그러자 수연이 흥얼거리며 몸을 흔들던 바로 그 노래가 흘러나왔다.

그는 담배를 재떨이에 털어 끄고는 차를 출발시켰다.

"피곤하면 좀 자도록 해."

수연이 옆에 있는 것 같은데, 하지만 말없는 수연이 있을 뿐이다.

그는 조수석을 바라보면서 씁쓸하게 웃었다. 금방이라도 수연이가 살아나 오빠, 사랑해 라고 말할 것만 같았다.

그의 차는 어느새 아스팔트를 벗어나 비포장도로를 달리고 있었다.

저 앞에 통나무집으로 향하는 이정표가 세워져 있었다. 민수는 차 창을 긁고 스쳐 지나가는 억새풀을 가슴 절이게 쳐다보면서 차를 몰 았다.

얼마쯤 더 들어가자 통나무집 주차장이 나타났다. 그는 차를 주차 시키고는 왜포에 싸여진 단자함을 들고 차에서 내렸다.

변함없이 맑고 신선한 공기를 민수는 차에서 내리자마자 깊게 들이 마셨다.

'수연아, 이제 다 왔어.'

그를 마중 나온 것은 통나무집 주인이었다. 그를 보자마자 그가 달려와 인사를 했다.

"한 작가, 어쩐 일로 연락도 없이……."

그러며 그가 반갑게 맞이해 주었다.

민수도 그의 악수를 흔쾌히 받아들였다.

"그런데 혼자 온 겁니까. 약혼하신 분은 어떡하시고……?"

"아닙니다. 둘이 왔습니다."

그가 피식 웃어 보였다.

"……."

그가 그제야 민수의 손에 들고 있는 왜포에 싸여진 단지함을 보았다. 그는 더 이상 민수에게 말을 걸지 않았다.

"쉴 곳 있습니까?"

"이곳은 언제든지 한 작가에게 개방되어 있는 거 잊었어요?"

"……."

그랬던가, 민수가 힘없이 웃었다.

"올라가요. 전 뒤따라 식사를 준비해서 올라갈 테니까."

"그러실 것 없어요. 오늘은 그냥 쉬고 싶어요."

"……."

그가 민수의 기분을 헤아리며 고개를 끄덕였다.

민수는 그를 뒤로하고 자신이 늘 사용하던 그 통나무집으로 걸어가기 시작했다.

'여긴 언제 와도 좋은 곳이야. 수연이도 그렇게 생각하지……?'

그가 단지함을 가슴에 꼭 끌어안으며 중얼거렸다.

통나무집 문을 열고 안으로 들어서자 포근하고 아늑한 나무 냄새가 진하게 흘러나왔다. 그는 수연의 유골을 침대 위에 가지런히 올려 두고 먼저 욕실로 들어가 샤워를 했다.

샤워기에서 흘러나온 물줄기가 그의 몸을 가볍게 감싸주었다.

'여기 갈아입을 옷 가져다 두었어요.'

물 흘러내리는 소리와 함께 수연의 목소리가 들려오는 것만 같았다. 그렇지만 그것은 착각이었다. 그녀는 말할 리가 없었다.

샤워기에서 흘러내리는 물줄기와 함께 민수의 눈에서도 눈물이 흘러 내렸다. 눈물은 물줄기와 함께 하수도 구멍으로 하염없이 쏟아져 들어갔다.

'바보 같으니······.'

그는 몸에 비누칠을 하다 말고 두 손으로 얼굴을 감쌌다.

'왜, 나만 나두고 가는 거야!'

진실로 사랑했던 사람이 누구던가, 바로 수연이 아니었던가. 생각할수록 가슴이 아파 왔다.

그는 샤워를 마치고 욕실에서 나왔다. 그리곤 침대 위에 올려져 있는 수연의 유골을 넋 잃고 바라보다가 그 자리에 주저앉았다.

남자는 여자보다도 더 나약한 존재였다. 어쩌면 여자보다도 더 슬픈 존재인지도 모른다. 무너질 때 하염없이 무너지려 하는 것이 바로 남자인 것이다.

그는 냉장고에서 맥주를 꺼내 단숨에 들이켰다. 그것도 모자라 냉장고에 있던 술을 모두 들이켰건만 막혔던 가슴은 뚫리려 하지 않았다.

사랑하는 사람을 잃은 남자의 아픔이었다.

그는 인터폰을 들어 주인에게 독한 양주 몇 병을 더 시켰다. 취하지 않고는 잠이 올 것 같지 않았기 때문이었다.

주인이 양주를 가져다주었고 민수는 미친 듯이 술을 퍼부었다. 그 날 밤 민수는 술에 취해 인사불성이 되어 잠이 들고 말았다.

다음 날 아침 일찍 일어난 그는 통나무집에서 보트를 빌려 강가로 나갔다. 노를 저어 강 한복판에 이르렀을 때 그는 마음을 굳게 먹었다. 그리곤 천천히 왜포를 풀기 시작했다.

단지를 열자 그 안에는 수연의 뼛가루가 곱게 빻아져 담겨 있었다. 유골 위로 수연의 얼굴이 나타났다가 사라졌다.

'내가 너무 많은 죄를 지었기 때문이야. ……나를 용서해 줘.'

민수는 한줌 한줌 수연의 유골을 강물 위에 뿌렸다. 그러나 눈물은 나오지 않았다. 그녀를 보내는 마당에 눈물을 보이고 싶지 않았기 때문이었다.

눈물을 보인다면 떠나가는 그녀도 괴로울지 모른다. 민수는 되도록 차분해지려고 노력했다.

그녀의 유골은 민수의 손위에 머물고 있다가 불어온 바람에 의해 강물 위로 날리어졌다.

그녀의 유골이 바람에 날릴 때마다 민수는 그녀와의 지난날에 대한 추억들을 되살려 내었다.

그녀의 유골을 강물 위에 모두 뿌리고 나서도 그는 그 자리를 뜨지 못했다. 그녀를 혼자만 남겨 두고 싶지 않아서였다.

그는 미리 마련한 소주를 강물에 한잔 따르고 나서 병나발을 불기 시작했다. 소주는 구멍 난 독에 주어지듯 단숨에 비워졌다. 그렇게 몇 병의 소주를 위에 틀어 부었을까, 하지만 술에 취하기는커녕 정신이 말똥말똥 해졌다.

맑은 초여름의 햇살이 그의 얼굴로 쏟아졌다. 그는 아쉬움을 남긴 채 노를 저었다. 강가로 나온 그는 강 저편을 바라보다가 이내 뒤돌아 설 수밖에 없었다.

그는 통나무집으로 들어가 몇 날 며칠을 잠에 취해 지냈다. 그의 얼굴은 햇볕을 보지 못해 누렇게 떠 있었다.

걱정이 되었는지 통나무 집 주인이 미음을 끓여 왔다.

"한 작가, 뭐라도 먹어야지. 자꾸 그러면 한 작가 몸만 망가질 뿐이야. 간 사람은 간 거구, 산 사람은 살아야지. 수연 씨도 이러는 걸 바라지 않을 거야. 수연 씨가 얼마나 가슴이 아프시겠어. 어서 일어나. 조금이라도 떠보라구."

그의 얼굴에는 근심이 가득했다.

그가 힘겹게 자리에서 일어나 수저를 들고 떠먹는 시늉을 해 보이자 그가 자리를 비켜 주었다.

민수가 그곳에 온 지도 벌써 삼 주 가량이 지나고 있었다.

민수는 눈만 뜨면 강가에 나가서 앉아 있곤 했었다. 그가 하는 일이란 그것이 고작이었다. 식사를 거르는 것이 다반사였으며 오로지 술에만 의존하고 있었다.

어느 날인가 통나무집 주인이 그에게 찾아와 술을 청했다.

민수와 그는 통나무 집 한켠에 마련되어 있는 바비큐 불판에 마주하고 앉았다. 그가 마련해 온 생고기를 불판에 올려놓고서 민수에게 술을 따라 주었다.

"한 작가, 힘들지?"

"……."

그는 말없이 웃음으로 대답을 대신했다.

"알아, 사람을 떠나보내는 게 얼마나 힘든 일인지. 그것도 사랑하는 사람을……. 나도 어린 새끼하고 마누라를 떠나보내고서 얼마나 힘들었는지 몰라. 그땐 차라리 죽고 싶은 심정이었어. 하지만 살다 보니까 잊혀지더라구."

"……."

민수가 그의 말을 들으며 술잔을 기울였다. 그의 빈 잔에 그가 술을 따라 주면서 다시 말을 꺼냈다.

"나도 한 오륙 년 정도를 방황했어. 아무것도 하고 싶지 않더라구. 모든 게 귀찮고 의욕도 생기지 않았어."

그가 지난 일을 생각하면서 씁쓸하게 입맛을 다졌다.

"몰랐습니다."

"지나고 나면 별일이 아닌데 말이야."

그러면서 그가 술잔을 기울였다.

그의 잔에 민수가 술을 따라 주었다.

"……."

"사실 지난 일은 중요하지 않아. 앞으로가 중요한 거지. 많이 살아보지는 않았지만 내가 살아 본 경험으로는 그래. 물론 겪어 보지 못한 사람은 모르겠지. ……사는 게 다 그렇잖아. 누군 힘들고 누군 힘들지 않은 게 아니야. 삶이란 공평한 거라고 생각해. 한 작가를 보면서 내 지난날을 보는 것 같았어. 이건 인생 경험의 선배로써 말하는 건데. 빨리 잊는 게 좋아. 빨리 잊으면 잊을수록 자신에게 해가 되는 것은 없거든. ……수연 씨도 그걸 바라고 있을 거야.”

“후우…….”

민수가 한숨을 내뱉었다.

“자, 들지. 이건 내가 내는 거야. 언젠가 한 번 이렇게 같이 술을 마시고 싶었어. 사실 나는 말상대가 별로 없거든……. 남들은 사람들이 들끓는데 뭐가 적적하냐고 그러지만……. 내겐 모두가 그저 잠시 왔다가 스쳐 지나가는 사람들뿐이거든. 항상 내 곁에 머물러 있는 것은 아니잖아.”

“…….”

그는 스스럼없이 술잔을 들어 기울였다.

“하지만 난 좋아. 그 사람들이 나를 잊지 않고 한 작가처럼 또 찾아와 주니까 말이야. 그들이 얼마나 고마운 줄 몰라.”

“믿겨지지 않아요. 수연이가 죽었다는 게. 내 손으로 수연이의 유골을 강물에 흘려보냈는데도 말입니다. 금방이라도 수연이가 뛰어올 것만 같아요. 이런 일이 생기리라고는 꿈에도 생각해 본 적이 없었는데.”

민수가 담배를 꺼내어 입에 물며 말했다.

그도 민수의 마음을 이해한다는 듯이 고개를 끄덕이다가 술잔을 들어 적적함을 달래었다.

그의 잔에 민수가 술을 따라 주었다. 말상대가 있어서 그런지 민수는 어느 정도 위안을 받을 수 있었다.

“날 보라구. 난 모든 걸 버렸어. 그것이 잘한 일인지는 모르지만……. 때론 후회가 될 때도 있지. 그렇지만 이젠 돌이킬 수 없는 일들이야. 그래도 여건이 된다면 다시 예전으로 돌아가서 하지 못했던 일들을 해보고 싶어. 문제는 내게 그런 용기가 없다는 거지. 자신도 없고……. 난 언제부턴가 이 생활에 만족하며 안주하고 있었어. 그러다 보니 돌아갈래도 돌아갈 수 없었던 거야."

"……."

민수의 입에서 담배 연기가 착잡하게 쏟아져 나왔다.

"빨리 잊어야 해. 그렇지 않았다가는 내 꼴이 되고 만다구. 한 작가는 나처럼 약한 사람이 아니잖아. 능력도 있고 젊음도 있는데 뭐가 아쉬울 게 있겠어. 돌아갈 수 있을 때 돌아가는 거야. 그 시간을 놓친다면 돌아가려 해도 갈 수가 없어. 남는 건 더 큰 좌절과 후회뿐이야. 스스로 자신을 잃어버리게 되는 거지. 끝내는 혼자의 힘으로 일어설 수 없는 폐인이 되는 거야. 주위 사람들도 한둘 씩 떠나게 되고……. 더는 도움을 받을 수가 없게 돼."

그가 목이 말랐던지 그 말을 하고선 술잔을 비워 냈다. 그리곤 바비큐 불판 위에 올려져 있는 생고기를 한 번 뒤적거리고는 다시 민수를 쳐다보았다.

"……."

"한 작가는 이런 곳에서 소일이나 하면서 지낼 사람이 아니야. 훌훌 털어 버리고 달려가는 거야. 그리고 미친 듯이 일에 파묻혀 지내는 거야. 그러다 보면 수연 씨를 잊는데도 도움이 될 거야. 사람은 힘들어야지 딴 생각을 하지 않게 되거든."

"조언 고맙습니다, 사장님."

"고맙기는……. 내가 주제에 넘게 너무 많은 말을 주절거렸지."

"아닙니다. 저에겐 많은 도움이 됐는 걸요."

민수가 그를 보며 힘없이 웃어 보였다.

"술이나 마시자구. 흠뻑 취하는 거야. 인사불성이 되도록 우리 실컷 마셔 보자구. 아픈 사람끼리 말이야."

"……."

"뭐해, 잔 들지 않고……."

그러며 그가 털털하게 웃었다.

잔을 부딪치고는 누가 먼저랄 것 없이 둘을 술을 단숨에 비워 내었다. 그의 잔에 민수가 맑은 소주를 따라 주었다. 맑은 소주는 정이 넘치듯 그의 술잔에 가득 차올랐다.

취기가 오르기 시작했다.

초여름의 기분 좋게 달아오른 바람이 바비큐 불판 위로 불어 왔다가 구수하게 익어 가는 고기 냄새를 품고 저만치 사라지곤 했다.

그의 입에서 노래 가락이 구수하게 쏟아져 나왔다. 취기 오른 민수도 그가 부르는 노래를 흥얼거리며 따라 불렀다.

밤은 점점 무르익어 들어갔다.

술병은 한두 병씩 비워졌고 급기야 민수는 인사불성이 되고 말았다. 그런 민수를 그가 부축하여 침대에 눕혀 주고 돌아갔다.

만취한 민수는 그대로 곯아떨어지고 말았다.

민수의 잠든 얼굴은 핏기 없이 창백해 보였다. 그는 깊은 잠 속에 빠져들어 갔고 그 동안만큼은 아파하지 않아도 되었다.

창문 안으로 달빛이 포근하게 쏟아져 들어와 민수의 얼굴을 비추고 있었다. 그의 얼굴은 너무도 여려 보였다.

사랑하는 그대에게

민수는 어둠 속에 서 있었다.

사방은 조금의 틈도 없이 꽉 막혀버린 암흑이었다. 발버둥을 쳐 보았지만 허사였다. 몸이 얼음장처럼 굳어 움직일 수가 없었다. 그가 그 속에서 할 수 있는 것은 아무것도 없었다.

무엇을 할 수 있다는 말인가, 무엇을 해야 한단 말인가.

나약한 자신 만이 덩그러니 남겨져 있을 뿐이다. 그는 그곳에서 좌절하고 있는 자신의 모습을 발견하고 있었다.

그 어디에도 그가 빠져나갈 구멍은 없었다.

온몸이 압박되어지는 기분이었다. 그의 호흡은 점차 가늘어지고 있었다. 한줄기 빛도 없는 그 곳에서 그는 갈피를 잡지 못하고 이리저리 흔들렸다.

그는 벼랑 아래로 떨어지는 것처럼 한없이 떨어져 내려가고 있었다. 떨어져도 떨어져도 끝은 없을 것만 같았다.

어디쯤에서부턴가 그는 수렁 속으로 빨려 들어가고 있었다. 사방에서 악취가 풍겨져 나왔다. 마치 자신의 몸이 썩어가고 있는 것만 같았다.

그가 필사적으로 손을 뻗어 보았지만 지푸라기 하나 잡히지 않았다.

눈을 뜰 수가 없었고 귀와 코, 그리고 입이 차례로 봉해졌다. 이젠 숨조차 쉴 수가 없었다.

그대로 있을 수만은 없었다.

살기 위해선 무엇이든 해야 했다. 그는 필사적으로 발악을 하며 손을 뻗었고 소리를 질렀다.

그 때, 그의 손에 따뜻한 무엇인가가 잡혔다. 그는 본능적으로 그 따뜻함을 두 손으로 끌어 잡았다.

그 순간 봉해졌던 가슴이 뻥 뚫리는 듯한 상쾌함이 느껴졌다. 그러며 동시에 포근해졌다.

그가 힘겹게 눈을 떴다.

누군가가 그의 앞에 서 있었다. 그러나 얼굴을 볼 수는 없었다. 상대는 말이 없었다.

'벙어리인가.'

그가 좀더 상대의 앞으로 다가갔다. 하지만 누군가는 그가 다가서면 한 발짝 뒤로 물러서는 것이었다. 다가서려하면 뒷걸음치는 그는 누구일까.

그와는 좀처럼 가까워지지 않았다.

'수연아, 수연이 맞지. 그렇지?'

하지만 상대는 여전히 대답이 없었다.

어디에선가 한 가다 밝은 빛이 쏟아져 들어왔다. 그 빛이 서서히 민수에게 다가왔다. 그는 눈이 부셔 제대로 눈을 뜰 수가 없었다. 너무도 밝은 빛이었다.

'대답 좀 해봐?'

수연이 분명하다고 민수는 확신할 수 있었다. 그가 확신하자 수연의 얼굴이 연한 빛을 내뿜으며 나타났다.

민수는 반가움에 어쩔 줄 몰라 했다. 하지만 만남도 잠시일 뿐 그녀는 점점 멀어져 갔다.

민수는 그녀를 향해 있는 힘껏 달리기 시작했다. 하지만 마음뿐이었다. 그가 조급해 하며 달려갈수록 수연은 멀어져만 갔다.

'가지마.'

수연은 순박하게 웃고 있었다. 그뿐이었다.

그녀는 어둠 속으로 밀려들어갔고 민수는 그녀와는 정반대로 밝은 빛과 함께 그녀와 멀어졌다.

민수가 아무리 소리치며 달려보아도 그녀와는 가까워 질 수 없었다.

'수연아, 수연아.'

꿈이었다.

그는 꿈에서 깨어나 한동안 멍하니 앉아 있었다.

간 사람은 말이 없었다.

그의 이마엔 식은땀이 송골송골 맺혀 있었다. 침대 시트도 그가 흘린 땀으로 인해 흠뻑 젖어 있었다.

날은 벌써 밝아져 있었다.

눈부신 햇살이 창문을 통해 들어와 그의 얼굴을 비추고 있었다. 창백해져 있던 그의 얼굴이 서서히 안정을 찾고 있었다.

그는 욕실로 들어가 샤워를 했다. 그러자 한결 개운함이 느껴졌다. 비누 거품을 닦아 내고서 그는 벽거울을 들여다보았다. 벽거울 속에는 핼쑥한 자신의 얼굴이 있었다. 수염이 까칠하게 자라난 볼품없는 얼굴이었다.

그는 일회용 면도기를 찾아 들었다. 그리곤 다시 비누거품을 만들어 턱에 발랐다. 수염을 깎자 깔끔한 그의 얼굴이 나타났다. 그는 마지막으로 벽거울을 한 번 더 들여다보며 힘없이 웃고는 욕실에서 나왔다.

그는 옷을 갈아입고 그곳에서 나와 식당으로 향했다. 향하는 길에 이마와 등으로 땀이 주르륵 흘러 내렸다.

몹시 무더운 날이었다.

가만히 앉아 있어도 저절로 땀이 흘러내리는 그런 날씨였다.

그가 식당으로 들어서자 통나무집 사장이 맞이해 주었다.

"한 작가 오늘은 일찍 일어났네. 꽤 더운 날씨야. 올 여름도 무지하게 덥겠어. 참, 식사 해야지. 뭐든지 말만 하라고 대령할 테니까."

"아무거나 주십시오."

민수가 오랜만에 밝게 웃어 보이며 말했다.

"오늘은 기분이 좋아 보이는데. 닭볶음탕 어때? 오늘 토종닭 한 마리 잡았거든."

"그럼 그걸로 주세요."

"아줌마, 여기 닭볶음탕 좀 내와 봐요."

그러며 그가 주방을 향해 소리를 질렀다.

"오늘 쯤 돌아갈까 하는데요."

"쉬는 김에 며칠 더 쉬다가 가지 않고……."

"일을 해야지요. 허송하게 세월만 보낼 수는 없잖아요."

"그래. 잘 생각한 거야. 그리고 언제든지 힘들 때면 찾아오라구. 여긴 한 작가한테는 항상 개방되어 있으니까."

"보트 좀 잠깐 써도 되겠지요?"

"그렇게 해."

주인이 흔쾌히 고개를 끄덕였다.

민수는 식사를 마친 뒤에 식당에서 나와 강가로 내려갔다. 그리곤 보트에 올라 노를 저어 강어귀로 나아갔다.

비릿한 강바람이 민수의 머리칼을 헤집으며 지나쳐 갔다. 민수의 가슴은 뻥 뚫린 것처럼 상쾌해져 있었다.

그는 강어귀에서 노 젓는 것을 잠시 멈추었다. 그의 기분은 다시 속절없이 착잡해졌다. 하지만 처음 그곳에 왔을 때보다는 덜한 편이었다.

"수연아!"

그는 마지막으로 그녀의 이름을 불러보았다. 그리곤 담배를 꺼내어 입에 물었다.

'이젠 돌아가야 한다.'

그의 입에서 짙은 담배연기가 쏟아져 나왔다. 담배 연기는 머무를 틈 없이 바람과 함께 허공중으로 분산되었다.

한동안 그는 멍하니 앉아 있다가 다시 노를 저었다.

그의 얼굴에는 결심이 서고 있었다.

자신이 있어야 할 자리가 그곳이 아니라는 것을 깨달은 이상 잠시도 지체할 이유는 없었다.

수연이 보고 싶을 때 다시 찾아오면 되는 것이다. 그의 마음은 벌써 서울로 향하고 있었다. 무엇이든 해야 한다고 그는 생각하고 있었다.

자신의 승용차에 오른 그는 한결 홀가분한 기분으로 액셀러레이터를 힘껏 밟았다. 그의 얼굴은 더 이상 외롭다거나 답답하지 않았으며 혈색이 예전처럼 돌아오고 있었다. 그의 방황은 그렇게 끝을 맺고 있었다.

그의 승용차는 비포장도로를 벗어나 아스팔트 위를 달리고 있었다.

그에겐 모든 것이 새롭게 보였다. 승용차 안에 앉아 있는 자신마저도 낯설어 보였다. 그는 살아야 한다는 의욕에 가득차 있었다.

지열을 식히려는 듯 차창 밖으로 빗방울이 한두 방울씩 튀겨 들어오고 있었다. 그러면서 무더위가 한풀 꺾이는 것 같았다.

서울로 들어서면서 그의 차는 속력을 줄이고 있었다. 그 짜증스러운 교통전쟁이 시작되고 있는 것이다.

차들은 통 움직일 생각을 하지 않았다. 민수는 핸드 브레이크를 위로 잡아당기고서 휴대폰을 가져다가 전화번호를 또박또박 눌렀다. 그리곤 신호가 가기를 기다리며 휴대폰을 귀로 바짝 끌어당겼다.

잠시 후 신호가 가기 시작했고 신호음이 대여섯 번 쯤인가를 울리고서 통화가 이루어졌다.

"최지숩니다."

그녀의 목소리가 밝게 들려나왔다.

"집에 계셨군요."

"한 감독님?"

"네, 한 감독입니다."

"지금 어디예요?"

"서울입니다. 오늘 만나고 싶은데. 시간 있으십니까?"

그가 차분하게 말했다.

"예, 있어요. 하지만 밖에서는 곤란한데……."

"……."

"형섭이를 어디에 좀 보냈거든요. 어떡하면 좋지요. 한 감독님께서 집으로 좀 오시면 안 될까요?"

"그렇게 하겠습니다. 어떻게 가면 됩니까?"

"찾기 쉬울 거예요."

그러면서 그녀가 찾아오는 길을 민수에게 쉽게 알려주었다.

"그럼 있다가 뵙겠습니다. 거기 까지는 넉넉잡고 한 시간쯤 걸릴 겁니다."

그러면서 그가 전화를 끊었다.

그의 차는 목동 쪽으로 향하고 있었다.

그는 지수의 아파트 주차장에 차를 주차시킨 후 룸미러를 통해 자신의 얼굴을 한 번 들여다보고는 차에서 내렸다. 그리곤 다시 한 번 옷차림을 살피고 아파트 안으로 들어가 엘리베이터를 기다렸다.

엘리베이터가 내려오기를 기다리는 사이 그의 뒤에 주부로 보이는 이십 대 후반의 여자가 다가와 섰다.

민수는 그녀를 자신도 모르게 흘깃 쳐다보았다. 그러면서 그는 수연을 생각했다. 살아 있었다면 수연도 지금 이 시간 때쯤 저 여자처럼 장바구니를 들고 서 있었을 것이다. 다시금 그의 가슴이 쓰려왔다.

엘리베이터가 내려왔고 그가 먼저 올라 타 육 층 버튼을 눌렀다. 여자도 열세 번째의 버튼을 눌렀다.

민수는 자신도 모르게 여자를 흘깃흘깃 쳐다보았다. 그러자 여자가 이상한 눈으로 그를 쳐다보았다. 그러면서 민수와 거리를 두면서 뒷걸음질 쳤다. 그 여자의 표정이 우스웠던지 민수가 피식 웃었다.

엘리베이터에서 내린 민수는 지수의 집 앞으로 다가가 섰다. 그리곤 초인종을 눌렀다. 잠시 후 안에서 지수의 목소리가 들려 나왔다.

"누구세요?"

"접니다. 한 감독."

"잠깐만 기다려 주실래요."

그 말과 함께 안은 다시 조용해졌다. 이삼 분 쯤 지난 뒤에 현관문이 찰칵하며 열렸다. 지수가 반갑게 그를 맞이해주었다.

"며칠 청소를 안 해서 집안이 좀 지저분해요. 해야지 해야지 하면서도 좀처럼 시간을 내지 못하는 거 있지요. 어서 들어오세요."

"……."

민수는 지수의 안내를 받아 안으로 들어갔다.

"식사는 했어요?"

"아직……."

"그럼 같이 식사 하실래요?"

그녀가 민수를 쳐다보며 방긋 웃었다.

"아닙니다. 전 집에 가서……."

"그러지 마시고 같이 식사해요. 한 감독님 오신다고 해서 음식도 준비했는걸요. 솜씨는 없지만……. 스테이크가 맛있게 구워졌어요. 식사하고 나서 간단하게 술도 한 잔 하시구요. 그렇게 하세요."

지수가 그의 손목을 잡아끌었다.

민수는 어쩔 수 없이 그녀를 따라 주방으로 들어갔다.

주방에는 이미 식사 준비가 다 되어 있었다.

"맛이 어떨지 모르겠어요. 맛이 없더라도 예쁘게 봐 주세요."

지수는 민수가 먹기를 기다리고 있었다.

민수는 멋쩍게 나이프와 포크를 들었다. 그리곤 스테이크를 썰어 입에 넣고 씹기 시작했다. 생각했던 것보다 꽤 맛이 있었다.

"어때요?"

"음식 솜씨가 좋으신데요. 맛있습니다."

"정말요?"

민수가 고개를 끄덕여주자 그녀의 얼굴이 방긋 달아올랐다. 그리고 나서야 지수는 나이프와 포크를 들고 스테이크를 썰기 시작했다.

식사를 마치고서 그들은 거실로 나왔다.

그녀가 주방에서 커피를 끓여 내왔다. 커피의 은은한 향기가 집안을 가득 메워 놓았다. 민수는 오랜만에 포근함 같은 것을 느낄 수 있었다.

"죄송합니다."

"뭐가요?"

지수가 고개 들어 민수를 빤히 쳐다보았다.

"저 때문에 일에 차질이 생겨서……."

"아니에요. 아무런 도움도 되지 못한 제가 더 죄송하지요. 그리고 일은 이제부터라도 다시 시작하면 되는 건데요. 우리 최선을 다해서 영화를 만들어 봐요. 그러면 되는 거예요."

"고맙습니다. 장례식 때도 고맙다는 말 변변히 하지 못했는데, 오늘도 이렇게 찾아와 폐만 끼치는 군요."

"폐를 끼치다니요. 그렇지 않아요. 저도 심심하던 참이었거든요. 한 감독님이 찾아와 주셔서 무료하지 않은데요. ……우리 술이나 한 잔 할까요?"

"그러시지요."

지수가 식은 커피잔을 쟁반에 받쳐가지고 주방으로 들어갔다.

민수는 그러한 지수의 뒷모습을 바라보고 있었다.

지수는 느슨한 반바지와 반소매 차림이었다. 그리고 얼굴에는 전혀 화장을 하지 않고 있었다. 민수는 뒤늦게 그것을 발견할 수 있었다.

얼마 지나지 않아 사라졌던 지수가 주방에서 나타났다. 그녀는 과일과 양주 그리고 얼음 케이스를 쟁반에 받쳐가지고 나타났다.

민수는 다시 한 번 지수의 꾸미지 않은 모습을 세밀하게 관찰할 수 있었다.

"제 얼굴에 뭐라도 묻은 건가요?"

쳐다보고 있다는 것을 의식했는지 그녀가 민수에게 말했다.

"아……아닙니다. 화장하지 않은 모습은 처음이라서……."

"……."

지수의 얼굴이 알게 모르게 붉어졌다.

"자, 받으세요."

그녀가 얼음을 넣은 잔을 민수에게 내밀었다. 그러곤 양주병을 들어 잔을 채우기 시작했다. 자신의 잔에도 술을 따른 뒤에 그녀가 양주병을 내려놓았다. 그녀가 먼저 건배를 제의했다.

쨍하는 소리가 들렸고 민수는 반쯤 마시다가 술잔을 내려놓았다. 지수도 한 모금 정도를 마시고는 술잔을 내려놓았다.

"담배 좀 태워도 되겠습니까?"

"그렇게 하세요. 너무 부담스러워 하지 마시고 내 집처럼 편안하게 생각하세요."

그녀가 대답하면서 재떨이를 그의 앞으로 밀어주었다.

담배를 꺼내 입에 문 그가 라이터를 켜서 불을 붙였다.

"집에서는 항상 그런 차림이세요?"

"네, 이상한가요?"

"아닙니다. 이상한 건 아니고 지수 씨의 그런 차림을 처음 봐서요."

"……."

그녀가 지그시 웃었다.

"그런 지수 씨를 보니까 그 사람 생각이 나는데요."

그가 힘없이 얼굴에 미소를 품었다.

"……."

지수가 측은하게 민수를 바라보았다.

"잊어야 하는데……."

"억지로 잊어야겠다고 생각하지는 마세요. 그럼 더 잊기 힘들어 지거든요. 살다보면 다 잊혀질 거예요."

"그럴 테지요."

그가 말을 마치고서 술잔을 들어 남은 술을 비워냈다. 그리곤 위스키 병을 기울여 자신의 잔에 다시금 술을 채웠다.

"……."

"촬영은 준비되는 데로 바로 들어가겠습니다."

그가 화제를 바꾸며 말했다.

"그래도 되겠어요?"

"그동안 저 때문에 피해도 많으셨을 텐데요. 하루라도 빨리 시작해서 만회를 해야지요. 제작비를 괜한 곳에 써버리면……."

"아니에요. 힘드실 텐데 좀더 쉬세요. 그런 걱정은 하지 마시구요. 하루 이틀 늦게 시작한다고 해서 그렇게 많은 손해를 보는 것도 아닌데요."

"어차피 제가 해야 될 일인데요. 빨리 시작하면 할수록 서로에게도 좋잖아요. 그리고 그동안 쉴 만큼 쉬었습니다. 몸이 근질거려서 더는 쉴 수도 없을 것 같은데요. 연말에 개봉하려면 지금부터 서둘러야 합니다. 제 걱정은 하지 마십시오, 지수 씨. 당장 내일부터 시작하겠습니다."

"그래주실 수 있으세요."

"그럼요. 젊은 혈기 어디에다 쓰겠습니까."

그가 걱정하지 말라는 듯 맑게 웃었다.

그가 술잔을 들어 위스키를 단숨에 마셨다. 그리곤 잔을 내려놓았을 때 지수가 그의 잔에 술을 따라주었다.

"오늘은 정말 술맛이 나는데요. 지수 씨도 한 잔 받으시지요."

"……."

그녀가 술잔을 비우고서 민수에게 잔을 내밀었다. 민수가 그녀의 잔을 채워 주었다.

"술은 많이 있어요. 우리 마음껏 마셔 봐요. 저도 기분 좋게 취하고 싶어요."

"……."

민수가 대답 없이 살긋 웃었다.

"민수 씨는 좋은 사람 같아요."

"……."

"민수 씨와 같이 있으면 편안한 거 있죠. 남처럼 느껴지지 않아요. 처음 볼 때부터 그랬어요. 민수 씨는 여자들에게 모성애를 느끼게 하는 것 같아요. 그러면서도 남자다운 매력이 있어요. 이를테면 여자들이 보호받고 싶어 하는 그런 것 말이에요. 저도 민수 씨에게 그런 것을 느끼거든요."

"너무 띄우지 마십시오."

그의 얼굴이 붉어졌다.

"사실이에요. 저는 있는 그대로를 말하는 거예요."

"……."

"민수 씨 같은 애인이 있었으면 좋겠어요. ……어때요. 우리 서로 애인처럼, 친구처럼 지내는 게?"

"못할 것도 없지요."

"전 남자들을 믿지는 않아요. 하지만 민수 씨는 예외예요. 민수 씨는 여자를 이해할 수 있는 남자라고 생각하거든요."

"……."

"오늘 밤은 함께 있고 싶어요. 이성이 아닌 동성 친구로서 말이에요. 그렇게 해 주실 거지요?"

"그러십시오. 저는 아무래도 상관없습니다. 지수 씨만 좋으시다면……. 집에 가봤자 잠도 오질 않을 텐데요."

그러면서 그가 다시금 술을 마셨다. 그의 얼굴은 어느새 취기가 올라서고 있었다. 지수의 얼굴도 달아오르고 있었다.

술을 마시고 따르는 것이 반복되었다.

밤은 점점 깊어 갔고 어느새 새벽으로 향하고 있었다. 둘은 여전히 마주하고 앉아 술잔을 주고받았다.

다음날부터 민수는 영화사로 출근을 하였다.

민수는 새롭게 태어나고 있었다. 그는 일에 파묻혀 하루 하루를 정신없이 보내고 있었다. 자연히 수연의 아픈 기억도 사라지고 있었다. 그는 더 이상 지난 일에 안주하지 않았다.

크랭크 인 준비를 마치고서 첫 촬영에 들어갔다. 그리고 촬영을 시작한지 열흘째가 되던 날 그 일이 생겼다.

"저, 감독님."

촬영 시작시간 오 분여를 남기고 퍼스트가 난처한 얼굴로 민수에게 다가왔다.

"조감독, 왜 그러세요."

그가 콘티를 뒤적거리면서 퍼스트를 올려다보았다. 퍼스트는 힘겹게 말을 꺼내기 시작했다.

"여자 주연이 아직 오지 않았습니다."

그렇게 말하며 퍼스트가 민수의 눈치를 살폈다.

"여자 주연이 안 왔다구요?"

"네."

"시작 시간이 얼마나 남았지요?"

"오 분 정도 남았습니다. 감독님."

"아무런 연락도 없었습니까?"

"네."

"계속해서 연락을 취해 보도록 하세요. 그리고 다른 씬으로 대체할 테니까 지장 없도록 체크해 주세요."

그가 삭삭하게 말을 끝맺었다. 그러자 퍼스트는 돌아갔고 촬영 시작 전의 스테프들의 상황을 일일이 체크하기 시작했다. 서른 초반의 그는 꼼꼼하게 일을 처리하며 조감독의 임무를 성실하게 수행하고 있었다.

촬영이 시작되고 두어 시간이 지났는데도 여자 주연은 나타나지 않았다.

카메라는 쉴 사이 없이 돌아가고 있었다. 일이 쉽게 풀리지 않는다는 듯 민수의 얼굴에는 짜증이 잔뜩 배어 있었다. 그의 입에서는 연상 액션, 컷 등의 용어들이 날카롭게 쏟아져 나왔다.

그가 배우들에게 다가가 연기 지도를 하고는 카메라 뒤로 빠져나왔다. 그리곤 촬영감독 옆에서 막 액션 지시를 내리려던 참이었다.

"감독님, 전화 좀 받아 보셔야겠는데요."

퍼스트가 휴대폰을 들고 서 있었다.

"누구……?"

"여자 주연 입니다."

"왜 오지 않고 전화질이야. 빨리 오라고 하세요."

그가 버럭 화를 내었다.

"그게…….."

"할 얘기 있으면 와서 하라고 그러세요."

"저……. 더 이상 영화를 찍지 못하겠다고…….."

퍼스트가 난처한 표정으로 민수를 쳐다보았다.

"왜요?"

"그건 아직 저도…….."

"알았어요. 전화를 이리 줘 봐요. 그리고 잠시 쉬었다가 일을 시작하지요."

그가 퍼스트에게서 전화를 건네받았다.

"여보세요? 전화 바꿨습니다."

뜻밖에도 전화 저편의 여자 주연은 훌쩍거리고 있었다.

"…….."

"시라 씨. 울고 있는 거야?"

"…….."

"말 좀 해봐. 도대체 왜 그러는 거야. 말을 해야 알지. 내가 시라 씨한테 서운하게 한 거라도 있는 거야?"

화가 나 있던 민수의 얼굴이 저편의 울음소리를 듣는 순간 걱정스럽게 변하였다. 여자의 울음에는 약한 그였다. 그가 침착하게 말하며 여배우를 달래기 시작했다. 그러는 그의 시선은 퍼스트와 맞닿아 있었다. 퍼스트도 그녀가 왜 그러는지 상당히 궁금한 모양이었다.

"아니에요, 감독님."

"그럼, 배역이 마음에 들지 않아서 그러는 거야?"

"아니에요. 그런 게 아니라…….."

여배우는 무엇엔가 상당히 놀랜 듯한 표정이었다.

"울지만 말고 차분하게 말을 해 봐."

"……."

"전화로 말을 못하겠으면 내가 그리로 갈까?"

"……."

"거기 어디야?"

"병원이에요."

"병원?"

"네."

"거긴 왜?"

"……."

"다친 거야? 알았어, 일 끝나는 대로 그리로 갈 테니까 그동안 딴 생각하지 말고 안정하고 있어. 알았지?"

"……."

전화를 끊을 때까지도 그녀는 울먹이며 말을 제대로 하지 못했다.

촬영은 다시 시작되었고 카메라의 필름도 긴박하게 돌아가기 시작했다. 민수는 여배우의 걱정 때문에 일이 손에 제대로 잡히지 않았다.

촬영을 마치고서 그는 스태프들과 함께 사무실로 돌아왔다. 사무실에는 지수가 와 있었다.

그가 사장실 문을 열고 들어가자 지수가 소파에서 일어섰다.

"많이 힘드시죠?"

"이제 시작인 걸요. 벌써 지치면 어떻게 합니까."

그가 어깨를 들썩이며 말했다.

"한 감독님은 언제 봐도 듬직해서 그게 좋아요."

"마침 잘 나오셨습니다."

"……."

"같이 가셔야 할 곳이 있는데……."

"어디를 요?"

그녀가 궁금해 하며 물었다.

"여자 주연이 지금 병원에 누워 있다는 데요. 무슨 일 때문인지는 말을 통 하지 않아서 모르겠지만 가봐야 할 것 같아서요. 그리고 그 여배우가 자기를 영화에서 빼달라고 그러던데. 어떻게 해야 좋을 지. 왜 그러는지 이유를 알아야 빼주든지 말든지 할 텐데. 출연료 때문에 그러는 것 같지도 않고……. 지금에 와서 주연을 교체할 수도 없는 노릇이고 참 난감합니다."

"같이 가도록 해요. 내가 잘 말해 볼게요."

그녀가 방긋이 웃었다.

그들은 곧 영화사에서 나와 병원으로 향했다. 민수가 앞장섰고 그 뒤를 지수의 외제 승용차가 뒤따랐다.

더위가 마지막 기승을 부리고 있었다. 민수는 목이 컬컬했던지 에어컨을 끄고 차창 문을 조금 열어 놓았다. 그러자 더운 바람이 차창 안으로 밀려 들어왔다.

병원 주차장에 차를 주차시키고 그가 차에서 내리자 지수의 승용차가 막 주차를 마치고 있었다.

형섭은 차안에 그대로 앉아 있었고 지수만 차에서 내렸다. 지수는 민수와 함께 병원 안으로 들어갔다.

엘리베이터를 타고 올라간 그들은 여배우가 알려준 병실 앞으로 다가가서 섰다.

민수가 노크를 하자 안에서 들어오라는 소리가 들렸다. 민수가 먼저 병실 안으로 들어갔고 뒤따라 지수가 들어갔다.

여배우는 침대 위에 누워 있다가 민수를 보고 힘겹게 일어나 앉았다.

"어떻게 된 거야?"

"……."

여배우는 고개를 숙인 채 아무 말도 하지 않았다.

"시라 씨, 말을 해봐요."

민수의 뒤에 있던 지수가 여배우에게 가까이 다가가 어르듯이 말했다.

"……."

여배우는 고개를 숙인 채 훌쩍거리기 시작했다.

"시라 씨, 도대체 왜 그러는데……?"

"아무 말도 하고 싶지 않아요."

여배우가 살짝 고개를 들었다가 다시 숙이며 말했다. 그 때 여배우의 눈두덩이가 파랗게 멍든 것이 보였다. 민수가 그런 여배우의 턱을 손으로 받치며 다시금 천천히 상처부위를 살폈다.

"누가 이렇게 만든 거야? 다른 데 다친 곳은 없어?"

"넘어진 거예요."

"내가 보기에는 넘어져서 그런 것 같지는 않은데요. 시라 씨 숨기지 말고 대답 좀 해 봐요. 그래야 도울 수 있지요."

지수가 여배우의 손을 잡으며 말했다.

"몰라요."

"……."

여배우는 무슨 일을 당했는지 몰라도 겁을 잔뜩 집어 먹고 있었다. 그녀의 얼굴이 파리하게 떨렸다. 그리고 몸을 상당히 많이 떨고 있었다. 그녀는 충격이 컸던지 쉽게 말을 꺼내려 하지 않았다.

민수는 심상치 않은 일이 벌어지고 있다고 생각했다.

"협박을 당하고 있는 거야?"

"……."

그제야 여배우가 고개를 끄덕였다.

"무슨?"

민수가 재차 물었다.

"영화에 출연하지 말래요."

"누가?"

"……."

"처음부터 자세히 말해 봐요."

이번에는 지수가 물었다.

"며칠 전부터 협박전화가 걸려왔어요. 처음에는……."

시라는 생각하기도 싫다는 듯이 치를 떨었다. 그런 그녀에게 지수가 물 한 컵을 따라주었다. 그녀는 한 모금을 다 마시고서 마음을 가라앉혔는지 조금 차분하게 말을 하기 시작했다.

"협박전화?"

"네. 처음에는 그냥 장난 전화라고 생각했는데, 그게 아니었어요. 정말이지 생각하기도 싫은 목소리예요. 허스키하면서 찢어질 듯한 그런 목소리 있지요."

"허스키……."

민수는 순간 자신에게 걸려왔던 그 협박 전화를 생각해 냈다. 그러면서 예삿일이 아니라고 판단했다.

'누굴까?'

그는 다시 시라의 말을 듣고 있었다.

"다짜고짜 영화에 계속해서 출연하면 죽여버린다는 거예요. 그때까지도 믿지 않았어요. 지수 언니도 그런 전화를 몇 번 받아 보셨을 거예요. 연예계 생활을 하다 보면 으레 정신 병력이 있는 팬들에게서 그런 전화를 한두 번 씩은 받게 되거든요. 그런 줄로만 알고 무시해버렸어요."

"……."

"그런데 바로 어제 촬영을 끝내고 집에 들어가려고 차에서 내리는데 그 일이 생겼어요."

"……."

시라는 힘겹게 숨을 들이마셨다가 내뱉었다.

"제 앞으로 차가 한 대 다가와 서더니 남자 두 명이 차에서 내렸어요. 그리곤 저를 막무가내로 차안으로 밀어 넣는 거예요. 제 차 운전기사가 달려와 막았지만 소용이 없었어요. 운전기사는 힘도 써보지 못하고 그 자리에 꼬꾸라지더라구요."

시라의 몸이 부들부들 떨렸다. 그런 시라의 손을 지수가 꼬옥 잡아주며 안심시키고 있었다.

"……."

"그리곤 어딘가로 저를 끌고 갔어요. 한 시간 정도 그렇게 끌고 간 것 같았는데 어딘지는 모르겠어요. 비포장 길을 달리는 것 같기도 했어요. 그러다가 차를 세우고서는 저를 겁탈하려고."

그녀는 다시 울기 시작했다.

민수는 그녀가 안쓰러워졌다.

"됐어 다 말하지 않아도 돼."

"……반항을 해 보았지만 소용이 없었어요. 남자들의 힘을 당할 수가 없었어요. ……한 남자가 그러는 거예요. 영화 출연을 계속 했다가는 쥐도 새도 모르게 죽여 버릴 거라구요. 그러고선 저를 다시 집 앞에 내려주고 사라졌어요."

"나쁜 새끼들……."

지수가 이를 악물었다.

"그 사람들 얼굴 기억해?"

"모르겠어요. 어두웠고 저는 눈을 감고 있었기 때문에……. 전 그만 둘래요. 무서워요. 그 사람들을 다시 보게 될까봐서……."

울고 있는 시라에게 지수가 티슈를 뽑아 주었다.

"편히 쉬고 있어. 우리가 알아서 처리할게."

"경찰에는 신고하지 마세요."

시라가 막 병실 문을 나서려는 민수를 잡아 세우며 말했다. 민수는 시라를 돌아다보며 다시금 떨고 있는 그녀의 눈을 볼 수 있었다. 그가 시라를 안심시키려는 듯 살짝 웃어 주었다.

"시라 씨는 걱정하지 말아요."

"……."

민수가 병실 문을 열어주었고 지수가 먼저 밖으로 나갔다. 병실에서 나온 그들은 엘리베이터를 타고 아래로 내려왔다.

병원에서 나온 이후로 민수는 단 한마디도 하지 않고 있었다.

'잔인한 것들⋯⋯. 여자를 대상으로 그런 협박과 폭력을 일삼다니.'

민수는 그 실체가 궁금했다.

"지수 씨, 제 차에서 잠깐 얘기 좀 할 수 있을 까요?"

주차장으로 향하며 그가 말했다.

"그러세요."

지수가 덤덤한 표정으로 대답했다.

민수는 자신의 승용차 앞으로 다가가 지수에게 문을 열어 주었다. 그러자 지수가 차 안으로 올라탔고 민수도 차 안으로 들어갔다.

"날씨가 너무 더운데요."

그러면서 그가 에어컨을 틀었다.

"짐작 가는 곳이라도⋯⋯?"

"아니요. 아직까지는 없습니다."

"그럼⋯⋯?"

"협박 전화 때문에⋯⋯. 사실 저한테도 그런 협박 전화가 걸려 왔었습니다. 대여섯 번 정도. 시라 씨에게 걸려 왔었다는 그런 협박 전화 말입니다. 요즘에는 그런 전화가 걸려 오지는 않지만 허스키하고 찢어질 듯한 음성이 시라 씨나 저한테 걸려온 협박 전화와 유사한 것 같은데요."

그가 창문을 조금 열고 담배를 꺼내어 입에 물었다. 라이터를 켜자 그의 입에서 뿌얀 담배 연기가 흩어져 나왔다가 차창 밖으로 밀려나갔다.

"누굴까요?"

"저도 그게 궁금합니다. 지수 씨는 어디 집히는 곳이 없습니까?"

"……."

그녀가 말없이 고개를 저었다.

"원한 같은……. 아니면 우리 영화에 적을 두고 있는 사람 같은데. 지수 씨는 어떻게 생각하십니까?"

"……."

지수는 골몰해졌다.

"예삿일 같지는 않습니다. 더 큰 일이 벌어질지도 모르겠는데요. 경찰에 의뢰해 볼까요?"

"너무 성급한 판단이 아닐까요."

"……."

민수는 난감한 표정으로 지수를 쳐다보았다.

"그럼 어떻게?"

"경찰에 신고한다면 시끄러워질 텐데요. 가뜩이나 소리 많은 영화에 경찰 잡음까지 뒤섞인다면……."

"후우……."

민수가 담배연기를 깊게 들이마셨다가 내뱉고는 재떨이에 담배를 눌러 껐다. 그가 지수를 다시금 쳐다보았다.

"차차 두고 보도록 하지요."

"대책을 세워야 할 텐데. 배우들도 그렇고 이런 사실이 알려진다면 스태프들도 하려고 하지 않을지도 모릅니다."

"……제가 알아보도록 할게요."

"그러십시오. 저도 나름대로 알아보겠습니다. 그리고 촬영은 차질이 없도록 계획대로 진행하겠습니다."

"예 그럼 피곤하실 텐데 들어가서 쉬세요. 그리고 다시 한 번 진지하게 이 문제를 논의해 보도록 하세요. 저도 이만 가볼게요."

"그렇게 하십시오. 노파심에서 말씀드리는 건데 지수 씨도 몸조심하십시오. 혹시 모르는 일이니까 말입니다."

"그럴게요."

그러며 지수가 가볍게 미소를 지어 보이고는 차에서 내렸다.

민수는 지수가 승용차에 올라타고 출발하는 것을 보고 있다가 뒤늦게 차를 출발시켰다.

그는 한 손으로 핸들을 잡고 다른 한 손으로는 주먹을 가볍게 말아 뒷머리 부분을 토닥거렸다. 몸이 찌뿌둥하면서 나른해졌다. 그는 몇 번 목을 돌리고는 다시 운전에 온 신경을 쏟았다.

민수는 아파트에 도착해서 평소처럼 주차장에 차를 주차 시킨 후 차에서 내렸다.

그는 운전하느라 경직되어 있던 몸을 가벼운 기지개로 풀고는 지하 주차장에서 지상으로 걸어 나왔다.

민수는 집으로 빨리 들어가서 쉬고 싶을 뿐이었다.

그가 막 아파트 안으로 들어가려던 참이었다.

"한 감독님."

누군가가 뒤에서 그를 불렀다. 어두워서 그의 얼굴은 보이지 않았다.

"누구십니까?"

민수가 물었지만 그는 대답이 없었다.

"……."

"누구십니까?"

민수가 그 자리에 선 채 그를 향해 다시금 물었다. 민수는 왠지 기분이 좋지 않았다.

민수가 무시한 채 아파트로 들어가려고 돌아서는데 어디에서 나타났는지 대여섯 명의 남자들이 그를 둘러쌌다.

"당신들 누구야?"

"……."

남자들이 그를 험상궂게 노려보았다.

"왜 말을 듣지 않는 거지."

허스키한 목소리가 어둠 속에서 들려 나왔다. 그 협박 전화의 주인공인 듯싶었다. 민수는 순간적으로 몸을 움츠렸다.

"무슨 소리를 하는 거야?"

"영화에서 손을 떼라고 했지. 네 목숨이 그렇게 질겨?"

"……."

"어떡할래. 순순히 말을 들을래?"

"원하는 게 뭐지?"

그가 허스키를 바라보며 말했다. 허스키는 밤이었는데도 선글라스를 끼고 있었다. 아마도 얼굴을 내놓고 싶지 않은 모양이었다.

남자들에게 둘러싸여 있던 민수는 당당하게 허스키 앞으로 다가갔다. 그를 둘러싸고 있던 남자들이 길을 터 주었다.

"이유나 들어보자."

"까불지 마. 뭣도 모르고 기어올랐다가는 크게 다치는 수가 있어.

넌 잔말 말고 시키는대로 하면 되는 거야.”

“내가 그렇게 하지 못하겠다면…….”

“저 새끼가!”

그러며 허스키 옆에 서 있던 사내가 민수를 노려보았다. 하지만 민수
는 겁먹지 않았다. 녀석이 야구방망이를 땅바닥에 툭툭 내리 꽂았다.

주위는 음침한 공포 분위기가 조성되었다.

민수가 여유를 부리듯이 담배를 꺼내어 입에 물었다. 그리고는 라
이터를 켜서 불을 붙였다. 그때 승용차 한 대가 다가오고 있었다. 승용
차는 남자들이 몰려있는 것을 보고 질에 겁을 먹었는지 헤드라이트 불
빛을 다른 곳으로 돌렸다.

“한 번 더 기회를 주지.”

“그래도 나는 물러설 수 없어. 너희들이 그런다고 물러설 내가 아니
야.”

“말로는 안되겠습니다. 형님.”

허스키의 옆에서 또 다른 녀석이 부추기고 있었다. 민수는 그를 쳐
다보며 배시시 웃었다.

“간땡이가 부었군.”

하면서 두엇이 민수를 향해 달려들 기세였다. 그 때 허스키가 손을 들
어 녀석들을 제지하였다. 달려들려던 녀석들이 입맛을 다시며 땅바닥
에 가래침을 뱉어 내었다.

“묻겠다.”

“…….”

“여배우도 너희들이 그렇게 만들었냐?”

"……"

민수의 말에 허스키가 찢어질 듯 카랑하게 웃었다.

"그럼, 내 집사람도 너희들이……?"

말하는 민수의 눈이 불같이 타오르고 있었다.

"말할 것도 없지. 이젠 네 차례야. 녀석 마음에 들었는데……. 넌 이런 곳에서 죽기에는 아까운 놈이야. 하지만 할 수 없지. 말만 들었어도 목숨은 건질 수 있었는데 말이야. 날 원망하지 말라고……."

"한마디만 더 묻겠다. 누가 이런 일을 시킨 거지? 내가 보기에는 너희들과는 아무런 상관도 없는 일인 것 같은데."

그가 허스키를 쏘아보며 말했다. 그러자 허스키가 거만하게 민수의 앞으로 걸어왔다. 그리곤 말했다.

"오더를 누가 내렸냐 이 말이지."

"……"

물러설 기색 없이 민수가 허스키를 쳐다보았다.

"너 같으면 말하겠냐. 우린 돈을 받고 이 짓을 하는 것뿐이야. 우리도 먹고 살아야 하니까 말이야. 꽤 많은 경비를 주더군. 사실 나도 위에서부터 재 오더를 받았을 뿐이야. 그 이상은 알려하지 말라고 하더군. 아마도 꽤 유명한 사람일 거야. 안됐지만 이만 가주어야겠어. 흐흐흐."

"난 어디에도 가지 않아."

허스키가 걸어왔던 것처럼 다시 민수에게 돌아서서 저만치로 걸어갔다. 그리곤 걸음을 멈추고 허스키가 고개를 끄덕였다. 그러자 그의 지시에 따라 사내들이 일제히 민수에게 달려들었다.

민수도 이미 예견하고 있던 일이었다.

주먹이 사방에서 날아왔다. 민수는 날아드는 주먹을 이리저리 피하고 있었다.

"이 쌍!"

괴성을 지르며 다가서는 한 명의 팔을 낚아채며 민수가 발로 사타구니를 힘껏 걷어찼다. 그러자 녀석이 그대로 땅바닥에 주저앉아 신음을 토해내었다.

민수는 뚫린 자리로 빠져나가 외각에서 공격 자세를 취했다.

또 다른 녀석이 이번에는 야구방망이로 그의 옆구리를 후려쳐왔다. 민수는 그것을 살짝 피하며 녀석의 얼굴에 주먹을 날렸다. 녀석은 코가 깨져 얼굴이 피범벅이 되었다.

긴박한 상황이었다.

민수가 그렇게 나오자 녀석들이 섣불리 주먹을 날려 오지 않았다.

"뭣들 하고 있어. 이 새끼들아. 한 놈 처리 못하고……. 병신 같은 새끼들. 칼집을 넣어 버려, 이 병신 같은 놈들아."

허스키가 조무래기들을 다그쳤다.

녀석들은 이를 악물었다.

"이 새끼 재법 하는데. 얕봤다가는 우리만 다치겠어."

"……."

흰색 티셔츠에 기지로 된 배바지를 입고 있던 녀석이 뒤에서 무엇인가를 꺼내며 배시시 웃었다. 순간적으로 무엇인가가 번뜩거렸다.

민수는 순간 뒤로 한 발짝 물러섰다.

녀석이 들고 있던 것은 다름 아닌 시퍼런 생선회칼이었다. 칼날은 서슬 퍼렇게 민수의 시선을 곧추서게 만들었다.

다른 녀석들도 긴 생선회칼을 허리춤에서 끄집어내었다.

허스키는 민수를 쳐다보며 지프라이터에 담뱃불을 붙이는 여유를 보이고 있었다. 그러다가 그는 검정색 고급 승용차에 올라탔다.

'이젠 죽었구나.'

그런 생각이 민수의 뇌리를 스치고 지나쳐 갔다. 하지만 민수는 끝까지 포기하지 않을 생각이었다. 그는 이를 악물었다.

그 순간에 민수는 수연을 생각하고 있었다. 그녀를 생각하니 분이 삭여지지 않았다. 민수는 공격 자세를 취하며 녀석들이 달려들기만을 기다렸다.

"넌 이제 끝난 거야."

그러며 누군가가 기분 나쁘게 웃었다.

녀석들을 그를 죽이고 말 듯한 기세였다.

짧은 스포츠머리가 먼저 생선회칼을 휘두르며 달려들었다. 민수는 정신을 똑바로 차리고 달려드는 녀석의 눈을 날카롭게 쏘아보았다. 그러다가 생선회칼을 들고 있던 스포츠머리의 손목을 받아 꺾었다.

순간 우두둑 뼈가 골절되는 소리가 들렸고 녀석의 입에서도 비명이 쏟아져 나왔다. 민수는 스포츠머리를 땅바닥에 처박고는 녀석의 숨통을 구둣발로 힘껏 밟았다.

녀석들은 생선회칼을 들고도 쉽게 민수에게 접근해 들어오지 못했다.

이번에는 세 녀석이 한꺼번에 달려들었다.

민수는 여유 있게 녀석들을 피하며 들창코의 옆구리를 구둣발로 쑤셔 박았다. 녀석도 역시 힘없이 그 자리에 꼬꾸라졌다. 아마도 갈비뼈가 두어 대 정도 부러진 모양인 듯 녀석은 괴로운 표정을 지으며 데굴데굴 구르기 시작했다.

아차, 하는 순간이었다.

칼날이 허벅지를 가르고 스쳐지나가는 것 같았다. 민수는 왼쪽 무릎을 자신도 모르게 꿇었다.

옷이 찢기어 나갔고 그 사이로 피가 흥건하게 흘러내리고 있었다. 하지만 통증을 느낄만한 시간적 여유가 없었다.

그 틈을 타서 민수의 등을 향해 야구방망이가 날아왔다. 민수는 날아드는 야구방망이를 피하며 녀석의 무릎 관절을 힘껏 걷어찼다. 녀석이 휘청거리다가 민수 쪽으로 쓰러졌다. 민수는 녀석이 놓친 야구방망이를 집고 바닥에서 일어났다.

녀석들은 쉴 틈 없이 민수를 향해 달려들었다.

민수도 이제는 지쳐 있었다. 녀석들의 계속되는 공격에 민수는 파김치가 되어 있었다. 그의 허벅지에서는 계속해서 피가 흘러내리고 있었다.

생선회칼을 휘두르며 달려드는 녀석의 머리통을 민수가 야구방망이로 힘껏 후려쳤다. 녀석은 바닥에 꼬꾸라져 몸을 바들바들 떨었다. 죽기 전의 사람의 형상 같았다.

"어서들 와봐."

그가 소리를 질렀다.

"끈질긴 녀석이군."

그때도록 꼼짝도 하지 않고 있던 거구가 서서히 그의 앞으로 다가왔다. 민수가 그 녀석을 향해 야구방망이를 날렸다. 거구는 얕보듯 그를 쳐다보며 심상치 않게 웃었다. 그러다가 날아드는 방망이를 한 손으로 너끈히 받아 내었다.

이번에는 거구가 민수의 얼굴로 주먹을 날렸다.

"헉!"

민수는 녀석의 주먹에 의해 저만치로 튕겨져 나갔다.

"쯧쯧쯧."

거구가 혀를 찼다.

민수의 귀와 코에서 피가 흘러내렸다. 피는 턱 아래로 흘러내려와 그의 와이셔츠를 적시고 있었다.

민수는 손으로 코피를 닦았다. 그리곤 정신을 차리기 위해 고개를 두어 번 내저었다.

턱에서 통증이 느껴졌다. 턱이 빠진 것 같았다. 민수는 자신의 손으로 돌아간 턱을 맞추었다.

"후우……."

그가 숨을 힘겹게 내뱉었다.

입 안에서도 피가 나고 있었다. 순간적인 가격으로 인해 혀가 조금 찢어진 모양이었다. 민수는 바닥에 입안에 고여 있던 침과 피를 뱉어 내었다. 그리곤 자리에서 힘겹게 일어났다. 피를 많이 흘려서 그런지 민수의 다리가 후들후들 떨리고 있었다.

"넌, 다른 놈들보다 좀 낫구나."

민수가 부어오른 얼굴로 거구를 쳐다보며 말했다.

"너도 대단한 놈이야. 다른 놈들은 내 주먹 한방이면 제대로 힘도 쓰지 못하고 손을 드는데 말이야. 오랜만에 상대를 만났군."

"흐흐흐."

민수가 거구의 말에 말없이 배시시 웃었다.

거구가 기분이 나빴는지 민수에게 다가서며 얼굴을 찡그렸다. 녀석의 주먹이 다시금 날아왔다. 민수는 한 발로 거구의 주먹을 걷어내고 다른 한발로 날아오르듯 바닥을 차고 올랐다. 그러고는 뒤차기로 녀석의 복부를 있는 힘껏 가격했다.

그렇지만 녀석은 꼼짝도 하지 않았다. 오히려 민수가 그 반동으로 인해 멀찌감치 튕겨져 나갈 뿐이었다.

거구가 어느새 다가왔는지 바닥에 쓰러져 있던 민수를 일으켜 세웠다. 그리곤 그의 목을 졸랐고 주먹으로 그의 복부를 북 두들기듯이 서너 번 쑤셔 박았다. 민수는 찍소리도 못하고 바닥에 축 널브러졌다.

"이젠 후회할 테지. 하지만 이미 늦었어. 우린 피를 보면 끝을 보고 말거든. 넌 임자 잘못 만난 줄 알라고……."

"……."

민수는 숨조차 쉬기 힘들 지경이었다.

헉헉거리는 민수의 머리카락을 움켜쥐고 거구가 일으켜 세웠다.

민수의 얼굴은 알아볼 수 없도록 퉁퉁 부어올라 있었다. 그리고 피범벅이 되어 겨우 숨을 몰아쉴 뿐이었다.

"내 얼굴 똑바로 봐두라고……."

그 말과 함께 거구가 다시 한 번 기분 나쁘게 웃었다. 그리곤 끝을 보고야 말 것처럼 이를 부드득 갈았다. 거구는 민수의 목뼈를 부러뜨려 놓으려는 듯이 목을 움켜잡았다.

그때 민수가 발악하듯이 거구의 눈을 손으로 후벼 팠다. 그러자 듬직했던 녀석의 입에서 비명이 쏟아졌다. 민수는 거구의 손에서 풀려나자마자 구둣발 끝을 세워 방방 뛰고 있는 녀석의 사타구니를 있는 힘껏 걷어찼다.

그러자 거구는 그의 앞에 무릎을 꿇었다. 그가 발로 그의 얼굴을 걷어차자 피가 터져 나와 사방으로 흩어졌다.

주위에서 보고 있던 녀석들이 거구가 쓰러지는 것을 보고 있었다. 그러다가 동료가 당하는 것에 악이 받쳤는지 떼 지어 민수에게 달려들었다. 민수는 뒷걸음질치다가 급기야 절룩거리며 달리기 시작했다.

하지만 얼마가지 못해 그는 바닥에 쓰러지고 말았다.

죽일 듯한 기세로 달려드는 녀석들을 피해 민수는 다시 일어나 경비실 쪽으로 달렸다. 그렇지만 상한 몸으로는 역부족이었다.

"살려주세요!"

그가 소리를 질렀다. 그러나 입안에서만 빙빙 돌 뿐이었다. 턱이 으스러진 것 같았으며 입을 뻥긋 거릴 때마다 심한 통증이 느껴졌다.

녀석들이 달려들어 민수의 몸을 칼로 난자하기 시작했다.

등가죽이 갈라졌고 허벅지에 생선회칼이 몇 차례 쑤셔졌다. 그리고 마지막으로 뱃속으로 차갑고 시린 칼날이 깊숙이 박혔다.

"허억!"

민수의 입에서 저절로 풍선에서 바람 빠져나가는 소리가 들려나왔다.

"새끼, 이젠 끝장이군."

누군가가 민수의 옆구리를 툭툭 걷어차며 말했다.

녀석들은 일을 끝마친 뒤에 일제히 타고 왔던 승용차에 올라 아무 일도 없었던 것처럼 사라지고 말았다.

"허억, 허억!"

그의 몸에서는 피가 멈추려하지 않았다. 바닥은 그의 피로 흥건한 상태였다.

민수는 겨우겨우 숨을 몰아쉬고 있었다. 숨을 들이마실 때마다 가슴에서 통증이 느껴졌다.

그는 죽어가고 있는 것이다.

'수연도 이런 기분이었을까.'

민수의 얼굴에 힘없이 미소가 지어졌다.

그의 몸에서 힘이 주욱 빠져나가고 있었다. 힘이 빠져 나갈수록 수연의 얼굴이 생생하게 떠올랐다.

'이대로는…….'

민수는 죽을 수가 없었다. 아스팔트 바닥에 고개를 처박고 초라하게 죽을 수는 없다고 생각했다.

그는 마지막 힘을 다해 경비실 쪽으로 기어가기 시작했다. 하지만 너무 많이 피를 흘려 더는 기어갈 수 없었다.

"후우……."

그의 숨소리는 갈수록 야위어갔다.

눈꺼풀이 무거워졌다. 그의 체온도 점점 식어 내려갔다.

'이렇게 죽을 수는 없는데…….'

그는 어디론가 빨려 들어가는 착각을 느꼈다. 그 어디쯤인가에서 민수는 수연을 만날 수 있었다. 그녀가 분명했다. 민수는 그녀를 향해 손을 내밀었다. 그러나 그가 본 것은 경찰이 몰고 다니는 순찰차였다.

민수를 보았는지 순찰차가 사이렌을 내뿜으며 그가 있는 쪽으로 긴박하게 달려왔다. 민수는 순찰차의 사이렌 소리를 들으면서 의식을 잃고 말았다.

다시 찾은 성

민수는 적기에 발견되어 생명을 건질 수 있었다.

그는 혼수상태로 며칠 동안 중환자실에 누워 있다가 일반 병실로 옮겼다. 병수발은 지수가 도맡아 하고 있었다. 지수는 한순간도 그의 곁을 떠나지 않고 그가 깨어나기만을 기다리고 있었다.

경찰들은 그 사건을 단순한 폭력사건으로 처리했다. 그리고 범인들도 잡지 못한 채 늦장수사를 하고 있었다. 범인들의 행방은 오리무중이었다.

지수가 잠깐 화장실에 다녀온 사이에 민수는 깨어나 있었다.

"지수 씨, 여기가 어디지요?"

그가 말하며 침대에서 일어나 앉으려고 했다. 하지만 그의 몸은 뜻대로 움직여지지 않았다.

"그냥 계세요. 아직 상처가 아물지 않아서 많이 아플 거예요."

"……."

"걱정했어요. 민수 씨가 깨어나지 않으면 어쩌나 하고……."

그녀의 눈이 반짝 달아올랐다가 맑은 구슬을 달고 있었다.

"제가 며칠 동안 누워 있었지요?"

"오늘이 꼭 육 일 째예요."

그러며 그녀가 민수의 앞으로 다가와 세면대에서 빨아 온 물수건으로 민수의 이마에 맺혀 있는 식은땀을 조심해서 닦아 주었다.

"죽는 줄만 알았는데……."

"저도 처음 소식을 듣고 왔을 때는 민수 씨가 영영 깨어나지 못할 줄 알았어요. 의사들도 가망이 없다고 했었거든요."

"……."

그가 말없이 웃었다. 하지만 웃음과 함께 배에서 통증이 느껴졌다. 그가 자신의 이마에 묻은 식은땀을 닦아주는 지수의 손목을 잡았다.

"……."

"고맙습니다. 꿈을 꾸면서 누군가 옆에 있다고 생각했는데. 바로 지수 씨였군요. ……따듯함 같은 것이 느껴졌었어요."

"……."

지수가 민수의 눈을 말없이 들여다보았다.

"고마워요. 이렇게 살아나 주셔서. 그리고 죄송해요."

"죄송하다니요?"

"민수 씨가 영화를 하지 않았다면 이런 일도 없었을 거예요. 우리 때문에……. 전 민수 씨에게 폐만 끼치는 것 같아요."

지수의 눈이 촉촉하게 젖어 들어갔다. 민수가 그런 지수의 손을 꼬옥 잡아주었다. 지수는 손을 민수에게 맡긴 채 고개를 돌려 다른 손으로 눈물을 걷어내고 있었다.

"전 괜찮아요. 그리고 영화는 하고 싶었던 일이기도 하구요. 영화를 포기하시는 건 아니겠지요?"

"포기하지 않아요."

"그럼 된 거예요. 어서 일어나야 촬영을 다시 시작할 텐데요."

"지금은 그런 생각하지 마세요. 먼저 몸부터 완쾌된 후에 그 때가서 생각해도 늦지 않아요. 잠깐만 기다리세요. 제가 가서 의사를 불러올 게요."

지수가 병실 밖으로 나가려고 했다. 하지만 민수는 그녀의 손을 놓아주지 않았다. 그가 다시 말했다.

"혼자 있기 싫어요. 조금만 더 옆에 있어 주십시오."

"……."

지수가 고개를 끄덕였다. 그녀의 눈은 아직도 마르지 않고 젖어 있었다.

"경찰들이 저를 병원으로 옮긴 것 같았는데……."

그가 그때 일을 어렴풋이 기억해 냈다.

"경찰은 믿을 수가 없어요."

"……?"

"아직까지도 아무런 단서를 잡지 못하고 있어요. 사람이 이 지경이 됐는데도 단순폭력 사건으로 축소시켜 놓았구요. 우리가 나서기로 했어요."

"그건 위험합니다."

그가 만류하듯 말했다.

"우리가 나서야 할 때예요. 꼭 밝혀내고 말거예요."

"그건 위험합니다."

"민수 씨는 걱정하지 마세요."

"제가 생각하기에는 뒤에 어떤 인물이 있는 것 같습니다. 조직도 상당히 방대한 것 같구요. 섣불리 달려들었다가는 우리 쪽만 피해를 당하게 될 겁니다. 경찰에 맡기는 편이 나을 거예요."

"아니요."

"……."

"조직이 크고 뒤에 누군가가 있다면 경찰들도 우리 편이 될 수는 없어요. 사건을 은폐하려고만 할 게 뻔해요. 우리 스스로 찾아 나서야 해요. 그리고 복수를 해 주어야 해요. 그렇지 않고서는 당하기만 할 거예요."

그녀는 단단히 결심하고 있는 듯 했다.

"그렇다면 저도 돕겠습니다. ……그들은 수연을 죽인 장본인들이니까요."

"먼저 건강부터 회복하셔야지요."

그렇게 말하며 지수는 민수가 덮고 있던 시트를 좀 더 위로 올려주었다.

민수가 힘없는 그녀에게 힘을 내라는 듯 살긋이 웃어 주었다.

"민수 씨 몸이 나을 때까지 유리 별장에 가 있는 게 어떻겠어요. 영화 촬영하느라 휴가도 못 다녀오셨잖아요. 그곳에 가서 있으면 상처도 빨리 아물 거예요. ……벌써 준비는 다 해놨거든요."

"……."

"그렇게 알고 계세요. 의사와 상의해 보고 승낙이 떨어지면 바로 출발하는 것으로 하겠어요.”

그 말을 남기고서 지수는 의사를 부르러 병실 밖을 나섰다.

민수는 빠른 속도로 완쾌되고 있었다.

막 걸을 수 있을 때쯤 민수는 지수의 도움을 받아 제주에 있는 유리의 별장으로 옮겼다.

그가 제주에서 하는 일이란 고작해야 정원의 잔디를 깎는 것과 바닷가에서 낚시를 하는 소일이 전부였다.

그가 하루 중에서 가장 기다려지는 때는 지수에게서 전화가 올 때였다. 그녀는 하루도 빠짐없이 꼬박꼬박 전화를 걸어 민수에게 안부를 묻곤 했었다. 그런 지수가 민수는 고마웠다.

그가 정원에서 일광욕을 할 때였다.

-디디디딕.

전화벨이 울리기도 전에 민수는 수화기를 들었다.

“여보세요?”

말할 것도 없이 목소리의 주인공은 지수였다.

“어머, 신호도 가지 않았는데…….”

“지수 씨?”

“그래요. 민수 씨는 하루 종일 전화만 기다리고 있는 것 같아요.”

“저야 여기서 할 일이 있어야지요. ……심심해 죽겠습니다. 언제 한번 내려오십시오. 말 상대도 없고……. 내려오시면 제가 낚시해서 회도 떠드리고 매운탕도 끓여 드리겠습니다.”

그가 환한 목소리로 말했다.

"정말요?"

"내려오시기만 하십시오."

"그렇잖아도 다음 주 중에 내려가려고 그래요. 오늘은 뭘 하고 지내셨어요?"

지수가 궁금하다는 듯이 물었다.

"아침에는 방청소를 했구요 점심 먹고 나서 바닷가에 나가서 수영을 하다가 들어와서 지금은 일광욕을 하는 중입니다."

"민수 씨가 부러워요. 저도 빨리 내려가고 싶은데요."

"기다리겠습니다. 지수 씨와 술 한 잔 하고 싶어서 벌써부터 몸이 근질근질 거리는데요."

"가볼 데가 있어서 전화를 이만 끊어야 할 것 같아요. 다시 또 전화 드릴게요. 몸조심하고 계세요."

그렇게 그녀의 상냥한 목소리는 민수에게 설렘을 안겨주었다.

민수는 그날부터 지수가 오겠다는 날만 꼽고 있었다. 기다리는 만큼 시간이 빨리 오지는 않았다.

민수의 상처는 완전히 아물어 팔굽혀 펴기라든지 윗몸일으키기 등을 너끈히 할 수 있었다. 몸에 남은 칼자국을 제외하고는 예전의 단단한 근육을 지닌 민수로 돌아와 있었다.

그는 아침 일찍 일어나 조깅하는 것을 즐겨했다. 그리고 틈틈이 여러 가지 운동으로 몸을 단련시켰다.

그가 기다리던 날이 다가왔다.

그는 아침 일찍 일어나 부산을 떨고 다녔다.

"아줌마, 전화 온 거 없었지요?"

그가 욕실에 들어가기 전에 한 말이었다.

욕실에 들어가 샤워와 면도를 하고 나와서도 그는 전화가 왔었느냐고 다시 한 번 확인했다.

지수는 오후 두세 시가 되도록 오지 않고 있었다. 민수는 세 시 반쯤 되어서 기다리지 못하고 그녀의 집으로 전화를 했다. 하지만 전화 통화를 할 수는 없었다. 민수는 무료함을 참지 못하고 낚싯대를 챙겨 바닷가로 나갔다.

한쪽에 파라솔과 돗자리를 펴 놓고 그는 바닷물에 낚싯대를 담갔다.

늦은 햇살이 그의 얼굴로 쏟아지고 있었다. 그는 낚시를 하면서도 내내 지수를 생각하고 있었다.

그는 낚싯바늘에 청갯지렁이를 꿰고 바다를 향해 던져놓았다. 그리곤 조심스럽게 입질을 기다리고 있었다. 얼마간을 그렇게 있었을까, 입질이 시작되는가 싶더니 순식간에 팽팽한 느낌이 전해졌다.

이때다 싶어 민수는 릴대를 바짝 세우고 힘껏 끌어올리기 시작했다. 민수는 끌고 나가는 힘을 감지하면서 대어라고 생각했다. 서둘러서는 안 된다. 민수는 서두르지 않고 차분하게 감아 올렸다. 릴대가 휘청휘청거렸고 낚싯줄을 차고 나가는 윙윙 소리가 들렸다.

민수의 얼굴에 조금씩 회심의 미소가 자리 잡고 있었다.

배를 내밀고 떠오른 것은 감성돔이었다.

민수는 방심하지 않고 뜰채를 찾아들었다. 그리고는 감성돔을 좀더 바짝 끌어당겼다. 한 손에는 릴 대를 들고 다른 손에는 뜰채를 든 그가 노련하게 감성돔의 대가리 쪽에서부터 뜨기 시작했다.

감성돔이 뒤늦게 사태를 파악하고 바동거렸지만 이미 때는 늦어 있었다.

꽤 큰 놈이었다. 족히 육십 센티는 될 것 같았다. 민수는 회심의 미소에 젖어 있었다. 그는 그제야 안도의 한숨을 내쉴 수 있었다.

─짝짝짝짝.

그때 뒤에서 박수 소리가 들렸다.

민수는 박수소리가 나는 쪽을 돌아다보았다. 뒤에는 다름 아닌 지수가 서 있었다. 민수가 손을 들어 그녀에게 인사를 했다.

"언제 왔어요?"

"민수 씨가 막 고기와 싸우기 시작할 때. ……그런데 이 물고기 이름이 뭐예요?"

그녀가 신기하게 생겼다는 듯이 말을 했다.

"감성돔입니다. 저처럼 못 생겼지요?"

"민수 씨를 어떻게 감성돔에 비교해요. 민수 씨가 훨씬 잘 생기셨죠. 그런데 이것 하나만 잡으신 거예요?"

"몇 수 더했어요. 그건 좀 자잘한 것들이거든요. 작은 것들은 놔주는 게 낫겠어요."

민수가 지수를 보며 밝게 웃었다.

"이곳은 언제와도 변함이 없어요. 공기도 상쾌하구요."

그녀가 한껏 숨을 들이마셨다가 내쉬었다.

"앉으세요. 제가 이 싱싱한 놈으로 회를 떠드릴게요. 잠시만 기다리세요."

그러면서 그가 준비해 간 도마와 칼, 그리고 접시를 펴놓고 회를 뜨기 시작했다. 그의 회 뜨는 솜씨는 놀라울 정도로 능수능란했다.

지수는 그의 옆에 바짝 다가선 채 그의 솜씨를 지켜보고 있었다.

그가 회 뜬 것을 접시에 가지런히 올려놓았다. 그리곤 바구니에서 초장과 소주를 꺼내어 펼쳐 놓았다.

"소주 괜찮으시죠?"

그가 물었다.

"좋아요."

"회에는 소주가 최곱니다."

그가 종이컵에 소주를 다라 지수에게 건네주었다.

"우리 오랜만에 취해 봐요."

그가 자신의 잔에 소주를 따른 뒤에 잔을 치켜들었다. 그러자 지수가 그의 잔에 자신의 잔을 부딪쳐 왔다.

술잔을 내려놓기가 무섭게 그가 나무젓가락으로 회를 한 점 집어 지수의 입에 넣어 주었다.

"어때요?"

"맛있어요. 입안에서 사르르 녹는 것 같은데요."

"회는 이렇게 먹어야 제 맛을 느낄 수 있어요. 횟집이나 일식집에서는 왠지 찜찜해서……. 그런 영업집 하고 이렇게 먹는 것 하고 맛이 틀리거든요."

"그런 것 같아요. 저도 이렇게 먹어 보기는 처음이거든요. 저 술 한 잔 더 따라 주세요. 오늘은 왠지 술이 당기는 데요."

지수가 민수를 바라보며 방긋 웃었다.

민수가 그녀의 잔에 소주를 따라 주었다.

그녀는 술잔을 받아 단숨에 비워 내었다. 그리곤 자신의 잔에 술을 따라 민수에게 내밀었다.

민수도 거리낌 없이 술잔을 받아 한 번에 비워내었다.

"유리가 생각나요."

"……."

"여기에서 같이 수영을 하던……."

지수의 얼굴이 우울해졌다.

둘 사이에는 한동안 말이 오가지 않았다. 말없이 술을 따르고 마셨다.

바람이 햇살에 그을린 민수의 얼굴을 헤집고 지나쳐갔다. 조금은 선선한 바람이었다. 하지만 그렇게 부담이 가지 않는 바람이라고 민수는 생각했다.

"술은 정말 좋은 것 같아요. 잊고 지내던 것들을 하나하나씩 끄집어 내 주거든요. 그러면서 취하면 또 가슴 한구석에 묻어두게 만들구요."

"……."

"이곳에 다시 또 오게 될 줄은 몰랐는데……."

지수는 지난 추억에 흠뻑 취해 있는 것 같았다. 민수는 그런 지수의 기분을 깨지 않으려고 되도록 노력했다.

민수는 틈틈이 그녀의 빈 잔을 채워주었다.

주위는 차츰 어두워졌다.

한동안 말이 없다가 그녀가 다시 말을 꺼냈다.

"민수 씨."

"……?"

"아니에요."

"말씀하세요."

"저랑 같이 수영해 줄래요?"

"지금은 물이 좀 차가운데, 저야 괜찮지만⋯⋯."

"⋯⋯."

그녀가 말없이 자리에서 일어났다. 취기가 느껴졌음인지 지수는 잠시 주춤거렸다. 그러다가 그녀는 물가로 내려갔다.

"아! 제 몸을 바닷물에 깨끗이 씻고 싶어요."

그러며 그녀는 옷을 벗기 시작했다.

그녀의 알몸이 어스름한 달빛에 희미하게 나타났다. 그녀는 곧 물속으로 몸을 숨겼다. 철퍽거리는 소리가 들리다가 이내 조용해졌다. 한동안 물가에서는 아무런 소리도 들리지 않았다.

얼마간의 시간이 지났을까, 민수는 지수가 걱정되기 시작했다.

그가 물가로 내려가 지수를 불렀다.

"지수 씨, 어디에 있는 거예요?"

아무리 둘러보아도 지수는 보이지 않았다.

"지수 씨, 지수 씨!"

그제야 저편에서 그녀의 목소리가 들렸다.

"전 여기에 있어요. 민수 씨도 어서 들어오세요. 물이 그렇게 차갑지는 않은데요. 어서요, 민수 씨."

"⋯⋯."

민수도 그녀를 혼자 그렇게 내버려 둘 수가 없어서 티셔츠를 벗고 물속으로 들어갔다.

지수는 소리 없이 물 위를 떠다녔다.

민수가 그녀 쪽으로 다가갔다.

"괜찮으시겠어요?"

"네. 상쾌해요. 정말 오랜만에 이런 기분 느껴보는 것 같아요."

그 여자, 민수가 다가가자 더 깊은 곳으로 헤엄쳐 들어갔다.

그가 더 가까이 다가가자 그녀가 스스럼없이 안겨왔다. 그녀의 알몸이 그대로 민수에게 밀착되었다.

민수가 그녀를 살짝 밀어내었다.

"거부하지 말아요. ……그냥 이대로 있고 싶어요. 민수 씨……."

민수는 얼핏 그녀의 눈에서 흘러내리는 무엇인가를 발견했다.

'울고 있는 것인가?'

민수는 그녀의 눈물에 삽시간에 녹아들어가는 것 같은 착각을 느꼈다. 민수는 자신도 알 수 없는 감정에 이끌려 그녀를 가슴으로 받아들였다.

"남자란 모두가 똑같은 줄 알았어요."

"……."

"하지만 내가 바라 본 민수 씨는 그렇지 않았어요."

바닷물보다 뜨거운 것이 그녀의 말끝에 그의 가슴으로 흘러내렸다.

'이 여자 무엇을 생각하고 있는 것인가?'

파도가 살며시 둘 사이를 가르고 지나갔다.

"내가 남자들을 싫어하기 시작한 것은 고등학교 때부터였어요."

그녀가 힘겹게 말을 꺼내었다.

그녀는 지난 추억 속을 거슬러 올라가고 있었다.

민수는 그녀의 앞에 격의없이 아픔을 털어놓을 수 있는 상대가 되어 있는 것이다. 민수는 바닷물에 젖은 지수의 머릿결을 가볍게 쓰다듬어 주었다. 그녀는 계속해서 말을 이어 나갔다.

"그땐 남자에 대해서 전혀 몰랐어요."

지수는 시험공부에 열중하느라 시간이 가는 줄도 몰랐다. 그녀가 시계를 본건 열한 시가 훨씬 넘어서였다. 그녀는 서둘러 책가방을 싸 들고 독서실에서 나왔다.

그녀는 모범생이었으며 학급에서 반장 직을 맡고 있었다.

고등학교에 들어와서 처음으로 보는 시험이라 지수는 꽤 신경이 쓰이는 편이었다. 그래서 며칠 째 독서실에서 밤늦게까지 시험공부를 하는 중이었다.

독서실에서 집까진 넉넉잡고 걸어서 칠팔 분 거리였다. 지수는 빠른 걸음으로 집을 향해 걷기 시작했다.

행인들의 발길은 뜸해져 있었다. 지수는 밤거리가 조금은 무서웠다. 아무도 지나가지 않는 거리를 혼자서 걸어가고 있다고 생각하니 지수는 자신도 모르게 머리끝이 쭈뼛쭈뼛 일어서는 것이 느껴졌다.

누군가가 자신의 뒤를 따라오고 있는 것처럼 느껴져서 지수는 뒤를 몇 번이고 돌아다보았다. 그러나 뒤에는 아무도 없었다. 괜한 걱정이라고 생각하며 지수는 마음을 안정시켰다.

삼십 대 후반쯤으로 보이는 남자가 술에 취해 흐느적거리며 걸어오는 것이 보였다. 지수는 정신병자처럼 무슨 말인가를 지껄이며 횡설수설하는 남자가 무서웠다.

그녀는 본능적으로 몸을 움츠렸다. 그리곤 재빨리 남자를 피해 길

가장자리로 붙어서 걸었다.

다행히 남자는 해코지 없이 지수의 곁을 스쳐지나갔다.

지수는 안심할 수 있었다. 고개 돌려 남자의 뒷모습을 쳐다보다가 지수는 다시 빠른 걸음걸이로 발길을 옮겼다.

쌀쌀한 봄바람이 지수의 머리카락을 헤집어 놓았다. 아직 이른 봄이라 바람이 차갑게 느껴졌다.

주위는 너무도 기분 나쁘게 조용했다. 어디에선가 귀신이라도 나타날 것 같은 음산한 날씨였다. 하지만 그런대로 낭만이 깃들어 있기도 했다.

지수는 빨리 집으로 돌아가 쉬고 싶었다.

그녀는 주택가로 들어서는 길목에서 어느 정도 안심할 수 있었디. 조금만 더 들어가면 엄마가 나와서 지수를 기다리고 있을 것이기 때문이다. 지수는 밤거리의 무서운 기분을 떨쳐버릴 수 있었다.

그녀가 막 골목길로 들어서려던 참이었다. 그 순간 지수는 눈이 부셔서 눈을 제대로 뜰 수가 없었다. 오토바이에서 흘러나오는 헤드라이트 불빛 때문이었다.

지수는 당황하고 있었다. 그녀는 겁먹은 얼굴로 주위를 둘러보았다. 헤드라이트 불빛으로 보아 오토바이는 정확히 세 대였다.

"누……누구세요?"

"……."

불빛 뒤편에서는 아무런 대답이 없었다. 지수는 자신도 모르게 하체를 바들바들 떨고 있었다.

오토바이는 순식간에 지수를 에워쌌다. 그리곤 불쾌한 엔진 소리를 내며 지수의 주위를 빙빙 돌기 시작했다. 그렇게 지수의 혼을 빼놓고 오토바이는 멈추었다. 지수의 얼굴은 새파랗게 질려 있었다.

오토바이의 헤드라이트 불빛은 여전히 지수의 눈을 부시게 만들고 있었다. 지수는 시선을 어디에 두어야 할지 난감해졌다.

"왜들 이러세요?"

말하는 지수의 입술이 덜덜 떨리고 있었다.

"고것참 쌈쌈한데."

셋 중에 누군가가 히죽거리며 말문을 열었다.

"가까이 오면 소리 지를 거예요."

"그래 지를 테면 질러봐. 금방 후회하게 될 걸."

남자의 손에서 무엇인가가 찰칵찰칵 거렸다. 지수는 순간 섬뜩한 기분이 들었다. 지수는 직감적으로 그것이 칼이라는 것을 알 수 있었다. 그 날카로운 쇳소리에 지수는 기가 꺾였다.

남자들은 지수를 향해 슬금슬금 접근해 왔다. 지수는 그들을 피해 뒷걸음질 쳤지만 소용이 없었다.

"꽤 쓸 만하겠는데."

"."

"그러게 말이야."

그 말과 함께 남자들은 흐뭇하고 능글스럽게 웃었다.

"사람……."

지수는 있는 힘껏 소리를 질렀지만 남자의 억센 손아귀 힘에 의해 어쩔 수 없이 입이 봉해졌다.

"이게 그래도 못 알아들었는데. 맛을 보여줘야겠어."

하며 다른 남자가 그녀의 목에 시퍼런 칼날을 들이댔다.

　지수는 순간 숨이 헉, 하고 막혀왔다. 그녀는 자신에게 일어나고 있는 일을 믿을 수가 없었다.

　그녀는 어떻게 해야 할지 난감해졌다. 어떡하면 그 상황에서 무사히 빠져 나올 수 있을지 대책을 강구했지만 마땅한 방법은 없었다.

　"어떡할래. 고분고분하게 시키는 대로 할래 아니면 몇 대 맞아보고 정신을 차릴래. 난 여자라고 봐주지는 않아."

　"보……보내 주세요."

　"안되겠는데."

　그 말이 끝나기가 무섭게 어디선가 주먹이 날아왔다. 주먹은 지수의 연약한 가슴으로 인징사징없이 날아들었다.

　"흑."

　외마디 비명과 함께 지수는 그 자리에 주저앉고 말았다.

　지수는 제대로 숨을 쉴 수가 없었다. 몇 번을 헉헉 거린 뒤에야 겨우 숨을 몰아 쉴 수 있었다.

　"누가 밤늦게 돌아다니래. 집에 일찍 들어갔으면 이런 일도 없잖아. 우리도 이러고 싶지 않았다구. 네가 우리 가슴에 불을 질러 놓은 거야. 불을 질러 놓고 가긴 어딜 가려고 그래. 책임을 져야지. 진즉에 순순히 시키는 대로 했으면 서로 좋았잖아. 너는 아프지 않아서 좋고 우린 인상 쓰지 않아서 좋고. 그래도 모르겠어."

　"……."

　지수는 손으로 가슴을 움켜쥔 채 주저앉아 여전히 신음을 토해내고 있었다. 그러한 지수를 향해 또 한 번의 발길질이 이어졌다.

이번에는 남자의 발길질이 그녀의 옆구리를 공격해 들어왔다. 지수는 비명조차도 지르지 못하고 그 자리에 꼬꾸라지고 말았다.

그녀는 전혀 숨을 쉬지 못하고 있었다. 눈앞이 캄캄했으며 아찔해졌다. 속이 매스꺼워 오바이트를 할 것 같았다.

"그러다가 죽으면 어떡하려고 그래."

"죽으면 그만이지 뭐."

지수는 희미한 의식 속에서 남자들의 대화를 어렴풋이 들을 수 있었다. 지수는 몸을 바들바들 떨었다. 그녀의 체온은 급격히 떨어지고 있었다.

"면상에 칼집을 내줄까. 아니면 우리가 하자는 데로 할래. 평생 얼굴에 칼자국을 달고 다니는 것 보다는 우리와 재미 보는 게 더 나을 걸. 어디 한강물에 배 한척 지나간다고 표시 나겠어. 어때, 선택은 너한테 달렸어."

남자들 중에 한 녀석이 히죽거리며 말했다.

"살려주세요."

지수는 바닥에 널브러진 채 손을 삭삭 빌었다.

"시키는 대로 하면 성하게 보내줄게. 그렇지 않으면 어떻게 되는지 알지. 서로 좋은 게 좋은 거야."

"……."

지수는 공포에 휩싸여 아무 생각도 할 수가 없었다.

"도망갈 생각은 하지 말라고. 그땐 우리도 더 이상 봐주지 않을 테니까. 무슨 말인지 잘 새겨들어."

"……."

지수는 꼼짝도 할 수 없었다. 그들이 시키는 대로 하지 않았다간 몸이 성할 것 같지 않았다.

지수는 어쩔 도리가 없었다.

"말만 잘 들으면 집에 빨리 보내줄게. 내 말 무슨 뜻인지 알지?"

"……."

지수는 할 수 없이 고개를 끄덕였다.

"우린 무서운 사람들이야. 자, 뒤에 타."

지수는 오토바이에 억지로 태워졌다.

그녀를 태운 오토바이는 속력을 내어 달리기 시작했다. 지수는 그들이 어디로 향하는지 알 수 없었다. 오토바이 뒤에 매달린 채 지수는 눈을 꼬옥 감있다.

그녀의 팔은 스피드를 즐기고 있는 남자의 허리를 어쩔 수 없이 끌어안을 수밖에 없었다. 그러는 것이 싫었지만 그렇게 잡고 있지 않았다가는 오토바이에서 떨어질 판이었다.

지수는 겁을 집어먹고 있었다.

남자는 더 빠르게 속력을 내기 시작했다. 그럴수록 지수의 팔에는 더 많은 힘이 주어졌다. 지수는 점점 더 겁에 질렸다.

얼마를 그렇게 달리다가 오토바이는 으슥한 산길에서 멈추었다.

"야, 이 자식들아 왜 이제 오는 거야?"

어둠 속에서 삭막한 목소리가 튀어 나왔다. 아마도 일행은 셋 뿐만이 아닌 것 같았다.

"으응, 이년이 자꾸만 앙탈을 부려서 달래가지고 오느라고 늦었어."

"그래. 어디 얼굴이나 좀 보자."

그러며 어둠속에서 지수를 바라보고 있던 남자가 가까이 다가와 라이터를 켰다. 지수는 엉겁결에 고개를 돌렸다. 그러자 남자가 지수의 머리끄덩이를 잡아끌었다. 그녀의 몸은 뻣뻣하게 굳어졌다.

"반반하게 생겼는데. 너 고등학생이야?"

"……."

벌벌 떨다가 그녀는 고개를 힘없이 끄덕였다.

"몇 학년?"

"일학년이요."

"그래. 그럼 아다야 후다야?"

"……."

지수는 그 말이 무슨 뜻인지 몰라 대답을 할 수가 없었다.

"내 말은 남자 경험이 있냐 없냐는 거야."

"……."

"숙맥이구만. 이거 재미있겠는데."

그러면서 남자가 지수의 가슴을 비벼댔다. 지수는 순간 몸을 움츠렸다.

"너희들은 저쪽에 가 있어."

"또 너 먼저 재미 보는 거야."

지수를 오토바이에 태우고 온 남자가 말했다. 그러자 손으로 지수의 가슴을 문질러대던 남자가 험상궂게 인상을 썼다.

"그럼 네가 대빵할래?"

"……."

그 말에 남자는 풀이 죽어 뒤돌아섰다.

지수는 까마득해졌다. 이젠 도망칠래야 도망칠 수 없는 상황이었다. 어떡하면 좋을지 몰라 그녀는 안절부절못했다.

"힘 너무 빼놓지 마. 우리 몫은 남겨주어야 돼."

사내들 중에 한 녀석이 설렘에 가득 찬 목소리로 말하는 것이 들렸다. 지수는 무서워서 고개를 다리 사이로 처박았다.

"세끼들 밝히기는……."

"살려주세요, 제발."

"누가 너 죽인다고 했어. 말만 잘 들으면 온전하게 보내줄게."

"제발……."

지수는 사내를 애절하게 쳐다보았다. 그러나 소용이 없었다.

사내기 지수를 쳐디보며 능글맞게 피식 웃었다.

"돌려보내 주세요. 난 아직 학생이에요."

그녀가 간절하게 애원했다.

그때도록 히죽거리던 남자가 험악하게 지수를 노려보았다.

"내 말 한마디면 넌 최하가 사망이야."

"흐흐흑……."

지수의 눈에서 서럽게 굵은 눈물방울이 쏟아져 내려왔다.

"닥치지 못해. 뜨거운 맛을 보여줄까."

하며 다짜고짜 남자의 주먹이 지수의 얼굴로 날아들어 왔다. 남자의 주먹은 지수의 턱을 그대로 갈겨 버렸다. 지수는 그 자리에 참혹하게 쓰러졌다. 더는 남자에게 애원할 힘도 남아 있지 않았다. 마치 그대로 죽을 것만 같은 통증이 느껴졌다. 그와 동시에 입안에서 찝찔한 맛이 느껴졌다. 그것은 다름 아닌 피였다.

"경고하는데 나 화나게 만들지 마. 그럴 때마다 한 대씩 맞는 거야. 그러다가 죽으면 너만 손해야. 너 하나 죽인다고 해서 눈 하나 까딱할 내가 아니야. 너 여기다가 암매장 하고 우린 튀어버리면 그만이야."

남자의 협박에 지수의 몸은 차갑게 식어버렸다.

남자는 곧 처참하게 쓰러져 있는 지수를 향해 덮쳐왔다.

그의 손이 재빠르게 지수의 옷을 헤집고 안으로 들어왔다. 지수는 반항했지만 그때마다 남자의 주먹이 날아왔다.

그녀의 얼굴은 퉁퉁 부어올랐다. 지수는 더 이상 남자를 거부할만한 기력이 없었다.

그녀의 옷은 남자의 억센 힘에 의해 찢겨졌다. 그녀의 눈에서 눈물이 속절없이 쏟아져 나왔다. 남자는 욕심을 채우기에 급급했다.

"그렇게 가만히 있으면 되는 거야."

"……"

"금방 끝내고 보내줄게."

그는 지수의 입술을 찾고 있었다.

지수가 얼굴을 이리저리 피했지만 소용이 없었다. 남자는 끝끝내 그녀의 입술을 열고 들어와 혀를 밀어 넣었다. 그 때 지수가 그의 혀를 깨물었다.

"아악."

녀석의 입에서 비명이 쏟아져 나왔다. 녀석의 입가에 피가 묻어 있었다. 녀석은 지수에게 떨어져 나와 입가에 흘러내리고 있는 피를 손으로 닦았다.

"씨팔, 보자보자 하니까 겁 없이 노는데."

몇 번의 발길질과 주먹질이 지수를 향해 퍼부어졌다.

"하마터면 혀가 잘릴 뻔 했잖아."

그러며 남자는 지수를 노려보았다.

그녀의 얼굴은 피범벅이 되었다. 그녀는 겨우겨우 숨을 내쉬고 있는 상태였다. 남자는 더 무참하게 지수를 찍어 눌렀다.

지수는 옷이 전부 벗겨져 알몸이 된 상태였다.

녀석이 바지를 내리고 다시금 그녀에게 달려들었다.

그녀는 몸에서 힘이 빠져나가 죽 뻗은 상태였다.

무엇인가 날카롭게 가랑이를 향해 들어오고 있었다. 지수는 제대로 숨을 쉴 수가 없었다. 금방이라도 숨이 멎어버릴 것만 같은 답답함이 느껴졌다.

무의식중에 본능적으로 다리를 오므렸지만 파고드는 남자의 힘을 억제할 수는 없었다. 하지만 지수는 포기하지 않았다. 그것이 부질없는 일이라고 생각하면서도 순결만은 빼앗기고 싶지 않은 심정이었다.

그녀는 이를 악물었다. 지킬 수 있는데 까지는 지켜야 한다. 이대로 무기력하게 자신을 포기할 수는 없다고 생각하며 그녀는 안간힘을 쓰기 시작했다.

"생긴 것만큼 몸매도 그럴싸한데. 자식들 잘 골라 왔어."

지수의 몸에 자신의 몸을 바짝 밀착시키며 녀석이 추잡하게 말했다. 녀석은 상당히 만족스러운 표정이었다. 지수는 수치스러움을 느꼈다.

'이렇게 순결을 빼앗기다니……'

지수는 최대한 있는 힘을 모두 동원하여 다리를 오므렸다. 더 이상 남자를 용납해서는 안 된다는 생각이 들었기 때문이다. 그러나 그녀로서는 역부족이었다. 욕심을 채우기 위해 남자는 더욱 집요하고 철저하게 지수를 농락해 들어갔다.

가슴이 찢어지는 듯한 통증이 느껴졌다.

녀석은 여자의 살갗을 갈기갈기 찢을 듯한 기세로 저돌적으로 변하였다. 지수는 안간힘을 쓰다가 끝끝내 포기하고 말았다.

녀석의 가슴이 물러나는가 싶으면 다시 아래쪽에서 파고드는 남자의 실체가 통증을 일으키며 지수를 고통스럽게 만들었다. 아래의 간격이 좁혀질 때마다 남자의 입에서는 뜨거운 입김이 흩어져 나왔다. 입김은 다시 지수의 얼굴로 기분 나쁘게 쏟아졌다.

지수는 눈을 감고 고개를 돌려 버렸다. 그녀가 할 수 있는 것이라고는 그것이 전부였다.

"아아. 정말 대단해."

녀석의 신음은 더럽고 추하기 그지없었다.

지수의 가슴 속에서 울분과 서러움이 싹터 올라왔다. 녀석은 더 깊게 지수를 찍어 눌렀다. 녀석은 한순간 세차게 파고들어와 바둥거리다가 다시금 물러나는 것을 반복하였다. 그러면서 녀석의 손이 지수의 가슴을 쥐어뜯었다.

지수는 온몸에서 힘이 쭉 빠져나간 상태였다. 그녀는 축 널브러진 채 남자의 더러운 욕정을 힘겹게 감당하여야 했다.

녀석의 더러운 살점이 자신의 그곳에 들어와 있다고 생각하니 지수는 모욕감에서 헤어 나올 수가 없었다.

"으윽."

비명을 내지른 지수는 금방이라도 까무러칠 것만 같았다.

턱까지 남자의 살덩어리가 파고들어온 것 같은 불쾌감이 느껴졌다. 지수는 그 불쾌감 때문에 토할 것만 같았다. 속이 울렁울렁거려서 더는 참을 수가 없었다.

"이제 그만해라. 우리도 재미 좀 보자."

기다리다가 지쳤는지 녀석들의 목소리가 어렴풋이 지수의 귀로 들려왔다. 그 소리를 들으며 지수는 수렁 속으로 까마득하게 떨어져 내려갔다.

'한 남자도 아니고……'

지수는 자신이 원망스러웠다. 삼십 분만 더 일찍 독서실에서 나왔더라면 이런 일이 생기지 않았을 텐데, 라고 생각하면서 스스로를 자책했다. 하지만 후회해도 이젠 소용이 없었다. 지수는 죽고 싶은 심정이었다. 차라리 죽는 것이 나을 듯싶었다. 이런 능욕을 당하고서 어떻게 살아가야 할지 그녀는 막막해졌다.

"아아, 더는 참지 못하겠어. 아……악."

끝내 녀석은 거친 신음과 함께 발버둥쳤다.

그 순간 지수는 자신의 몸 속 깊은 곳으로 하염없이 쏟아져 들어오는 이질감과 불쾌감을 느껴야 했다. 지수는 참혹해졌다.

"아."

녀석은 마지막으로 한숨을 내뱉고 힘없이 그녀의 몸에서 벗어났다.

지수는 이미 지쳐 있었다. 지칠 대로 지쳐 더는 감당할 수 없을 것만 같았다. 그러한 그녀는 안중에도 없이 이번에는 지수를 오토바이에 매달고 왔던 사내가 어느 사이엔가 다가와 있었다.

그는 곧 지수의 가슴을 혀로 헤집고 다녔다.

"아까 그 새끼 보다는 내가 조금 더 부드러울 거야. 안심하고 있어. 그 새끼가 대빵만 아니었더라면 내가 개시를 하는 건데."

그의 입술은 지수의 가슴에 있었고 손은 아래로 내려가 무엇인가를 찾고 있었다. 지수는 더 이상 반항할 힘도 남아있지 않았기 때문에 그 대로 받아들일 수밖에 없었다.

사내는 지수의 아랫부분을 손가락으로 세밀하게 관찰하는 듯 했다. 그러다가 손가락을 펴서 지수의 몸 안으로 밀어 넣었다.

"아악."

지수의 입에서 비명이 쏟아져 나왔다.

"그래. 나는 여자가 소리를 지르는 것을 좋아 하거든. 히히히."

지수는 이를 악물었다. 녀석의 그 더러운 얼굴을 똑바로 보고 싶지 않았기 때문에 지수는 고개를 돌렸다.

"이제 본격적으로 해볼까."

"……."

그가 지수의 얼굴을 향해 기어 올라왔다. 그러며 입술을 핥았다. 그의 혀가 지수의 입안으로 들어와 이곳저곳을 남김없이 확인해 내었다.

어느 순간엔가 지수는 자신의 아래에 남자의 아래가 밀착되어 들어오는 것을 느낄 수 있었다. 그때 지수는 받아들이지 않으려고 다리를 오므렸다. 녀석은 그것이 흥분한 여자의 일반적인 행동이라고 오인하고 있었다.

"이제야 좀 느끼는군. 부끄러워할 것 없어. 오늘 한 번 즐기는 것으로 나는 족하니까. 우린 한 번 일을 저지른 곳에서는 절대로 재 범행을 하지는 않거든. 그리고 다행인줄이나 알아. 우리보다 더 나쁜 놈들 만났으면 넌 일 끝낸 다음 어디론가 팔려 갔을 거야. 적어도 우린 그런 흉악한 인신매매범들하고는 차원이 다르거든."

사내는 점점 호흡이 거칠어졌다.

지수는 차라리 죽는 것이 나을지도 모른다고 생각했다. 그렇게 짓밟힌 몸을 하고서 앞으로의 나날을 살아가야 한다고 생각하니 막막하기 그지없었다.

'어떻게 이 충격을 극복할 수 있을까.'

서러웠지만 눈물은 나오지 않았다. 너무도 서러웠기 때문에 울 수도 없는 지경이었다. 지수는 자신이 여자라는 것이 불공평하게 느껴졌다. 남자였다면 녀석들을 물씬 두들겨 패 주었을 테지만 그렇지 않은 연약한 여자이기 때문에 그러지 못한다는 것이 그녀로서는 서러울 뿐이다.

"아아······."

사내는 지수의 남은 자존심 까지도 남김없이 욕보이고 있었다. 지수는 만신창이가 되어가고 있었다.

'더 얼마큼 무너져야 하는가. 개새끼들······.'

지수는 점점 정신이 흐릿해져 오는 것을 느꼈다. 몸이 으슬으슬 떨리는 것과 함께 추위가 느껴졌다.

눈을 감은 그녀는 졸음 같은 것이 밀려오는 것을 느끼고 있었다. 하지만 졸음과는 전혀 다른 알 수 없는 느낌이었다.

그대로 의식을 잃어버린다면 죽을 지도 모른다고 지수는 생각했다. 그러며 그녀는 눈을 뜨고 정신을 차리기에 안간힘을 썼다. 그러나 그녀의 의지와는 달리 더욱더 산만해졌다.

사내는 여전히 지수의 몸속으로 파고들어와 썩은 욕정을 분출하기 위해 바둥거리고 있었다.

녀석은 어느 순간엔가 지수의 몸 위에서 몸을 파르르 떨다가 하던 동작을 멈추었다. 그리곤 숨을 헉, 하고 내뱉었다.

다시 다른 녀석이 지수의 몸 위로 올라왔다. 녀석도 역시 지수의 몸을 거쳐 간 녀석들처럼 집요하게 달라붙었다. 그리곤 마른 호흡을 그녀의 몸 위에 기분 나쁘고 구역질나게 발라내었다.

지수의 의식은 불분명한 상태였다.

'자신들의 여동생이나 누나가 동네 깡패에게 이처럼 윤간을 당하고 있다면 기분이 어떨까.'

그런 생각을 하면서 지수는 정신을 잃어갔다.

지수는 다섯 번째의 남자가 자신의 몸에 달라붙는 것을 느꼈다. 그러며 지수는 완전히 정신을 잃었다. 그러나 남자는 욕정을 폭발시키도록 그녀를 놓아주지 않았다.

그녀의 맥박은 점점 희미해져 갔다.

지수는 꿈을 꾸고 있었다. 그녀는 꿈속에서 어딘가를 향해 걸어가고 있었다. 그 목적지가 어디인지 그녀는 알지 못했다. 자신의 갈가리 찢겨진 몸뚱이의 그림자를 따라 연신 울음을 토해내며 지수는 걸어갔다.

그녀에게는 더 이상 어떤 꿈도 희망도 남아 있지 않았다. 그 상처를 치유할 작은 희망조차도 그녀에겐 남아있지 않았다.

남자에 대한 환상은 그녀에게 있어서 악마로 존재하고 있었다.

'남자들은 하나 같이 다 똑같을 것이다.'

지수는 한없이 어둠속을 서성거렸다.

십여 년의 세월을 그녀는 서성거리며 그렇게 살아왔는지 모른다. 한때 그녀에게 있어 삶이란 그저 무의미할 뿐이었다.

세월을 거슬러 올라온 지금 그녀는 민수의 품에 안기어 있었다.

"언제부턴가 전 민수 씨에게 호감을 느꼈어요. 사실 내가 남자의 품에 안기리라고는 상상도 하지 못했어요."

지수의 눈물이 소리 없이 민수의 가슴을 적셔내고 있었다.

"……."

민수는 아무 말도 할 수가 없었다. 그는 말없이 지수의 허리를 끌어 잡고 있었다. 그는 지수가 측은하게 여겨졌다.

"미안해요. 이런 모습을 보여서……."

"……."

그녀가 민수에게서 벗어나 저쪽으로 헤엄쳐 갔다.

민수의 가슴은 왠지 허전했다. 그리고 그와 함께 착잡함이 느껴졌다. 민수도 그녀처럼 파도를 타고 이리저리 이끌려 다녔다.

민수는 얼마동안을 그렇게 파도에 이끌려 다니다가 물 밖으로 나왔다. 그러나 지수는 밖으로 나올 생각을 하지 않고 있었다.

물기를 닦고서 그는 담배를 한가치 꺼내어 입에 물었다. 담배 연기가 그의 젖은 가슴을 달래주었다. 하지만 지수에 대한 알 수 없는 감정을 달래어 주지는 못했다. 민수는 종이컵에 술을 따랐다. 그리곤 단번에 술잔을 비웠다. 그러나 젖은 가슴은 쉽게 마르려 하지 않았다.

술을 아무리 마셔도 지수의 지난날에 대한 아픔에는 견줄 수가 없었다. 술도 이미 동이나 있었다.

그는 펼쳐놓았던 것들을 바구니에 다시 담았다. 그리곤 파라솔과 돗자리를 접었다.

지수는 여전히 물속에서 나올 생각을 하지 않고 있었다.

그가 지수의 옷이 놓여 있는 곳에 마른 수건을 가져다 놓고서 바구니가 있는 곳으로 되돌아 왔다.

달빛을 몸으로 한껏 받아 안으며 물속을 헤엄치고 다니는 지수의 모습은 마치 영화의 한 장면 같았다. 민수는 넋을 잃고 그녀의 모습을 감상하고 있었다.

지수가 물속에서 걸어 나와 옷을 입기 시작했다.

민수는 그 모습을 보지 않으려고 고개를 돌렸다. 하지만 저절로 그의 시선은 지수의 알몸을 향하고 있었다. 그녀는 천천히 옷을 입기 시작했다. 그 모습을 보면서 민수는 가슴이 부풀어 오르는 것을 느낄 수 있었다. 하지만 어느 선에선가 부터는 더 이상 가슴이 부풀어 오르지 않고 식어 내렸다.

그녀가 옷을 입고 민수가 있는 곳으로 올라왔다.

"별장으로 가요. 여기 더 있다가는 지수 씨 감기 걸리겠어요."

그가 살긋 웃으면서 말했다.

"……"

지수는 아무런 대답이 없었다.

그들은 별장으로 발걸음을 옮겼다. 그의 옆에 지수가 나란히 서서 걷고 있었다. 그녀가 어느 순간엔가 민수의 팔에 팔짱을 꼈다.

"괜찮죠?"

"……."

민수가 고개를 끄덕여 주었다.

지수는 별장에 다 와가도록 말을 하지 않았다. 민수도 역시 묵묵부답으로 걷고 있을 뿐이다.

별장으로 향하는 길은 시골길 특유의 정취를 그대로 표현하고 있었다. 어디에선가 풀벌레 소리가 들려왔고 흙냄새가 코끝을 간지르고 있었다.

지수가 민수의 팔에 착 달라붙었다. 마치 연인이 시골길을 산책 나온 것 같은 다정한 모습이었다.

별장 안으로 들어서면서 지수가 말문을 열었다.

"우리 입가심으로 위스키나 한 잔 할까요?"

"그러세요. 그나저나 샤워를 해야 할 텐데, 지수 씨가 먼저 하실래요. 그동안 제가 위스키와 얼음을 준비하겠습니다."

"전 민수 씨가 한 다음에 할게요. 민수 씨 먼저 하세요."

그녀가 안으로 들어서면서 민수를 욕실 쪽으로 떠밀었다. 민수는 떠밀리다 시피 욕실 안으로 들어가 샤워를 했다.

그가 욕실에서 나왔을 때 지수는 거실 소파에 앉아 위스키 한 잔을 곁들이고 있었다. 그녀의 얼굴은 보기 좋게 붉어져 있었다.

"들어가십시오."

"……."

지수가 고개를 끄덕였다.

그녀가 안으로 들어간 뒤에 민수는 자신이 사용하고 있는 이층 방으로 올라가 남방과 반바지 차림으로 옷을 갈아입고 내려왔다.

욕실 안에서는 여전히 물 흐르는 소리가 들려나오고 있었다.

그도 소파에 앉아 잔에 얼음을 넣고 위스키를 따랐다. 그리고 한 모금 마시자 싸하게 특유의 독한 맛이 느껴졌다.

식었던 가슴이 달아오르는 느낌이었다.

그가 위스키를 두 잔쯤 마셨을까, 지수가 그제서야 욕실에서 나왔다. 그녀의 물에 젖은 모습이 민수는 색다르게 느껴졌다.

그녀는 달라붙는 청반바지와 상체의 선이 그대로 드러나 보이는 쫄티를 입고 있었다. 그녀는 곧 민수의 앞으로 걸어와 앉았다.

"저도 한잔 따라주세요."

"바닷물에 들어갔다 나와서 그런지 위스키가 온몸으로 퍼져 들어가는 느낌입니다."

그렇게 말하며 민수가 그의 잔에 술을 따라주었다.

열어놓은 창문으로 바닷바람이 분위기를 잡듯 흘러들어왔다.

그녀가 술잔을 비우고 내려놓았다.

"괜찮으시겠어요?"

"제 걱정은 하지 마세요. 저 이래봬도 잔병치례는 하지 않고 살아왔어요. 그만큼 건강하다구요."

"……."

민수가 지그시 웃었다.

"민수 씨와 단둘이 이렇게 앉아 있으니까 정말 이상한데요. ……민수 씨는 어떻게 생각하세요?"

"달 밝은 바닷가 별장의 남녀라……. 낭만적이지 않아요?"

"낭만……. 그 말 참 오랜만에 듣는 것 같아요. 나도 한때는 낭만을 가슴에 잔뜩 품은 소녀였을 때가 있었어요. 될 수만 있다면 그때로 돌아가고 싶은데……. 하지만 그건 꿈일 뿐이지요. 부질없는 것들이에요. 세상에 과연 낭만을 가지고 사는 사람들이 몇이나 되겠어요."

"하기야, 너무나 각박한 세상이다 보니까……."

"민수 씨는 많이 좋아진 것 같아요."

"공기가 좋아서 그럴 겁니다. 이젠 올라가서 일을 시작해야지요. 마냥 이렇게 있을 수만은 없구……."

그가 위스키를 한 모금 마시고 잔을 내려놓으면서 말했다.

"우리, 다른 얘기는 하지 말아요. 우리 둘의 얘기를 해요."

"……?"

"낭만에 대해서요."

지수가 야릇한 미소를 보내며 민수를 쳐다보았다.

민수는 그러한 지수를 외면하고 싶지 않았다. 왠지 그녀의 눈을 들여다볼수록 따뜻한 무엇인가가 느껴졌다.

언제부턴가 자신에게 잊혀졌던 알 수 없는 무엇인가가 다시 살아나고 있는 것 같았다. 민수의 가슴이 가볍게 떨리고 있었다.

지수도 그의 시선을 피하지 않고 깊게 받아들이고 있었다. 마주친 시선을 타고 설렘 비슷한 교감 같은 것을 둘은 주고받았다.

"오늘 밤을 멋진 밤으로 장식하고 영원히 간직하고 싶어요."

지수가 소곤거리듯이 말했다. 말하는 그의 얼굴이 발갛게 일어서고 있었다. 그리고 그녀의 눈 또한 이글거리듯이 불타오르고 있었다.

민수는 난처해졌다.

"……."

"우리 침대로 가요."

"……"

민수는 고개를 저었다.

"싫은가요?"

"아닙니다. 하지만 전 할 수가 없습니다."

"할 수가 없다니요. 왜죠?"

민수는 난감했다.

'내가 과연 할 수 있을까.'

그는 녹슬어 버린 자신이 원망스럽기까지 했다. 그가 위스키를 잔에 가득 따라 단번에 마시고는 내려놓았다.

지수는 민수의 대답을 기다리고 있었다.

"……심인성 발기부전증이라고 들어 보셨습니까?"

민수는 대답을 기다리는 지수의 눈을 외면하며 힘겹게 말을 꺼냈다. 그러면서 그의 얼굴이 무너지듯이 내려앉았다.

"심인성이라면 정신적, 심리적인 원인 때문에 생기는 그런 병을 말하는 건가요?"

"그렇습니다."

"그랬군요. ……하지만 그 원인만 제거된다면 회생이 가능하기도 하잖아요."

"노력해 보았지만……."

"……전혀?"

"……"

민수는 지수가 무슨 말을 하는지 알지 못했다. 그러다가 지수가 시선을 민수의 그곳으로 향하자 그제야 알겠다는 듯 그가 고개를 끄덕였다.

의외로 심각한 쪽은 민수보다도 그녀였다.

"제가 도와드릴게요. 노력하면 치유될 수 있을 거예요. 저한테 한번 맡겨보세요. 어차피 밑져야 본전이잖아요."

"……."

민수는 그녀가 수연처럼 마음속에서 진정으로 우러나와 그런 말을 하고 있다는 것을 알 수 있었다.

"우리 침실로 가요."

"……."

그녀가 먼저 소파에서 일어나 민수의 손을 잡아끌었다. 그녀의 손에 이끌려 민수는 이층 침실로 갔다.

침실로 들어가자 그녀가 민수를 침대에 걸터 앉도록 했다. 그리곤 침실의 조명을 줄이고서 그의 앞으로 다가왔다.

"너무 성급하게 포기하지 말아요. 전 민수 씨의 성을 찾아 드리고 싶은 거예요. 저한테 모든 걸 맡긴다고 생각하세요. 그럼 훨씬 더 편안할 거예요. 먼저 눈을 감고 저를 만져보세요. 느낀다고만 생각하세요."

지수가 민수의 앞으로 다가가 그의 손을 끌어 당겼다. 그러자 그의 손은 열려져 있는 지수의 가슴에 닿아졌다.

그녀는 뜻밖에도 브래지어를 착용하지 않고 있었다.

민수는 그녀의 가슴에 손이 닿는 순간 몸을 움찔거렸다.

처음부터 지수는 많은 것을 바라지 않았다. 옷 표면으로 드러나는 봉긋한 가슴의 형체를 민수에게 차근차근 인식시켜 주었다. 그녀는 어린아이 다르듯이 민수의 손을 잡고 이리저리 돌아다녔다.

하지만 민수에게는 더 이상 아무런 반응도 오지 않았다.

한동안 가슴의 형체를 따라 민수는 지수의 손에 이끌려 어지럽게 돌아다녔다.

얼마 뒤부터는 그녀가 민수의 손을 자신의 옷 안으로 이끌고 들어갔다. 그녀의 몸은 뜨거운 용광로처럼 활활 불타오르고 있었다. 그녀에게 가까이 다가가지 않더라도 그녀의 달아오른 호흡소리가 느껴질 정도였다.

민수는 그의 손을 자신의 봉긋하게 솟아오른 가슴 끝에서 멈추어 세웠다.

"민수 씨가 직접 손으로 만져 보세요."

그녀의 말에 민수는 터질 것 같은 가슴 끝을 일으켜 세우듯 만져 나아갔다. 그러나 역시 아무런 반응도 느껴지지 않았다.

"이제 됐어요. 지금부터는 애무를 시작할 거예요. 불쾌하더라도 참으셔야 해요. 이제부터가 시작이니까."

"……."

그녀가 민수의 다리 사이로 파고 들어와 그를 침대 위로 눕혔다. 민수는 그녀가 시키는 대로 따라서 움직였다.

그녀가 민수의 남방 단추를 입으로 하나씩 하나씩 풀어헤쳐 나갔다. 단추를 모두 푸르고 서 그녀는 다시 민수의 얼굴로 올라왔다.

그녀는 민수의 귓불을 혀로 간지럽게 애무하기 시작했다. 민수의 가슴이 그녀의 콧바람으로 인해 서서히 움직이기 시작했다. 그녀는 혀로 민수의 귓속을 애무하다가 차츰 목선을 타고 내려왔다.

그녀의 시도는 시간을 두고 끈질기게 이루어졌다.

그녀는 민수의 가슴으로 내려와 완두콩알 만한 유두를 혀로 애무하다가 급기야 입술로 잘근잘근 깨물고 있었다.

민수의 심장박동이 빨라지기 시작했다.

그녀의 가슴도 급격하게 뛰고 있었다. 그녀는 민수의 곳곳을 확인하고 또 확인했다. 그럴수록 그녀의 몸에서 진득한 땀방울이 생성되었다. 그 땀방울은 곧바로 민수의 피부로 스며들었다.

아랫배에 도착했을 때 민수는 가슴이 조여지는 것 같은 야릇한 기분에 빠져들었다. 하지만 그것도 잠시였다.

민수는 자신을 그녀에게 모두 내맡기고 있었지만 마음이 편하지는 않았다. 또 실패하게 될지도 모른다는 강박관념 때문이었다. 하지만 그도 포기하고 싶지는 않았다. 이 번마저도 포기하게 된다면 영영 자신의 성이 녹슬어 버릴 것만 같았기 때문이었다. 그도 그 나름대로 최선을 다하고 있었다.

지수는 민수의 마지를 벗겨내었다. 그리곤 자신의 상의와 청 반바지를 모두 벗었다. 마지막 남은 팬티 까지도 그녀는 벗어 던졌다.

여자의 하얀 알몸은 그야말로 환상적이었다. 부풀어 오른 가슴을 타고 내려간 허리선과 엉덩이에서 다시금 올라서는 그 황홀한 곡선. 그 모습을 보면서도 민수는 일어설 생각을 하지 않았다.

어느 순간엔가 지수가 민수를 발견하려는 듯이 자신의 상체를 그의 하체에 밀착시키고는 비비기 시작했다. 그녀의 보디마사지가 시작된 것이다.

느낄 것 같으면서도 그의 근육은 붉어지지 않았다. 그렇지만 지수는 포기하지 않고 계속해서 노력하고 있었다.

"몸에 너무 힘을 주지 마세요, 민수 씨."

"아……안되겠습니다."

"아니에요. 민수 씨는 할 수 있어요. 조금만 더 노력하면 될 거예요. 난 확신할 수 있다구요."

그녀가 민수를 놓아주지 않았다. 민수도 그녀의 말에 따라 최대한 호응하고 있었다.

그녀가 급기야 그의 사타구니에 얼굴을 묻었다. 그리곤 몇 번이고 반복하면서 민수를 뜰썩이게 만들었다.

'조금만이라도……. 조금만이라도…….'

민수는 간절해졌다. 자신을 잃어버린다고 생각하니 마음이 무거워졌다.

"아! 아……."

지수의 입에서 흘러나온 뜨거운 신음 소리에 민수의 귀가 번뜩 뚫리는 것 같았다. 동시에 가슴에서 무엇인가가 맺혀지는 것이 느껴졌다.

"으음……."

서서히 그의 가슴 근육이 팽창되어졌다. 지수도 그것을 느끼고 있었다. 그녀는 곧 민수의 몸 위로 올라와 보디마사지를 계속해서 시도했다. 그녀와 민수 사이에는 아무 것도 가로막혀 있지 않았다.

그녀가 민수의 귀에 대고 속삭였다.

"아……. 당신을 사랑해요."

"……."

민수가 그녀를 힘껏 끌어안았다. 그리곤 그녀의 입술에 자신의 입을 가져다가 맞추었다.

그녀의 입에 고여 있던 타액이 그대로 민수의 입으로 흘러 들어왔다. 민수의 바짝 말라붙어 있던 입안이 한순간 촉촉해졌다.

입 맞춤은 오랫동안 지속되었다. 달콤하기 그지없는 만남이었다. 입맞춤이 끝나고서 부터는 그의 감각은 더 예민해 지기 시작했다.

민수는 그녀의 체취를 맡을 수 있었다.

정말이지 형언할 수 없는 기분이 그를 옭아 메고 있었다. 그는 이제 더 이상 말없이 녹슬어가고 있는 성의 소유자가 아니었다. 그는 자신의 일부가 불타오르는 것을 느낄 수 있었다.

"······당신을 느낄 수 있어."

지수가 그의 귓불을 애무하며 뜨거운 바람을 토해냈다.

"지수 씨!"

"날 가져요. 내가 당신에게 해줄 수 있는 건 이것 밖에는 없어요. 망설이지 말아요. 어서요."

"아! 다시 태어난 기분이야. 으음······."

"난 오늘밤 당신 여자예요."

그녀가 간절하게 바라고 있었다.

민수도 더는 망설이고 싶지 않았다. 그녀를 힘껏 껴안아 행복함을 느끼게 해주고 싶은 그였다.

그는 성에 대한 소중함을 깨닫고 있었다. 그만큼 지수에게 최선을 다하며 그는 애무를 하기 시작했다. 그녀의 가냘픈 목선을 따라 움직이다가 여자의 가장 성스러운 성역을 찾아 아래로 내려가기 시작했다.

그는 서두르지 않았다.

지수의 가슴은 티 없이 곱고 아름다웠으며 탄력이 넘쳤다. 처지지도 그리 크지도 않은 적당한 그녀의 가슴을 민수는 혀로 애무해 내려가다가 다시금 봉우리를 향해 타고 올라갔다.

"아아! 민수 씨."

그녀의 입에서 자지러질 듯한 신음이 쏟아져 나왔다. 그녀는 더 큰 자극을 원하고 있었다. 민수는 그런 지수의 체취를 가슴 깊게 들이마시며 그녀의 몸에서 희망을 찾듯 확인하고 또 확인해 내려갔다.

그의 가슴은 터질 것만 같았다. 금방이라도 주체할 수 없이 부풀어 올라 하늘로 날아오를 것만 같았다. 지수도 민수를 따라 한없이 달아오르고 있었다.

목마른 대지에 단비가 내리듯 둘의 가슴에는 식지 않을 열정이 파도처럼 밀려오고 있었다. 열정의 몸부림은 쉽게 끝날 것 같지 않았다.

남녀의 사랑은 영원한 것인가, 지수는 민수의 넓은 가슴에서 남자의 참 모습을 발견하고 있었다.

"나 좀 어떻게 해주세요. 제발……. 으음……아!"

"아! 지수 씨."

민수도 지수도 감정을 절재하지 못하고 있었다.

민수의 혀는 지수의 아랫배로 내려와 있었다. 지수의 손이 그런 민수의 머리카락을 쥐어뜯었다.

"사랑해요. 이런 기분은 처음이야. 더 이상 아무 것도 바라지 않아. 당신을 만난 게 나에게는 행운이야. 아!"

"오래도록 당신을 느끼고 싶어. 으음!"

"좀더 아래로. 바로 거기예요. 미치겠어. 아⋯⋯아."

지수는 몸부림을 쳤다.

민수는 지수의 성역으로 한 발짝 씩 걸어들어 갔다.

지수는 허리를 뒤틀기 시작했다. 그러며 그가 자신의 몸을 정복해 주기를 애타게 기다리고 있었다. 너무도 황홀한 순간이었다. 지수는 안간힘을 쓰며 그를 끌어당겼다.

맑은 샘물이 흘러내리듯 그녀의 몸에서도 흘러내리고 있었다. 그것은 성수와도 같은 것이었다. 그녀는 이제 민수를 받아들일 준비를 끝내고 있었다. 하지만 민수는 성급하게 나서지 않았다. 관능적인 애무가 길어지면 질수록 더 많은 쾌감을 느낄 수 있기 때문이었다.

그녀는 갈수록 대담해졌다.

가슴에 응어리져 있던 속절없는 모든 것들이 일순간에 사라지고 있었다. 민수는 온 신경을 지수에게 집중시켰다.

"아아! 이젠 참을 수 없어. 어떻게 좀 해줘요."

"아아⋯⋯."

그녀의 신음은 거칠다 못해 금방이라도 숨이 넘어갈 것 같았다. 민수 역시 그녀의 반응을 느끼며 신음을 쏟아 내었다.

무엇이 더 필요하다는 말인가, 더는 바랄 것이 없었다.

민수는 그녀의 몸 위로 올라갔다. 그러자 그녀가 자신의 다리를 벌려 민수를 받아들였다. 민수는 그녀의 몸속으로 하염없이 빨려들어 가고 있었다. 그러면서 그는 현기증을 느꼈다.

지수도 마찬가지로 남자를 받아들이면서 어딘가로 떨어져 내리는 것 같은 착각에 빠져들어 갔다.

고통스럽기도 했으며 때로는 몽롱해지기도 했다. 둘의 만남은 매우 부드럽고 촉촉했다. 그녀의 눈과 몸은 활짝 열려 있었다. 지난 날 남자를 거부하던 아픔이 그녀를 더 불타오르도록 만들었다.

둘은 진정한 한 몸이 되어가고 있었다.

서로의 빈약한 가슴을 어르면서 그들은 상처를 치유하고 있는 것이다. 상처가 깊은 만큼 둘의 몸부림은 끝이 없을 것 같았다.

그녀의 다리가 자연스럽게 민수의 허리를 감쌌다. 그리고는 다리의 억센 힘으로 민수를 조여 왔다.

민수는 숨이 막힐 지경이었다.

여자는 어디에서 그런 힘이 생성되는 것인가.

민수는 한 여자의 남자가 되어 있었다. 지수 또한 남자에게 소중한 여자가 되려 노력하고 있었다. 파도처럼 밀려온 남녀의 사랑은 거짓된 것이 아니었다. 여자와 남자의 행위 속에는 진정한 의미가 담겨져 있었다. 거부할 수 없는 이끌림의 실체인 것이다.

"아······아."

지수가 신음을 내뱉으며 참지 못하고 민수의 등을 손톱으로 긁어내었다. 그녀는 남자에게 자신을 송두리 채 내맡기고 있었다.

거친 풍랑과도 같은 몸부림이 밤의 정적을 깨고 있었다.

둘은 서로에게 자신을 감추지 않았다. 감추기에는 너무 짧은 밤이었다. 그래서 내보이기로 했다. 감추지 않고 내보이면 더 많은 것을 알게 될 것만 같았다.

두 사람이 만들어낸 생명의 근원은 어느 지점에선가 만나고 있었다.

"아아! 사······랑······해."

지수는 마지막으로 몸을 비틀었다. 이미 오를 때까지 오른 그녀였다. 그녀의 몸에서 알 수 없는 전율이 느껴졌다.

민수도 신음을 토해냈다. 그녀의 근육이 오그라들고 있는 것이 느껴졌다. 그와 동시에 민수의 일부가 용솟음치기 시작했다. 그녀는 민수의 가슴을 움켜잡고 놓아줄 생각을 하지 않았다.

급기야 모든 것이 정지되고 말았다.

움직이는 것은 벽시계의 초침뿐이었다.

둘은 땀에 흠뻑 젖어 마치 샤워를 한 것 같았다. 침대 시트도 흠뻑 젖어 손으로 짜면 물이 주르륵 흘러내릴 것 같았다.

둘 사이에는 한동안 말이 없었다. 더운 입김이 상대의 피부를 아쉽게 돌아다니고 있었다.

"난 이제 당신의 여자예요."

그녀가 조그맣게 말했다.

민수는 그 말을 듣는 순간 지수의 알몸을 팔로 힘껏 끌어안았다. 그녀의 입에서 다시 한 번 신음이 흘어져 나왔다.

"오늘 밤을 잊을 수 없을 거예요."

"날 버리지 말아요. 내가 당신의 여자라는 사실을······."

"잊지 않을 겁니다."

그가 그 말을 하고선 지수의 입술을 빼앗았다. 키스가 이루어지는 동안 지수는 자신의 알몸을 그의 몸에 바짝 밀착시켰다.

그녀의 혀가 아직도 좀 전의 황홀한 감정을 잊지 못하고 민수의 혀를 관능적으로 감고 있었다. 그녀의 혀는 아직도 경련을 일으키고 있는 듯 했다.

"전 내일 서울로 돌아가요."

그녀가 들릴 듯 말 듯한 작은 소리로 말했다.

"좀더 있으면 안되겠습니까?"

"아니요. 가야 해요."

그녀의 눈은 촉촉하게 젖어 있었다. 민수는 알고 있었다. 왜 그녀의 눈이 젖어 있는지. 그건 다름 아닌 좀 전의 열정적인 몸부림에 감격하여 흘린 눈물 때문이었다. 그녀는 남자에게서 처음으로 행복을 느꼈던 것이다.

"……"

"난 항상 당신의 곁에 있어요."

"지수 씨!"

"오늘 밤이 끝나지 않고 영원히 지속되었으면 좋겠어요. 당신과 함께라면 밤이 무섭지 않아요."

"사랑합니다."

민수가 그녀의 눈을 들여다보며 말했다.

'사랑.'

다시는 사랑하지 않으리라 다짐했던 그였다. 수연을 잃고 난 후부터 사랑하기 때문에 겪어야 하는 아픔이 얼마나 크다는 것을 그 스스로 체험했기 때문이다.

하지만 사랑은 운명적인 것이었다.

사랑하기 때문에 아픔도 감수할 수 있는 것이리라.

민수는 다시는 사랑하는 사람을 떠나보내고 싶지 않았다. 그래서일까, 그는 지수를 힘껏 껴안고 놓아줄 생각을 하지 않았다. 지수도 그에게 안기어 가슴에 연한 호흡을 뿜어내고 있었다.

민수의 가슴은 뿌듯해졌다. 다시 한 여자를 사랑할 수 있다는 것이 그에겐 희망처럼 여겨졌다.

밤은 점점 깊어갔다.

지수는 잠을 자고 있는 것일까.

둘은 알몸인 채 누워 있었다. 그녀의 다리는 민수의 배위에 올려져 있었다.

민수는 잠을 잘 수가 없었다. 잠에서 깨어났을 때 그녀가 옆에 없을까 봐서였다. 자신의 옆에 있던 여자들이 그러질 않았던가, 자고나면 어디론가 사라져 버리고 그만 외롭게 남아 있었다. 민수는 그것이 싫었던 것이다.

'당신을 떠나보내지는 않을 거야.'

민수가 지수의 고운 머리카락을 손으로 쓰다듬어 주었다.

그날 밤 민수는 뜬 눈으로 밤을 지새웠다. 그러며 지수 곁에 남아 영원히 지켜 주리라 마음먹었다.

아픔의 나날들

지수의 승용차가 현란한 밤거리의 내온사인 아래에 주차되어 있었다.

"누님 바로 저놈입니다."

형섭이 담배를 태우고 있다가 서둘러 담배를 끄며 말했다. 지수는 형섭이 손으로 가리킨 곳을 쳐다보았다.

형섭이 가리킨 녀석은 성인 나이트클럽 안으로 유유히 걸어 들어가고 있었다. 녀석의 뒤에는 두 명의 떡대가 뒤따르고 있었다.

"잔인하다고 소문이 난 놈입니다. 한 감독님도 저 새끼한테 당했구요. 저놈을 족치면 알아낼 수 있을 겁니다."

형섭이 양 미간을 좁히며 말했다.

지수는 선글라스를 벗고 파워윈도우를 눌러 차창을 조금 열었다.

"상당히 왜소해 보이는데."

"얕볼 놈이 아닙니다. 제 동생들도 고개를 절레절레 흔드는 그런 놈입니다. 일명 사시미라는 별명을 가지고 있기도 하구요. 한 번 앙심을 품으면 끝을 볼 때까지 쫓아 다니는 악랄한 녀석입니다."

"그래."

"궂은일은 도맡아 하면서 빵에도 네댓 번 들어갔다 나온 놈입니다. 그리고 중간 보스급 중에서도 상당한 파워가 있구요."

형섭이 긴장된다는 듯이 담배를 다시 꺼내어 물었다.

지수가 차창 문을 올렸다.

"저 녀석이 언제 쯤 저곳에서 나오지?"

"아마 오늘은 열한 시 쯤에 나올 겁니다."

"애들도 같이?"

"일주일에 한 번쯤은 혼자서 행동하는데 오늘이 바로 그 날입니다."

"……?"

"까이가 있는데 오늘 만나러 가는 날입니다."

형섭이 뒷조사한 성과를 지수에게 말하고 있었다.

형섭은 벌써 이 주일 째 녀석의 뒤를 밟고 있었다.

"열한 시 까지는 아직 두어 시간이 남았군. 난 가서 기다리고 있을 테니까 실수 없이 일 처리 해. 그리고 저녁은 먹었어?"

"아직……."

"내가 그랬지 굶지 말고 식사는 꼬박꼬박 챙겨서 먹으라고. 가자 내가 저녁 사줄게."

지수가 운전석에 앉은 형섭을 보면서 말했다.

"아닙니다. 누님, 전 저 앞 편의점에서 라면이나 사먹을 게요."

"라면 가지고 되겠어?"

"김밥도 있고 또 훈제 치킨 같은 것도 있으니까, 누님은 제 걱정하지 마시고 가서 기다리고 계십시오."

"그래, 형섭이만 믿을게."

"누님 제가 택시를 잡아 드릴까요?"

"아니야. 잘 감시하고 있어."

그러면서 지수가 차에서 내렸다.

그녀는 막 달려온 택시에 몸을 싣고 사라졌다.

형섭은 삼십 분정도 차안에 앉아 있다가 시장기를 느꼈음인지 바로 앞 편의점으로 가서 컵라면을 사먹었다. 라면을 먹으면서도 형섭은 성인 나이트클럽을 주시하고 있었다. 형섭이 편의점에 다녀온 시간은 십 분도 되지 않았다.

차로 돌아온 형섭은 준비한 마취제와 솜을 조수석 위로 꺼내 놓았다.

그는 무료함을 달래기 위해 담배를 꺼내 입에 물었다. 그리고 막 라이터를 켜려할 때 성인 나이트클럽 쪽에서 괴성이 들려왔다.

형섭은 곧 그쪽을 바라보았다.

술 취한 사람들이 말다툼을 하고 있었다. 성인 나이트에서 나온 사람들 같았다. 술 취한 두 명의 남자가 일방적으로 웨이터에게 두들겨 맞고 있었다.

형섭은 차창을 조금 열어 그곳을 자세히 살폈다. 어렴풋이 그쪽에서 웨이터가 하는 말이 들렸다.

"새끼야 여기가 어디라고 꼬장이야. 꼬장을 부리려면 집에 가서 네 여편네한테나 부려. 정신 나간 새끼."

"다시 이곳에 발만 붙이기만 해봐라. 그땐 네 명줄 다한 줄 알라고."

그러면서 웨이터들이 손을 털었다.

웨이터들이 바닥에 널브러져 있는 취객을 몇 번 걷어차고는 나이트 안으로 다시 들어갔다.

땅바닥에 쓰러져 있던 두 명의 남자의 얼굴은 피 범벅이었다. 그들은 힘겹게 일어나 비틀거리며 어디론가 사라졌다.

형섭은 그들의 모습을 보고 있다가 피식 웃고는 차장을 올렸다.

형섭은 편의점에서 사가지고 온 캔맥주 하나를 따서 한 모금 길게 들이키고는 오징어를 씹었다.

캔맥주를 다 마시고서 빈 깡통을 손으로 우그러뜨릴 때 녀석이 나이트 안에서 나오는 것이 보였다. 녀석은 역시 그가 생각했던 데로 혼자였다. 그는 녀석이 차를 타고 출발하는 것을 보고 조심스럽게 뒤따랐다.

녀석은 애인이 있는 곳으로 향하고 있었다.

형섭은 긴장감을 풀기 위해 담배를 꺼내어 입에 물었다. 그의 입에서 담배 연기가 짙게 흩어져 나왔다.

이십 분 정도를 그렇게 따라 갔을까 녀석은 서서히 차의 속력을 줄였다. 형섭도 차의 속력을 줄였다.

녀석이 차를 주차시키고 어깨를 들썩이며 차에서 내렸다.

그 틈을 타서 형섭이 그의 쪽으로 차를 서서히 몰다가 어느 순간에 액셀러레이터를 힘껏 밟았다. 그리고 동시에 녀석이 차에 부딪쳐 튕겨져 나가 길바닥에 꼬꾸라지고 말았다.

형섭은 차에서 재빠르게 내려 마취제가 묻은 솜을 녀석의 코로 가져갔다. 녀석이 형섭의 손을 떼어내려 했지만 소용이 없었다.

녀석은 얼마 가지 않아 착 까부라지고 말았다.

형섭이 녀석을 보며 배시시 웃었다.

외진 골목이고 늦은 시간이라 주위는 조용했다. 형섭은 다시 한 번 주위를 살피고는 녀석을 어깨에 들쳐 메고 차 뒤 트렁크로 옮겼다.

트렁크에 녀석을 실은 형섭은 차에 올라 시동을 걸었다. 그러곤 액셀러레이터를 힘껏 밟았다.

긴장하고 있던 그의 경직된 얼굴에 서서히 풀리고 있었다.

그는 휴대폰을 집어 들었다.

"누님."

"어떻게 됐어?"

"지금 그쪽으로 가는 길입니다. 녀석은 잠들어 있습니다. 그곳에 십 분 내로 도착하겠습니다."

형섭이 회심의 미소를 지으면서 전화를 끊었다. 그리고는 액셀러레이터를 힘껏 밟았다.

형섭이 탄 차는 속력을 낼수록 안정감을 유지하는 것 같았다.

-쿵쾅쿵쾅.

창고 문을 두드리는 소리가 들렸다.

하지만 안에 있던 지수는 문을 열지 않았다.

-쿵쾅쿵쾅.

"누님, 저 형섭입니다.

확인하고서야 지수는 창고 문을 열었다. 문을 열자 형섭이 숨을 몰아쉬고 있었다. 그의 어깨에는 녀석이 까부라진 채 걸려 있었다.

형섭이 들어서자마자 녀석을 의자에 앉히고는 손목과 다리를 의자에 묶었다. 그리곤 형섭이 숨을 몰아쉬었다.

"새끼, 쪼그만 게 더럽게 무겁네."

"고생했어. 뒤탈은 없겠지?"

"네, 누님. 쥐도 새도 모르게 해치웠습니다. 어떻게 할까요. 깨울까요, 누님?"

형섭이 듬직하게 말했다.

"아니, 그대로 놔둬. 시간은 많으니까. ……술이나 한잔 마시자."

그러며 지수가 창고 한쪽에 마련되어 있는 탁자로 다가가 앉았다. 창고 안에는 탁자 말고도 간이침대가 마련되어 있었다. 그리고 식사를 할 수 있는 가재도구가 가지런히 놓여 있었다.

지수는 벌써 술 한 잔을 마시고 있는 듯 했다. 그녀가 형섭에게 잔을 건넸다.

"고맙다, 형섭아."

"누님은 참, 그런 말씀은 하지 마세요. 제가 좋아서 하는 일인데요. 그리고 누님이 해주신 걸 갚으려면 아직도 멀었습니다. ……전 아직도 그때 일을 잊지 못합니다. 누님을 처음 만났을 때를 말입니다. 죽어가는 저를 누님이 살려주셨지요. 벌써 사 년이란 시간이 지났어요. 한낮 쓰레기에 불과했던 저에게 희망을 주신 건 누님이었습니다."

형섭이 지수가 건네준 술잔을 두 손으로 받아들고 지난날을 생각하고 있었다.

사 년 전 형섭의 나이 스물한 살 때였다. 그 때 형섭은 마약과 술에 절어 살고 있었다. 지수는 촬영을 마치고 희지를 만나러 가는 길이었다. 거의 약속 장소에 도착해 갈 즈음 신호대기를 하고 있던 지수의 승용차에 형섭이 뛰어 들어온 것이다.

형섭은 마약에 취해 있었다. 칼을 지수의 목에 들이댄 그는 경찰과 대치하고 있었다. 형섭은 마약중독에 의한 환영에 시달리고 있었던 것이다. 하지만 그의 본성은 착했다. 지수는 그의 눈에서 선한 모습을 발견할 수 있었다. 지수는 자해하려는 형섭을 설득했고 그에게 새 삶을 살아갈 수 있도록 많은 배려를 해 주었다. 그는 고아였기 때문에 어디에도 의지할 곳이 없었다. 형섭이 처음으로 의지했던 사람은 어머니도 아버지도 아닌 바로 지수였던 것이다.

"……."

지수가 빙그레 웃으며 술을 마셨다.

"그리고 누님은 저를 큰형님에게 보내셨어요. 그곳에서 전 많은 것을 배웠구요. 형님은 좋은 분이셨어요. 전 그곳에서 가족의 따뜻함이 어떤 것인지를 배웠어요. ……제가 누님에게 다시 돌아온 건 작으나마 도움이 될 수 있을 까 해서예요. 누님께서 명령만 내리시면 전 언제든지 할 각오가 되어 있습니다."

"고맙다, 형섭아."

지수가 살긋 웃어주었다.

형섭은 말을 끝내고서 지수가 따라준 독한 양주를 단숨에 비워냈다. 그때 뒤쪽에서 신음 소리가 들렸다. 형섭이 먼저 그쪽을 쳐다보았다.

녀석이 깨어나고 있었다.

형섭이 물을 받아 놓은 양동이를 들고 와서는 녀석의 얼굴에 쫘악 퍼부었다. 그러자 녀석이 깜짝 놀라 물에 빠진 듯이 발버둥을 쳤다.

"이제 깨어 나셨군."

형섭이 녀석을 쳐다보며 빙긋이 웃었다.

"넌 누구야?"

"……."

형섭이 웃기만 했다.

지수는 아직 자리에서 일어나지 않고 술을 마시고 있었다.

"너 이 새끼 실수하는 거야."

"실수, 좋아하시네. ……실수는 네가 했어."

형섭이 팔짱을 낀 채 녀석을 노려보았다. 그러다가 녀석 뺨따귀를 손바닥으로 갈겼다. 녀석은 의자에 묶인 채 옆으로 쓰러지고 말았다.

"사시미, 이제부터 묻는 말에만 대답한다. 입만 살아가지고 나불거렸다가는 용서하지 않아."

형섭이 일순간 무섭게 돌변하였다.

"내가 사시미 인줄은 어떻게 알았지?"

"……."

형섭이 쓰러져 꼼짝도 하지 못하고 있는 녀석의 배를 발로 힘껏 걷어찼다. 녀석의 입에서 비명이 쏟아져 나왔다.

"으윽, 너 내가 풀려나기만 하면 네 인생은 끝나는 줄 알아 새끼야."

그러면서 녀석이 자신의 머리를 바닥에 몇 번이고 처박았다. 녀석은 성질도 더러운 모양이었다.

"미친 놈. 네가 그런다고 여기에서 겁먹을 사람은 아무도 없어. 그리고 그러면 너만 아프지 내가 아픈 게 아니야."

"으아악……."

사시미가 때리지도 않았는데 괴성을 질러댔다.

"입 닥치지 못해."

그러면서 형섭이 녀석의 얼굴을 발로 짓눌렀다. 녀석은 그제야 조용해졌다.

지수는 등 돌린 채 전혀 그쪽을 의식하지 않았다. 그녀가 술을 따르는 투명한 소리가 들려왔다.

"난 참을성이 약한 사람이야. 묻는 말에만 대답해."

"……"

"누가 오더를 내렸지?"

"무슨 말 하는 거야?"

사시미가 영문을 모르겠다는 듯이 물었다.

그때 지수가 자리에서 일어서며 말했다.

"무슨 말인지 아직도 모르겠어?"

그녀의 하이힐 소리가 사시미에게로 가까워졌다.

사시미가 그녀의 얼굴을 알아보고는 여유를 찾으며 웃었다.

"그래, 웃을 수 있을 때 웃어. 있다가는 웃지 못 할 테니까. 어때 술이라도 한잔 줄까. 꽤 독한 술인데."

"……"

"취하면 할 말도 많을 거야."

그러면서 지수가 형섭에게 눈짓을 보냈다. 그러자 형섭이 녀석의 목을 뒤로 젖혔다. 지수가 다시 한 번 녀석을 바라보며 갸름하게 웃었다.

"……"

지수가 녀석의 코에 그 독한 양주를 콸콸 쏟아 부었다. 녀석이 이리저리 고개를 돌렸지만 결코 피할 수는 없었다.

"커억, 컥컥컥……."

"고통스럽지. 아마 그럴 거야."

지수가 양주를 반쯤 따르다가 말했다.

"누가 우리 영화 찍는 것을 훼방하라는 오더를 내렸지?"

"컥컥컥."

"말해?"

"난 몰라."

"모를 리가 있나."

"그래도 몰라."

"그럼 담배를 태우게 해 줄까?"

"……."

"아마 통닭처럼 불에 잘 그을려질 거야."

지수가 슬림형 담배를 꺼내 불을 붙이기전에 녀석을 노려보았다. 그리곤 담배에 불을 붙였다.

"아니지. 당한 걸 생각하면 이것 가지고는 부족하지."

"……."

"이 녀석 다시는 주먹 쓰지 못하게 오른손가락을 모조리 부러뜨려……."

그 말이 떨어지기가 무섭게 형섭이 절단기를 가져왔다. 그리고는 녀석의 엄지손가락에 절단기의 각진 날을 세웠다.

"지금도 늦지 않았어. 있다가 후회해도 그땐 소용이 없어."

"……."

녀석은 대답하지 않고 이를 악물었다.

"누님, 아직 뜨거운 맛을 덜 봤나 본데요."

형섭이 말을 하면서 절단기의 자루를 오므렸다.

"아아악."

녀석의 비명이 처참하게 창고 안을 맴돌았다.

녀석의 으스러진 손에서는 뼈마디가 튀어나온 채 피가 뚝뚝 흘러내리고 있었다. 녀석은 몸을 부들부들 떨었다.

"어떡하실 건지요?"

지수가 녀석의 눈을 뚫어져라 쳐다보았다.

녀석은 고개를 저었다.

지수가 또다시 형섭에게 눈짓을 했다. 이번에는 그 다음 손가락이었다.

"아아악!"

"새끼 엄살 부리기는. 너도 당해보니까 어떠냐? 당하는 사람의 심정을 알겠지. 하지만 부족해. 네 별명이 사시미라면서. 어디 한번 네 몸을 사시미 쳐 볼까?"

형섭이 녀석의 뒤에서 머리끄덩이를 잡고 뒤흔들었다.

"난 몰라. 정말 모른단 말이야."

"알면서도 모르는 척 하는 거겠지. 누님, 이 새끼손가락을 모조리 뽑아 버릴 까요. 그래야 정신을 차리겠는데요."

"아니야. ……다시 묻는다. 대답해?"

"난 죽어도 대답 못해."

"죽지 않을 정도로만 패."

그렇게 말하고는 지수는 다시 탁자 쪽으로 갔다. 그녀는 잔에 다시 술을 따랐다. 그리곤 갈증을 삭이려는 듯이 한 모금 길게 마시고는 내려놓았다.

뒤쪽에서 형섭이가 녀석을 패는 소리가 들려왔다.

"아악."

삼십 분인가를 형섭은 쉬지 않고 두들겨 팼다. 형섭의 주먹이 닿을 때마다 녀석의 신음이 찢어질 듯이 창고 안을 맴돌았다.

까무러친 녀석에게 물을 끼얹어 깨운 다음 다시 형섭의 몰매가 시작되었다. 녀석의 얼굴은 피투성이가 되어 있었다.

한참 만에 다시 지수가 사시미 앞으로 다가갔다.

"이 새끼 완전히 악질인데요."

녀석은 정신을 잃고 있었다. 형섭이 녀석의 얼굴에 물을 끼얹었다. 녀석이 정신을 차리면서 고개를 두어 번 흔들었다.

"누구야?"

"……."

"그래도 이 새끼가."

그러면서 형섭이 들고 있던 쇠파이프로 녀석의 정강이를 있는 힘껏 내리쳤다.

"아아악."

그러며 녀석은 정신을 잃었다.

"오늘은 여기 까지만 해."

"조금만 더 족치면 불 것 같은데……."

"됐어. 맞는 놈도 쉬어야 하잖아."

"알겠습니다. 누님."

형섭이 아쉽다는 듯이 입맛을 다셨다.

"내일 공항에 갈 거야. 오후에 차 대기시켜."

"공항에요."

"그래. 희지가 귀국한데."

"희지 누님이요?"

"……."

지수가 고개를 끄덕여 주었다.

지수는 곧 창고에서 나와 집으로 향했다. 벌써 시간은 새벽 세 시를 지나가고 있었다. 그녀의 얼굴이 조금은 핼쑥해 보였다.

집으로 돌아온 지수는 샤워를 하고 침실로 들어가 잠을 청했다.

다음날 형섭이 두시 쯤 되어서 아파트 앞에 차를 대기시켜 놓았다.

그녀는 화장을 끝내고 아파트를 나섰다.

그녀를 보고서 형섭이 차에서 내려 문을 열어 주었다. 그녀가 차에 올라타자 형섭이 공항 쪽으로 핸들을 꺾었다.

"녀석은 어때?"

"말을 안 해요."

"도망가지 못하도록 잘 하고 왔지?"

"네. 누님."

형섭이 운전을 하면서 말했다. 지수의 차는 속력을 유지하며 공항 쪽을 향해 힘차게 달리고 있었다.

지수는 희지를 사 년 여 만에 만나는 것이었다. 그녀는 희지를 만난다는 생각에 들떠 있었다. 공항에 가까워질수록 그녀의 얼굴에 화색이 돌아나고 있었다.

희지는 고등학교 때 그 일이 있은 이후 검정고시를 패스하고 곧바로 프랑스로 유학을 떠났었다. 그녀가 사 년 전에 돌아왔을 때는 잠깐 들렸다가 갔었지만 이번에는 아주 귀국한다고 했다.

"조금 더 빨리 갈 수는 없니?"

"걱정하지 마세요, 누님. 비행기 도착할 시간까지는 넉넉하게 갈 수 있으니까요. 누님은 잠깐 눈이라도 부치세요. 어제 일 때문에 많이 피곤하실 텐데요."

그가 룸미러를 통해 지수를 보면서 말했다.

하지만 지수는 형섭의 말이 들리지 않았다. 그녀는 차창 밖을 내다보며 들떠 오르고 있었다.

화창한 가을날이었다. 하늘은 더없이 맑고 깊었다. 그리고 차창을 통해 들어온 바람이 가을의 풍치를 더해 주고 있었다.

지수의 승용차는 공항 주차장으로 진입해 들어가고 있었다.

공항에 도착한 시간은 세 시 십오 분쯤이었다.

지수는 형섭과 함께 입국이란 글자가 쓰여 있는 출구 쪽을 바라보고 서 있었다. 지수가 희지를 만난 것은 그로부터 십여 분 뒤였다.

출구가 열리고 사람들이 하나 둘씩 밀려나오기 시작했다. 지수는 철제 울타리에 기댄 채 목을 길게 빼고 사람들이 나오는 곳을 쳐다보고 있었다.

희지의 얼굴을 발견하면서 지수는 자신도 모르게 소리를 질렀다.

"희지야, 희지야. 여기야."

그러자 지수를 찾아내며 그녀가 손을 흔들어 보였다. 지수는 철제 울타리를 따라 걸어갔다. 그녀의 걸음걸이도 빨라졌다.

둘은 사 년만의 해후를 하면서 그 자리에서 깡충깡충 뛰기 시작했다. 둘은 사람들을 의식하지 않았다. 그녀들은 여고시절로 되돌아가 있었다.

너무 반가웠기 때문인지 그녀들의 눈이 촉촉하게 젖고 있었다. 형섭은 희지의 여행용 가방을 받아들고 그녀들의 옆에 서 있었다.

그들은 승용차로 돌아와 있었다.

형섭이 트렁크에 희지의 여행용 가방을 싣고 운전석에 올라탔다. 그리고는 차를 출발시키기 시작했다. 액셀러레이터를 밟자 차체가 가볍게 떨렸다. 그러면서 여자들의 수다가 시작되었다.

"계집애 그동안 왜 한 번도 전화를 안했니?"

"으응, 일 때문에……. 그리구 전화 자주하면 돌아오고 싶을 것 같아서. 미안해 지수야."

그러면서 희지가 생글생글 웃었다.

"아주 귀국한 거야?"

"그쪽 일은 다 정리하고 들어왔어."

"그동안 어떻게 지냈니?"

"디자이너가 뭐 할 일 있었겠니. 고작해야 옷 만드는 일이지. 올 봄에는 파리 프레타포르테컬렉션에 옷 내놓고 더 바빴어. 이번에도 더 빨리 들어오려고 그랬는데, 컬렉션에 참가하고 오느라고 늦었어."

그녀가 애교스럽게 얼굴을 찡그리며 말했다.

"프레타포르테컬렉션?"

"세계 2대 컬렉션 중의 하나야. 대표적으로 참가하는 디자이너 들이 샤넬, 피에르가르뎅, 그리고 크리스찬 디오르 같은. 우리나라에서

도 이신우, 이영희 같은 사람들이 참석해. ……밀라노컬렉션이라고 있
는데 거긴 상업성과 실용성이 강한 반면에 프레타포르테는 독특한 개
성과 다채로운 감각 같은 창조적인 면을 더 치지. 쉽게 말해서 프레타
포르테는 기성복을 말하는 거야."

"……."

"젊은 디자이너들의 등용문이나 마찬가지야. 담배 있니?"

지수가 담배를 꺼내주자 그녀가 오랫동안 기다렸다는 듯이 담배를
물고 달콤하게 피웠다.

"계집애, 넌 뭔가 해낼 줄 알았어."

"넌 어떻구. ……내가 없는 사이에 유명인사가 돼 있더라. 대한민국
모든 남성들의 선망의 대상이라. 부러운데. 파리에 있을 때 오빠가 비
디오하고 신문, 잡지를 보내줘서 알았어. 온통 네 기사뿐이던 걸."

"부러울 것도 없다. 얼마나 귀찮은 줄 알아. 길거리도 선글라스나
모자를 쓰지 않고서는 다니지 못할 지경이야. 난 네가 더 부러운데."

그러면서 지수가 피식 웃었다.

승용차는 지수의 아파트를 향해 달리고 있었다.

지수와 희지는 손을 맞잡고 놓을 생각을 하지 않았다. 그러면서 얘
기도 점점 무르익어 갔다.

"오빠한테는 연락했니?"

"아직. 오빠 놀래켜 주는 것도 재미있잖아."

희지가 얄궂게 웃었다. 그러며 재떨이에 담배를 툭툭 눌러 껐다.

"그럼 거처는 정했니?"

"호텔에서 묵지 뭐."

"그러지 말고 우리 집으로 가자. 안정될 때까지 내 아파트에서 함께 지내."

"그래도 되겠어?"

"그럼. ……우리 그동안 하지 못했던 얘기도 많잖아. 할 말이 많아. 그리고 귀국 축하주라도 한잔해야 하잖아. 밤새도록 얘기하면서 말이야."

지수가 희지의 손을 꼬옥 잡았다. 지수의 얼굴에 어두운 그림자가 드리워지고 있었다. 그동안 어떤 일들이 있었는지 희지는 알지 못할 것이다. 민수의 눈가에 얼핏 슬픔이 맺혀 있다가 떨어졌다.

하지만 지수는 금방 막 도착한 희지에게 그런 모습을 보이지 않으려고 애를 썼다. 차차 말해도 될 것 같아서였다.

그녀에게 유리의 죽음을 어떻게 말해야 하는가. 지수는 창밖을 내다보면서 서글퍼지는 것을 애써 참고 있었다. 참아야 했다. 여태까지 참고 견뎌왔던 것처럼.

희지가 차창 밖을 내다보면서 말했다.

"얼마나 오고 싶었던 서울인지 몰라."

그녀의 목소리는 혼잣말처럼 작게 들렸다.

그녀는 힘들었던 파리에서의 일들을 떠올리고 있었다. 그곳에서는 혼자라는 것 때문에 더 힘들었던 것 같았다.

언젠가 그녀가 버렸던 서울이었다. 아니 서울이 그녀를 버렸는지도 모른다. 아마 그랬을 것이다. 하지만 그녀는 돌아왔다. 향수병은 어쩔 수 없는 것인가 보다. 파리에서 지내며 그녀는 늘 서울의 하늘을 생각하곤 했었다.

이렇게 다시 찾아와 올려다 본 서울 하늘은 그녀에게 새로운 희망을 안겨주고 있었다. 희지는 차창 밖으로 보이는 깊고 짙푸른 하늘을 보면서 숨을 깊게 들이마셨다. 그녀는 다시금 서울 하늘 아래에서 자신의 모습을 찾아볼 생각이었다.

그녀의 눈은 자신감으로 활짝 열려 있었다. 그녀는 서울을 자신의 품에 가득 안고 있는 것처럼 뿌듯함을 느끼고 있는 듯 했다.

"뭘 할 거니?"

"그야 당연히 옷가게지. 배운 짓이 그것 밖에 없잖아. 멋진 매장을 하나 갖고 싶어. 그 매장에 내가 만든 옷을 진열할거야. 누구도 흉내 낼 수 없는 그런 신선한 옷을 만들 거야. 최고급으로 말이야."

"그래, 넌 잘해낼 수 있을 거야. 여태까지 해 왔던 것처럼 말이야. 넌 언제나 한다면 하는 애였어."

지수가 그녀를 부추겼다.

사실 희지는 마음먹은 일이면 끝까지 달라붙어 기어코 성취하고 마는 그런 성격이었다. 그런 성격 때문에 파리에서도 아르바이트로 생활비를 충당하며 끝까지 버틸 수 있었던 것이다.

"난 자신 있어. 꼭 보여주고 말거야."

"……."

"이젠 더 이상 이곳을 떠나지 않을 거야."

희지의 얼굴은 희망으로 가득 차올랐다. 그녀가 파워윈도를 눌러 차창을 반쯤 내렸다. 그리고 코를 열려진 차창에 대고 숨을 들이마셨다.

"바로 이 냄새야. 조금은 탁하기는 하지만 그래도 느낄 수 있어. 예전의 그 향기를 말이야. 지수 너도 느껴지지 않니?"

"계집애. 난 공해 냄새에 질렸다. 너도 며칠만 살아보면 고개를 절래절래 흔들걸. 언제까지 가나 보자."

지수가 희지를 쳐다보면서 말했다.

희지는 눈을 감고 있었다. 무엇엔가 도취되어 있는 듯 했다. 희지의 활짝 핀 얼굴을 지수가 물끄러미 바라보았다.

"그래, 잘 왔어. 이제 우리에게 시련 같은 것은 없을 거야."

지수가 힘없이 웃었다.

"파리에서는 느낄 수 없었던 무엇인가가 느껴져. 포근하기도 하고 또 따듯하기도 한 무엇인가가."

"……."

"그래, 맞아. 가까운 사람들의 냄새야. 내가 알고 지내던 모든 사람들의 말소리 같기도 해. 아……."

희지는 흥분을 가라앉히지 못하고 계속해서 중얼거렸다.

"계집애. 해외에서 한 이십년 살다가 온 애 같다. 너 안보는 사이에 애가 이상하게 변한 것 같아. 꼴불견이다 얘."

그러면서 지수가 희지의 머리에 꿀밤을 주었다.

"얘는 오랜만에 돌아왔는데 기분도 좀 못 맞추어 주니. 난 서울에 오면 제일 먼저 이러고 싶었단 말이야."

희지가 손으로 머리를 긁적거렸다. 그러며 그녀는 심통을 내듯이 지수에게서 고개를 돌렸다. 지수가 그녀의 심통을 풀어주려고 아양을 떨었다.

"알았어. 내가 잘못했어."

"……."

"미안해, 희지야."

지수가 말꼬리를 길게 늘려가며 희지에게 바짝 달라붙었다. 하지만 희지는 새침한 채 지수에게 등을 돌리고 있었다.

지수가 좀더 바짝 희지에게 다가가 앉았다. 여전히 희지는 새침한 채 말을 하지 않았다.

"……."

"희지 너어."

그러며 지수가 최후의 수단으로 희지의 옆구리를 간질이기 시작했다. 채 닿지도 않았는데 그녀의 입에서 웃음소리가 쏟아져 나왔다.

"그만해. 그만……. 아아……그만해. 하하하."

"내가 희지 너의 약점을 잊은 줄 알았지. 어림없어. 이젠 내 차례라구. 희지 너도 어디 한 번 당해봐라. 호호호."

지수가 봐주지 않고 계속해서 희지의 약점을 공략해 들어갔다. 희지는 더는 못 참겠다는 듯 몸을 비비 꼬았다.

숨 넘어 가듯이 그녀는 자지러들었다. 간지럼엔 약한 그녀였다. 고등학교 때 화를 내다가도 간지럼만 태우면 어쩔 줄 몰라 하던 그녀였다.

"알았어. 알았다구. 다시는 안 그럴게. 제발 그만 좀 하……하라구. 계집애 남의 약점을 이렇게 악용해도 되는 거니."

그녀는 자지러지면서도 깔깔 거리다가 급기야 울 지경에 까지 이르렀다. 그 즈음에서 지수가 간지럼 태우는 것을 멈추었다. 그러자 희지가 그녀에게서 멀찍이 떨어지며 장난스럽게 눈을 흘겨왔다.

"왜, 또 해보자구."

"아……아니야."

그녀가 바짝 옆으로 물러나며 손을 펴 다가오려는 지수를 제지하려는 듯이 앉아 있었다. 그녀의 표정이 그야말로 장난기 가득한 소년 같았다.

"너 그렇게 간지럼을 많이 타서 어떻게 결혼하려고 그러니. 너 간지럼 때문에 노처녀 되겠다."

"애는 어쩜 말을 그렇게 하니."

"그래도 시집은 가고 싶은 모양이구나."

말하면서 지수가 깔깔깔 웃었다.

"너는 어떻구. 콧대만 높으면 단지 아니. 여자는 나처럼 순정적이면서도 나긋나긋한 매력이 있어야 하는 거야."

"순정적인 여자가 다 얼어 죽었나 보다."

지수가 장난기 어린 목소리로 쏘아붙이듯이 말했다. 희지가 수연을 새침하게 노려보았다. 둘의 눈이 마주쳤다. 차안은 한동안 정적에 휩싸였다. 그러다가 어느 순간엔가 둘의 입에서 웃음이 폭발하였다. 차안은 그녀들의 웃음소리로 가득 메워졌다.

"정말 오랜만에 이렇게 실컷 웃는 것 같아. 파리에 있을 때는 웃을래야 웃을 수도 없었거든."

"나도 그래."

둘이 바짝 붙어 앉아 다시 손을 맞잡았다.

그들이 탄 승용차는 지수의 집에 거의 반쯤 와 가고 있었다. 형섭은 두 사람의 해후를 방해하지 않으려는 듯 묵묵하게 운전만을 하고 있었다.

"그 사이 서울도 많이 변했구나."

"뭐든 변하기 나름이잖아. 변하지 않는 것이 어디 있겠니. 잠자고 일어나면 바뀌는 게 서울이야. 어제하고 오늘이 또 틀리다구."

　그랬다. 미지가 재판을 받은 것이 엊그제 같은데 또 유리가 이 세상에서 사라진 것이다. 일 년 사이에 많은 것이 변해 있었다. 말하는 지수의 얼굴에 수심이 가득 피어올랐다. 하지만 이내 사라지고 말았다.

　"영화 제작을 한다면서……?"

　희지가 불쑥 물어왔다.

　"으응."

　"잘 되가는 거니?"

　"그럭저럭."

　솔직히 지수는 말하고 싶지 않았다.

　지수는 창고에 납치 해다 놓은 사시미를 떠올리고 있었다. 내일쯤에는 끝장을 보고야 말 결심이었다. 미루다가는 당할지도 모른다고 그녀는 생각하고 있었다. 그러면서 한쪽으로 알 수 없는 불안감이 밀려들어왔다.

　그녀의 얼굴이 굳어지고 있었다.

　"그런 대답이 어디에 있어."

　"……."

　희지의 말이 지수의 귀에는 들리지 않았다. 그녀는 여전히 사시미를 생각하고 있었다. 생각할수록 그녀의 가슴이 무거워 졌다.

　형섭이 룸미러를 통해 얼핏 지수를 쳐다보았다.

　"무슨 생각을 그렇게 하니?"

　희지가 골몰해져 있는 지수의 어깨를 툭 치며 말했다. 지수가 자신도 모르게 깜짝 놀라며 희지를 쳐다보았다.

"말하다가 말고 무슨 생각을 그렇게 하냐구? 무슨 걱정꺼리라도 있는 거니, 그런 거야."

희지가 지수의 표정을 살피면서 말했다.

"아……아니야."

"너, 무슨 일이 있는 거구나. 그렇지. 다른 사람 눈은 속여도 내 눈은 속이지 못해. 걱정거리 있으면 속 시원하게 털어놔봐. 이 언니가 조언을 해줄 태니까. 나 아무한테나 조언 해주는 사람 아니야."

희지가 궁금증을 삭이지 못하고 그녀가 말하기를 기다리고 있었다. 하지만 지수는 말을 꺼내지 않았다.

"아무것도 아니야."

"아니야. 분명 숨기고 있는 게 있어."

희지가 궁금증을 참지 못하고 다시 물었다.

"얘는 속고만 살았니. 정말 숨기고 있는 거 없어."

"……."

희지가 뚫어지게 지수의 눈을 들여다보고 있었다. 희지의 보채는 눈길을 지수는 피해 다녔다. 희지가 더 유심히 지수의 눈을 들여다보았다. 지수는 더 이상 그녀의 눈을 피할 수가 없었다.

"사실은 조금 불쾌한 일이 있었어."

"무슨……?"

"별일은 아니고……."

"……."

"영화 촬영을 누군가가 방해하고 있어."

"방해……?"

"집에 가서 얘기해 줄게."

"지금은 말하고 싶지 않은 모양이구나. 알았어. 내가 조금만 참지 뭐. 조금 참는다고 손해 볼 것도 없잖아."

그 말을 하면서 희지가 겨우 지수의 시선을 놓아 주었다.

"피곤하지 않니?"

"조금. 비행기 안에서 그래도 꽤 잤거든. 그런데 오늘 유리는 왜 오지 않았니? 유리도 있었으면 좋았을 걸."

"……."

왜 그 말이 나오지 않나 했는데 급기야는 나오고 말았다.

지수는 어떻게 말해야 할지 난감해졌다. 그때 지수를 살려준 것은 형섭의 목소리였다. 형섭은 백미러를 보면서 말했다.

"누님."

"왜?"

"누군가가 우리를 미행하고 있는 것 같은데요."

"미행?"

"네."

"누가?"

희지가 뒤를 돌아다 보려했다. 그때 형섭이 급하게 말을 꺼냈다.

"뒤돌아보지 마세요, 누님."

"확실해?"

"그런 것 같습니다."

"그런 것 같다는 말이 어디에 있어. 다시 잘 확인 해봐."

지수가 형섭의 뒷머리에 대고 차분하게 말했다. 형섭이 다시금 백미러를 통해 뒤차의 동정을 살피기 시작했다.

형섭이 액셀러레이터를 좀더 밟아 속력을 내었다. 그리곤 차선을 바꿔 앞 차를 추월했다. 그러면서 형섭은 뒤에 따라오고 있는 소나타 승용차와 코란도 승용차를 예의주시 했다.

지수의 승용차가 움직이는 것을 보고 소나타와 코란도도 따라 움직였다. 그들의 차가 백미러에 들어와 있었다.

다시 형섭이 눈치 채지 못하게 조심스럽게 차선을 바꿨다. 역시 소나타와 코란도가 따라 움직였다.

차 안은 잠시 조용해져 있었다. 조용함을 깬 것은 형섭이었다. 형섭의 목소리는 긴장된 상태였다.

"제기랄!"

"……."

"확실합니다, 누님."

그가 룸미러를 통해 지수와 희지를 번갈아 바라보았다.

"이게 무슨 일이야. 누가 우리를 미행 한다는 거야."

"……."

희지의 말에 지수도 형섭도 묵묵부답이었다.

"미행하고 있는 차는 정확히 두 댑니다."

"두 대."

"그렇습니다, 누님. ……바로 뒤에 있는 소나타와 우리 차 안쪽 차선에 보이는 빨간색 코란도가 아까부터 따라오고 있었습니다."

"……."

지수가 핸드백에서 콤팩트를 꺼내 들었다. 그리곤 그것을 펴서 화장하는 척하면서 뒤쪽의 차를 관찰했다.

"몇 명이 타고 있어?"

"……소나타에는 운전사를 제외하고 조수석에 한 명 그리고 뒷좌석에 한 명이 타고 있습니다. 그리고 코란도에는 운전석과 조수석에 앉은 두 명밖에 보이지 않는데요. ……어떻게 할 까요, 누님."

형섭이 지수 쪽을 향해 살짝 고개를 돌려 말했다.

"우선은 그냥 가봐. 녀석들이 어떻게 나오나……."

"알겠습니다, 누님."

형섭이 되도록 긴장을 가라 안치며 차분하게 차를 몰았다. 지수도 콤팩트를 접어 핸드백에 넣었다.

"저 녀석들이 영화 제작을 방해 한다는 녀석들이야?"

희지가 물었다.

"아직 모르겠어."

"……."

"형섭아. 어제 탈 없이 일 처리 했다고 했지?"

"네. 아무도 보는 사람이 없었습니다."

"확실해?"

"네."

"창고 문단속은……?"

"확실히 했습니다."

"알았어. 차나 몰아."

지수의 목소리가 상당히 예민해져 있었다.

지수의 차는 아파트에 거의 다 왔다. 희지는 지수와 형섭을 번갈아 쳐다보고 있었다.

지수가 생각에 잠겨 있다가 다시 형섭에게 말했다.

"형섭아."

"네."

"집으로 가지 말고 근처 호텔로 차를 돌려."

"네."

형섭이 그녀의 지시에 따라 핸들을 호텔이 있는 쪽으로 돌렸다.

아무래도 이 시간대의 인적이 드문 아파트 보다는 호텔 같은 곳이 나을지 모른다는 생각에서였다.

차의 방향이 바뀌자 소나타와 코란도도 따라 움직였다.

차안에는 일순간 초조함이 맴돌고 있었다. 형섭이 연상 뒤차에 신경을 쓰고 있었다. 뒤차들은 떨어질 생각을 하지 않았다.

"미안해, 희지야."

"……"

희지가 지수를 쳐다보며 살긋 웃어주었다. 지수는 어느 정도 안심할 수 있었다. 지수가 담배를 꺼내어 입에 물었다. 그리곤 불을 붙여 형섭에게 건네주었다. 형섭이 그것을 받아 한 모금 길게 들이마셨다가 내뱉었다.

지수도 담배를 입에 물었다. 그녀가 불을 붙이기 전에 희지에게 담배를 권했다. 희지는 사양했다.

지수의 입에서 진한 담배연기가 흩어져 나왔다. 파워윈도를 눌러 차창을 열자 담배연기가 차안에서 밖으로 빠져나갔다. 지수의 머리카락이 바람에 휘날리고 있었다. 지수가 한숨을 내쉬었다.

소나타와 코란도는 여전히 지수의 차를 미행하고 있었다.

"누님, 저 앞에 호텔이 있는데 그리로 들어갈까요?"

"그렇게 해."

"……."

희지도 어느 정도 긴장이 되는 모양이었다.

지수의 차는 속력을 줄여 호텔 입구로 들어갔다.

막 차를 세우려는데 바로 뒤따라 온 소나타가 지수의 차를 뒤에서 박았다. 순간적으로 지수 일행의 몸이 앞으로 쏠려졌다.

"액셀러레이터를 밟아. 어서!"

지수의 입에서 나온 긴박한 소리였다. 지수는 앞 쪽에서 불쑥 나타난 코란도를 보고 소리친 것이었다.

접촉 사고가 나는 동안 형섭은 뒤차를 보고 있었다. 그러다가 지수의 말에 그가 무의식적으로 액셀러레이터를 힘껏 밟았다. 그러자 지수의 차는 앞에서 진입해 들어오려는 코란도의 범퍼 부분을 밀치고 빠져나갈 수 있었다.

지수와 희지의 입에서 저절로 안도의 한숨이 쏟아져 나왔다.

"누님, 따돌리는 수밖에는 없겠는데요."

"그러는 게 좋겠어."

형섭이 있는 힘껏 액셀러레이터를 밟았다.

지수의 차는 긴박하게 도로로 빠져나와 빠른 속도로 달리고 있었다.

소나타와 코란도도 뒤처지지 않고 지수의 차를 추격해 왔다. 이젠 까놓고 달려들었다. 지수가 반쯤 타들어가고 있던 담배를 한 모금 빨아들이고는 재떨이에 눌러 껐다. 그러며 뒤를 넘겨다보았다.

녀석들이 따라잡으려는 듯이 속력을 내는 것이 보였다.

형섭이 알아서 차를 몰았다.

소나타가 속력을 내어 달려와 지수의 차 뒷 범퍼 부분을 밀고 있었다.

"저 새끼들이……."

코란도가 지수의 차 앞으로 끼어들려고 했다. 알아차린 형섭이 추월을 하지 못하도록 핸들을 이리저리 꺾었다. 그러면서 코란도와 지수의 차가 사정없이 부딪쳤다. 지수와 희지의 몸이 이리저리 흔들렸다.

"더 빨리 달릴 수는 없는 거야."

"지금 노력중입니다, 누님."

"입국 첫날부터 이런 일이 일어나다니."

희지가 차 윗부분의 손잡이를 잡으며 말했다.

"저 자식들 무대포로 나오는 데요. 이러다간 우리가 당하고 말겠어요. 어떡하면 좋지요, 누님."

"경찰서 쪽으로 차를 몰아. 그러는 게 좋겠어. 지들도 경찰이라면 무서워 할 거야. 어서 빨리."

"경찰서 까지는 좀 시간이 걸리는데……."

말을 끝까지 잇지 못하고 형섭이 온 신경을 핸들에 쏟았다. 망설이고 있을 시간이 없었다.

소나타와 코란도는 사정없이 달려와 지수의 차를 부술 듯이 달려들었다.

"녀석들 끈질긴데."

"……."

"누님들, 어디든 꽉 잡고 계세요."

그러며 형섭이 핸들을 힘차게 꺾었다. 지수의 차는 반대편 차선에 들어와 있었다. 뒤질세라 녀석들의 차도 급하게 핸들을 꺾었다.

형섭이 최대한으로 액셀러레이터를 밟았다. 어디에선가 털털 거리는 소리가 들려왔다. 아마도 차의 어딘가가 부서져 도로위에 끌리고 있는 것 같았다.

이번에는 코란도가 뒤에 바짝 다가와 지수의 차를 밀었다.

"이 새끼들이……."

형섭의 얼굴이 붉게 상기되어 있었다.

녀석들의 차는 막무가내로 돌진해 들어왔다. 그러다가 어느 순간엔가 코란도가 옆에 바짝 다가와 있었다. 조수석에 앉은 녀석이 형섭을 보면서 소리 없이 미소를 지었다. 그러고는 두 손으로 무엇인가를 들어 올렸다.

다름 아닌 총이었다.

순간 섬뜩한 기운이 지수의 차 안으로 흘러 들어왔다. 짤막한 공포의 순간이었다. 형섭이 액셀러레이터를 힘껏 밟아보았지만 때는 이미 늦어 있었다.

22구경 윈체스터 소총에서 불이 뿜어져 나왔다. 커다란 총소리가 대낮 도심 속을 서너 번 갈라놓았다.

'어떻게 이런 일이…….'

지수는 입이 다물어지지 않았다. 그것은 무법천지에서나 이루어질 수 있는 일이었다. 지수는 그런 일이 자신에게 일어나고 있다는 것을 믿을 수가 없었다.

지수의 차는 형섭의 손에 의해 여전히 달리고 있었다.

"음……. 누님들 괜찮으세요?"

"우린 괜찮아."

"다행……입니다."

"왜 그래."

"총에 맞은 거야?"

"……."

형섭이 고개를 끄덕였다. 그가 호흡을 안으로 말아 들이며 힘겨워하고 있었다. 그러면서도 형섭은 핸들에서 손을 떼지 않았다.

뒤에서도 총탄이 날아왔다.

지수가 얼핏 뒤쪽을 쳐다보았다. 조수석에 앉아 있던 녀석이 사제 소총으로 지수 쪽을 겨누고 있었다. 희지와 지수는 좌석 아래로 바짝 몸을 숙였다.

총성이 두어 번 더 울려 퍼졌다.

지수의 차가 한쪽으로 기울기 시작했다. 아마도 타이어가 펑크 난 모양이었다.

형섭이 핸들을 잡고 있던 손에 힘을 주었다.

"희지야!"

"……."

희지는 대답이 없었다.

"희지야, 말 좀 해봐."

"……."

지수는 축 늘어진 희지를 안고 무릎으로 포개고 있었다. 그녀의 가슴에서 흥건하게 피가 흘러내리고 있었다.

희지는 동그랗게 눈을 뜨고 있었다. 하지만 말하기는 힘든 모양이었다.

급한 김에 지수가 자신의 치맛자락을 찢었다. 그리곤 그것으로 희지의 가슴의 출혈을 막으려고 안간힘을 썼다.

하지만 피는 멈추지 않고 계속해서 흘러내렸다. 치맛자락에서 찢어낸 천으로는 역부족이었다.

형섭이 안간힘을 쓰며 차를 몰았다. 그의 몸에서도 힘이 조금씩 빠져나가고 있는 것 같았다. 형섭이 낮은 운전석 밑으로 피가 뚝뚝 흘러내려 고이고 있었다. 그래도 그는 운전대를 놓지 않았다.

"지수야."

"나, 여기 있어."

"우리 이렇게 죽는 거니?"

"아니야. 우린 죽지 않아."

희지의 몸이 식어가고 있었다. 지수의 손은 희지의 구멍 난 가슴을 꽉 틀어막고 있었다. 그러며 그녀가 희지의 다른 한쪽 손을 꼬옥 움켜쥐었다.

"추워. 목……목이 말라."

희지의 입에서 피가 목에서 솟구치는 듯한 힘겨운 소리가 들려나오고 있었다.

"희지야. 조금만 참아."

지수는 울고 있었다. 그의 눈에서 흘러나온 눈물이 희지의 몸에서 흘러나오는 피와 뒤섞였다.

"지수, 너……너 만이라도……. 푸우……."

희지는 더 이상 숨을 쉬지 않았다.

지수는 처절하게 울었다.

'어떻게 이런 일이……. 어떻게…….'

황당하기 그지없는 일이었다.

살아난다면 꼭 복수하리라.

그녀는 눈을 뜬 채 숨을 쉬지 않는 희지를 가슴에 끌어안고 미친 듯이 발버둥을 치며 괴성을 질러댔다.

"아아……. 희지야 죽으면 안 돼. 안 돼. 너 마저도 가버리면 나는 어떡하니. 아니야. 그럴 리가 없어. 희지는, 희지는 죽지 않았어. 내가 잘못 보고 있는 거야. 그런 거야. 아니야. 아니야. 희지야……!"

그녀가 할 수 있는 것이란 바로 그 순간 그것 밖에는 없었다.

희지를 불러 보아도 소용이 없었다. 그녀의 체온마저도 이제는 느낄 수가 없었다. 싸늘하게 식은 희지의 시신을 지수는 끌어안고 놓을 지 몰랐다.

또 한 번의 총성이 울렸다. 상당이 가까이에서 들린 것 같았다. 지수의 귀 밑을 스치고 무엇인가가 지나간 것 같았다.

"윽!"

짧은 외마디 비명이 형섭의 입에서 쏟아져 나왔다.

지수는 자신의 귀 밑을 스치고 지나간 것이 무엇인지 알 수 있었다.

"혀……형섭아."

그녀가 얼굴을 핸들에 처박고 있는 형섭을 불렀다.

"…….."

"형섭아."

"누……누님."

"그래. 여기 있어."

그러며 지수가 핸들에 얼굴을 묻고 있는 형섭을 뒤로 끌었다. 하지만 형섭은 힘없이 자꾸만 앞으로 꼬꾸라지는 것이었다.

"죄송합니다."

"……."

지수는 고개를 저었다.

있을 수 없는 일이 현실로 나타나고 있었다. 지수는 그것이 꿈일 것이라고 생각하며 고개를 저어 부정했다. 하지만 그것은 엄연한 현실이었다. 현실을 부정할 수는 없는 것이다.

"끝까지 지켜드리지 못해서……."

형섭이 핸들 위로 힘없이 쓰러지고 말았다. 그의 옷자락도 역시 피로 물들어 있었다. 그대로 두었다가는 형섭은 죽고 말 것이다.

지수는 어떤 일이든 해야 한다고 생각했다. 하지만 다리가 후들후들 떨려서 아무 것도 할 수 없을 것만 같았다.

그녀는 주위를 둘러보았다.

사람들이 멀찍이서 웅성거리는 모습들이 보였다. 그리고 소나타와 코란도는 어디론가 사라지고 없었다. 그 차들 말고 흰색 승용차가 얼핏 보였다.

지수는 도움을 청해볼 샘으로 차에서 내려 흰색 승용차 쪽으로 달려 갔다. 그녀의 옷자락은 희지의 핏자국으로 얼룩져 있었다.

흰색 승용차의 문이 열렸다. 그리고는 안에서 두 명의 험상궂게 생긴 남자들이 내렸다. 지수는 순간적으로 걸음을 멈추고 뒷걸음질을 쳤다. 어딘가 잘못된 것 같았다. 뒷걸음질치는 그를 보고 남자들이 재빠르게 달려들었다. 지수가 도망치려고 했지만 소용이 없었다. 지수는 남자의 억센 팔에 끌려갈 뿐이었다.

그녀는 질질 땅에 끌려 승용차 안으로 들어갔다.

"안 돼. 살려주세요."

하지만 그녀를 도와주는 사람은 아무도 없었다.

그녀를 태운 승용차가 아무 일도 없었다는 듯이 유유히 그 자리를 떠나고 있었다.

지수는 뒷좌석 남자들 사이에 앉혀졌다.

"당신들 도대체 누구야?"

"……."

남자들은 대답이 없었다.

"누구냐니까?"

"입 닥치지 못해. 이 쌍……."

지수는 자신에게 일어나고 있는 일들을 어떻게 감당해야 할 지 몰랐다. 그녀는 머리가 터질 듯한 통증을 느끼고 있었다.

차 안의 남자들은 지쳐 있는 지수였기 때문에 방심하고 있는 것 같았다.

지수는 살살 분위기를 살피며 어떻게 해서든 탈출해야 한다고 생각했다. 그녀는 기회를 엿보기 시작했다.

승용차는 막 경찰서 앞을 지나쳐 가고 있었다. 지수는 여기에서 기회를 놓치면 다시는 기회가 없을 거라고 생각했다.

그녀는 순간적으로 옆에 앉아 있는 남자의 얼굴을 오른쪽 팔꿈치로 힘껏 갈기고는 차문을 열고 몸을 날려 차에서 뛰어 내렸다. 그녀의 계획이 적중한 것이었다.

그녀는 아스팔트 바닥에 데굴데굴 구르고 있었다. 그녀는 한동안 정신을 차릴 수가 없었다. 도로로 뛰어내린 그녀를 피하느라 차들이 급정거를 했다. 그녀는 머리 쪽부터 뛰어내렸기 때문에 현기증이 느껴졌다. 그녀가 머리를 움켜쥐고 바닥에 널브러져 있는데 그녀를 납치했던 승용차가 후진 기어를 넣고 달려오는 것이었다. 지수가 몸을 움직이려고 했지만 몸은 꼼짝도 하지 않았다.

지수는 피할만한 기력이 없었다.

"아악!"

승용차가 널브러져 있던 지수를 치고는 액셀러레이터를 밟아 뺑소니를 치기 시작했다. 지수의 입에서는 비명이 끊이지 않고 쏟아져 나왔다.

지수는 더 이상 버틸만한 여력이 없었다.

그녀는 정신을 잃어가고 있었다. 하지만 그러면서도 살아야겠다는 생각은 버리지 않고 있었다. 꼭 희지의 복수를 자신의 손으로 해주리라고 그녀는 다짐했다.

'안 돼, 죽으면 안 돼. 안……돼.'

그는 정신을 잃으면서도 형섭과 희지를 떠올렸다. 그들의 얼굴이 생생하게 앞에 보이는 것 같았다.

그녀의 주위로 사람들이 몰려들었다. 그리고 얼마 지나지 않아 앰뷸런스가 도착하여 지수를 싣고 병원으로 향하였다.

─삐뽀 삐뽀 삐뽀.

심상치 않은 소리를 내며 앰뷸런스는 사라지고 말았다.

사랑하는 이의 이름으로

　어찌된 일인지 지수의 집에 전화를 해도 통화를 할 수가 없었다. 민수는 벌써 이틀째 전화가 없는 그녀가 걱정되기 시작했다. 전화기 앞에 앉아 계속해서 통화를 시도하다가 그는 하는 수 없이 포기해야만 했다.

　그는 신문을 뒤적이기 시작했다. 그러다가 지수에 대한 신문기사를 발견했고 그녀가 병원에 누워 있다는 것을 알 수 있었다.

　그는 기사를 읽고서 막바로 별장에서 나와 서울로 향했다.

　제발…….

　서울로 향하는 동안 내내 민수는 안절부절못하고 있었다. 그녀가 제발 살아만 있어주기를 바랄뿐이었다.

　그는 병원에 도착했고 도착하자마자 그녀가 누워 있는 병실로 뛰어 들어갔다.

　병실 문을 박차듯이 밀치고 들어간 민수는 지수의 얼굴을 보고서는 어느 정도 안심할 수 있었다.

그녀는 잠들어 있었다.

하지만 다음 순간 민수의 가슴이 아파왔다. 그녀의 깁스를 한 양쪽 다리를 보면서 그의 가슴은 더욱 쓰려왔다.

그는 그 자리에 선 채 한참동안 지수를 쳐다보았다. 그는 고개를 저었다. 그가 할 수 있는 일은 아무것도 없었다.

그는 지수의 앞으로 다가가 곤하게 잠들어 있는 지수를 내려 보고서 있다가 의자를 끌어다가 앉았다. 그녀의 한쪽 손을 잡은 민수는 가슴이 알게 모르게 울컥거리는 것이 느껴졌다.

지수의 다른 쪽 손 등에는 링거 바늘이 꽂혀 있었다.

그가 지수의 손을 자신의 볼로 가져다가 대고는 살짝 부비기 시작했다. 그녀의 손에서 가느다란 힘이 전해졌다.

그녀가 깨어나고 있는 것이다.

민수는 그녀의 얼굴을 찬찬히 들여다보았다.

그녀가 눈을 살며시 떴다.

"당신이었군요."

"……."

민수는 걱정된 눈초리로 지수를 바라보았다. 그녀가 힘없이 웃었다. 그리고는 다시 말을 이었다.

"당신이 올 줄 알았어요."

"어떻게 된 겁니까?"

"……."

"어떻게 이런 일이……."

"희지가 왔다가 갔어요."

그녀가 그 말을 하면서 눈시울을 붉혔다. 민수가 그녀의 손을 자신의 손으로 감싸고는 위로하듯이 꼬옥 움켜쥐었다.

그녀의 눈에서 이슬방울이 흘러내리듯 눈물이 주르륵 흘러내려와 베갯잇을 적셔내었다.

사랑하는 사람의 아파하는 모습을 민수는 차마 눈을 뜨고 볼 수가 없었다. 그는 사랑하기 때문에 그녀의 아픔을 헤아릴 수 있었다. 그의 가슴은 한없이 무너져 내리고 있었다.

"미안해요, 당신을 지켜주지 못해서……. 하지만 이제는 걱정하지 말아요. 내가 이렇게 왔으니까. 내가 당신을 지켜 줄 겁니다."

그가 손으로 지수의 흐트러진 머리카락을 가지런하게 쓰다듬어 주었다. 또 한 방울의 눈물이 그녀의 눈가에서 흘러내렸다.

"이젠 너무 지쳤어요."

그녀가 풀이 죽은 표정을 지었다.

"……."

"더는 버티지 못할 것 같아요."

"도대체 어떤 일이 있었지요?"

"……."

"신문에는 자세히 나와 있지 않아서……."

"사시미를 납치해 왔었어요. 누가 그런 일을 시켰는지 알아내기 위해서였죠."

"사시미?"

"허스키한 목소리."

"그런데……?"

"형섭이와 난 공항으로 희지를 마중 나갔었구요. 돌아오는 길에 그일이 생겼어요. ……희지는 총에 맞아 죽었어요. 그리고 형섭이는 어떻게 됐는지 모르겠어요. 아무도 말해주지 않았어요. ……아마 사시미가 형섭이와 내가 한 말을 듣고 창고에서 도망친 모양이에요. 이를테면 보복이라는 거지요."

"……."

"총까지 들고 설칠 줄은 몰랐어요. 그것도 도심지 한복판에서……. 정말이지 죽는 줄로만 알았어요. 하지만 살아도 산 것 같지 않아요. 희지는 내가 죽인 거나 다름없어요. 내가 마중만 나가지 않았어도……. 내 차에 희지가 타지만 않았어도 죽지는 않았을 거예요."

그녀는 몸을 파르르 떨고 있었다.

민수가 그녀의 손을 잡고 한쪽 손으로 손 등을 토닥여 주었다.

"신문에는 그런 얘기는 없던데……."

"무시하지 못할 놈들이에요. 생각했던 이상이구요. 뒤에서 누군가가 봐주고 있는 것 같아요. 그렇지 않고는 불가능한 일이예요."

"그렇다면 일선 말단 경찰들이 사건을 은폐하고 있다고는 볼 수 없겠군요. ……위에서 지시가 내려온 게 분명합니다. 누가 그런 짓을……. 혹시……."

"……."

"아닙니다."

그가 끝말을 흘러버렸다.

"포기할까 해요."

"……."

그가 고개를 묵묵하게 저었다.

"더 많은 사람들이 다칠 거예요. 난 이제 자신이 없어요. 더는 이런 일로 다치고 싶지도 않구요. 영화를 찍지 않으면 이런 일도 생기지 않을 거예요."

"그건 지수 씨 답지 않은 생각입니다."

"모르겠어요."

"……."

"아무 생각도 하고 싶지 않을 뿐이에요. 그냥 먼 곳에 가서 아무생각 없이 지내고 싶다구요."

그녀가 눈을 감으며 고개를 저었다. 그녀의 얼굴은 상당히 지쳐 보였다. 그런 그녀의 얼굴에 민수가 손을 가져갔다.

"그래요. 지금은 아무 생각도 하지 말아요."

"……."

민수의 손길이 닿자 파리하게 떨고 있던 지수가 어느 정도 안정하는 것처럼 보였다. 그녀는 민수의 보드랍고 따뜻한 손길을 따라 편안한 휴식 속으로 스르르 빠져들어 가고 있었다.

칠흑과도 같은 밤이 시작되고 있었다.

민수는 한시도 그녀의 곁을 떠날 수가 없었다. 그녀의 손을 그는 꼬옥 잡고 있었다. 손을 놓으면 지수는 불안한 듯 몸을 뒤척였다. 꿈속에서도 불안과 공포에 떨고 있는 것 같았다.

민수는 안쓰럽게 그녀의 얼굴을 바라보았다.

그녀는 민수의 손에 자신의 모든 것을 의지하고 있는 것 같았다. 여린 그녀의 마음을 민수는 헤아렸다.

그 순간 지수는 힘없는 한 여자에 불과했다. 남자의 품에 보호를 받고 싶어 하는 그런 표정이었다.

그녀의 당당했던 모습은 온데간데없이 사라져 있었다. 연약한 여자의 아픔만이 그녀의 얼굴에 나타나고 있었다.

'누가 이 여자를 이토록 철저하게 뭉개 놓았단 말인가?'

그것은 바로 남자였다.

여자의 연약한 가슴에 악을 품게 하고, 한을 품게 한 것은 다름 아닌 남자인 것이다. 그리고 또 다시 좌절하게 만들어 놓다니.

사랑하는 이의 가슴에 못을 박아 놓은 그들을 민수는 용서할 수가 없었다. 아니 용서해서는 안 된다. 그는 이 빚을 꼭 갚아줄 결심이었다.

민수는 병실 안의 불을 끄고 다시 지수의 곁으로 다가와 앉았다.

"안 돼. 아……아. 미안해, 희지야."

그녀가 잠을 자면서 알아들을 수 없는 헛소리를 중얼거렸다.

그가 티슈를 한 장 뽑아 그녀의 이마에 묻은 식은땀을 닦아 주었다. 그녀는 이내 그의 체온을 느끼며 조용해졌다.

남자는 슬퍼졌다.

그렇지만 남자는 여자에게 슬픈 모습을 보일 수는 없었다. 그 모습을 보고난 여자가 더 슬퍼질까 봐서였다.

그는 강해지기로 했다. 강해져야만 여자를 보호할 수 있기 때문이다. 더는 사랑하는 사람을 떠나보내고 싶지 않은 남자의 결심이었다. 그녀마저도 자신을 떠난다면……. 남자는 생각하기도 싫었다. 다시는 그런 일이 일어나지 말아야 한다고 그는 생각했다.

사랑하는 사람을 떠나보내는 것은 얼마나 슬픈 일인지 모른다. 그 사랑하는 이의 체온을 느끼지 못한다는 것이 얼마나 고통스러운 일인지 모른다.

사랑하는 사람은 스스로 지켜야 하는 것이다.

이별은 너무나도 슬프고 고통스러운 것이다.

새벽이 다가오고 있었다. 그 새벽은 지수와 함께 했던 제주에서의 새벽과는 달랐다. 남자는 곧 떠나야 한다. 그리고 다시 돌아올 것이다. 다시 돌아와 여자의 빈 가슴을 채워주어야 한다.

여자를 그렇게 만든 현실과의 전쟁을 남자는 치를 결심이었다. 그리하여 여자를 행복하게 해주어야 하는 것이 그의 몫인 것이다.

바위에 달걀을 던지는 비교도 되지 않는 싸움이지만 그는 끝까지 맞서 싸울 작정이었다.

지수를 위해서라면 무엇이든 할 수가 있을 것 같았다. 그리고 영원히 떠나버린 수연을 위해서라도 꼭 해야만 하는 일인 것이다.

떠나고 나면 다시 돌아오지 못할지도 모른다.

그는 지수의 얼굴을 가슴으로 듬뿍 담고 있었다. 마지막이 될지도 모르는 그녀의 모습이었다.

그는 여자의 한 남자가 된 제주에서의 밤을 생각했다. 그는 여자의 한 남자가 자신이라는 것에 가슴이 뿌듯해지는 것을 느꼈다.

아침이 다가 왔다. 아침까지는 너무나도 짧은 시간이었다.

"민수 씨."

깜빡 잠이 들었던 그를 지수가 흔들어 깨웠다.

"……"

그가 깨어나며 관자놀이를 두어 번 손으로 눌렀다.

"이리로 올라와서 자요."

"……아니 됐어요. 몸은 어때요?"

그가 살긋이 웃어주며 말했다.

"민수 씨 덕에 이제는 통증이 가셨어요.

"다행이에요. 잠은 푹 잤어요?"

"……."

그녀가 고개를 끄덕였다. 그녀의 혈색은 어제 보다도 많이 좋아져 있었다. 그녀의 얼굴에 살며시 미소가 드리워졌다.

그는 모를 것이다. 지수는 막 잠에서 깨어났을 때 자신의 손을 꼬옥 잡고 졸고 있는 민수를 보면서 더 없는 행복을 느꼈다. 그리고 그가 영원히 떠나지 않기를, 영원히 자신의 곁에 남아 사랑을 전해주기를 지수는 간절히 기도했었다.

"참 씻어야지요. 세면실에 가서 물수건을 만들어 올게요."

그러며 그가 병실 문을 열고 밖으로 나갔다.

그는 세면실로 향하다가 말고 계단 쪽으로 나가 담배를 한 대 피워 물었다. 담배 연기가 그의 입에서 소리 없이 흘러 나왔다. 열어 놓은 창문 밖으로 삐죽이 빠져나가고 있었다.

아침 하늘은 티 없이 맑고 청초했다. 구름 한 점 없는 전형적인 가을 날씨였다. 햇살이 그의 눈살을 찌푸리게 하며 이마로 쏟아져 들어왔다. 그는 눈부신 햇살을 그대로 받아 안으며 다시 한 번 담배 연기를 연하게 내뱉었다.

그의 가슴이 텅 비어지고 있었다.

담배를 피우고서 그는 세면실로 가서 물수건을 만들었다. 그러는 그의 손길은 정성스러웠다.

그는 그 물수건으로 지수의 아픈 가슴을 말끔히 씻어주고 싶었다.

그는 다시 병실로 돌아왔다.

누워 있던 지수가 왜 그리 늦었냐는 듯이 그를 쳐다보고 있었다. 민수가 그녀에게 다가가 물수건을 한 번 더 꼭 짜고는 그녀의 얼굴을 씻겨 주었다. 그의 손길은 정성스러웠다.

지수는 누워 있는 채 그의 고마운 손길을 받아들였다. 그가 지수의 얼굴을 닦아 주고서는 이번에는 그녀의 손을 닦아 주었다. 그의 손길은 따뜻하기 그지없었다. 지수의 얼굴엔 평안함이 깃들어 있었다.

"꼭 어린 애가 된 기분이에요."

그녀가 밝게 말했다.

민수는 그녀를 쳐다보며 싱긋이 웃어주었다.

그가 물수건을 한켠에 놓아둘 때쯤 식사가 날라져 왔다. 그는 병실 직원이 가져온 식사를 받아 한쪽에 놓아두고 침대의 한 부분을 돌리기 시작했다. 그러자 침대가 사뿐히 접혀졌다.

지수는 앉은 자세가 되었다.

민수는 식사가 담겨져 있는 쟁반을 무릎위에 얹고 앉았다. 그리고는 지수에게 식사를 떠먹여줄 채비를 갖추었다.

"별로 먹고 싶은 생각이 없는데."

"먹기 싫어도 먹어야 해요. 그래야 빨리 일어날 것 아닙니까. 어르신들이 그런 말씀을 자주 하시잖아요. 밥이 보약이라고."

그러며 그가 먼저 국을 수저로 떠서 지수의 입에 대 주었다. 지수가 힘겹지 않게 그것을 받아 삼켰다. 이번에는 그가 밥을 떠서 그녀에게 내밀었다. 역시 그녀가 받아먹었다. 입에 넣고 씹으면서 그녀가 갑자기 우울해졌다.

"……?"

민수가 그녀를 쳐다보았다. 그러자 그녀가 고개를 돌렸다. 그녀는 눈물을 보이고 싶지 않았던 것이다.

민수는 그녀의 마음을 이해할 수 있었다.

벌써 친구를 두 명이나 잃지 않았던가. 그런 그녀의 아픔이라 이루 말할 수 없을 것이다.

그녀가 고개를 돌린 채 손으로 눈물을 걷어내었다.

"오늘이 희지의 장례식 날이에요."

그러면서 그녀가 훌쩍거렸다.

"알아요. 지수 씨의 마음……."

"……."

그녀의 얼굴이 밝은 햇살을 받으면서 더욱 연약해졌다.

"내가 있어야 하는데."

"……."

민수는 착잡해졌다.

그는 어떻게 그녀를 위로해야 할 지 몰랐다. 그가 수저를 든 손으로 멀건 쇠고기 국을 뒤적거렸다.

"희지 옆에 내가 있어야 해요."

그녀는 멀거니 창밖을 내다보며 그렇게 중얼거렸다.

그녀의 눈에서 눈물이 주르륵 흘러내렸다. 흘러내린 눈물은 그녀의 볼을 타고 내려와 침대 시트를 속절없이 적셨다.

한동안 말이 없었다.

한 사람을 또 그렇게 떠나보내고서 입맛이 날 턱이 없었다. 그녀는 멍하니 창밖의 무엇인가를 보고 있었다.

"자, 어서 들어요."

"……."

"그녀도 지수 씨가 이러는 걸 원치 않을 거예요. 그녀를 위해서라도 어서 먹고 힘을 내야지요."

"……."

"자, 고집 피우지 말고."

그렇게 말하는 민수의 가슴도 싸늘해졌다.

그녀들, 왠지 민수는 일곱 명의 그 여자들이 예전부터 알아 왔던 다정한 사람들로 느껴졌다. 다 보지는 못했지만 민수는 그녀들에게 끌리고 있었다.

"……."

"왜 우리에겐 이런 일만 일어나는지 모르겠어요. 왜……?"

그녀가 소리없이 울먹였다.

울어도 울어도 끝이 없을 것만 같은 슬픔이 병실 안을 가득 메워 놓고 있었다. 그녀들의 얼굴에서 언제쯤 슬픔이 가시는 날이 찾아올 수 있을까.

어쩌면 영원히 그런 날이 찾아오지 않을지도 모른다. 어쩌면 그들은 멍든 가슴을 치유시키지 못한 채 영혼이 되어버릴 지도 모른다.

그녀들의 아픈 상처를 어떻게 보상할 수 있다는 말인가.

겪어보지 못한 사람들은 모를 것이다. 그 아픔이 얼마나 처절하게 삶에 끼어들어 훼방하고 더 큰 고통을 심어주는지. 아픔이 있는 사람만이 알 것이다. 그녀들과 같은 상처를 입어 본 사람 만이 그 고통을 이해할 수 있을 것이다.

남자들의 추악하고 더러운 성에 의해 짓밟힌 여자들.

상처는 아물 틈도 없이 또 다른 상처를 만들어 놓았다.

그녀들이 그들을 용서하려 해도 그들이, 그들 스스로가 더 큰 죄를 일삼고 있는 것이다.

상처는 그녀들을 끝없이 괴롭혀 왔다. 그것도 모자라 그녀들을 차례로 죽이고 있는 것이다.

그녀들은 더 이상 설 자리가 어디인지도, 자신들이 걸어가야 할 곳이 어디인지도 세월이 흐르면서 망각하고 있었다.

아픔만큼 성숙해진다고 했던가. 하지만 그 큰 상처를 감당해내기란 쉬운 일이 아닌 것이다.

상처도 아무는 상처가 있고 아물지 않는 상처가 있듯이 그녀들의 상처는 치유 불가능일지도 모른다. 아마도 그럴 것이다.

그녀들의 작은 희망마저도 꺾어 놓는 현실이 그저 원망스러울 뿐이다. 이런 현실을 누가 만들어 놓았단 말인가.

단지 일어서려고 노력했을 뿐인데. 단지 그것뿐인데 세상은 그녀들을 자꾸만 음지 속으로 기어들어가게 만들고 있다.

그녀들이 태어나지 말았어야 할 세상이었다.

무슨 큰 죄를 지은 것도 아닌데. 세상은 그들에게 견뎌낼 수 없는 큰 형벌을 가하고 있었다. 그녀들 스스로 일어서려고 노력했을 뿐인데,

도와주지는 못하고 대가만 지불하라고 그러는 것인가.

민수는 가만히 지수를 보고 있었다. 보고 있는 것만으로도, 물어보지 않더라도 알 수 있었다.

"희지한테 가봐야겠어요."

그가 불쑥 말을 꺼냈다.

"그 몸으로는 무리예요."

그가 쟁반을 한쪽으로 밀어두며 그녀를 만류했다. 하지만 그녀는 막무가내로 가야 한다고 했다.

민수가 말렸지만 그녀가 한사코 침대 시트를 젖히며 몸을 움직였다. 양다리에 깁스를 한 그녀의 몸이 뜻대로 움직일 리 없었다.

"나 좀 도와 줘요. 안 돼……. 난 가야 해."

그러면서 그녀가 상체를 움직이다가 자학하며 자신의 머리카락을 쥐어뜯었다. 정말이지 고통스러운 그녀의 행동이었다.

민수가 그녀의 행동을 제지하며 그녀를 꼬옥 껴안았다. 뼈마디가 으스러질 것 같은 그의 억센 팔 힘에 지수는 꼼짝도 하지 못하고 있었다.

"이러지 말아요. 난 갈 거야……."

"안돼요. 지수 씨"

"몰라."

"……."

그녀가 지쳤는지 민수의 품에 갇힌 채 눈물을 쏟고 있었다.

발버둥치던 그녀는 이내 조용해졌다.

"진정해요."

"……."

"마음을 차분하게 가라앉혀요."

"흐흑……."

"차분하게……."

그러면서 민수가 그녀의 등을 토닥거렸다.

그녀의 결렬하게 뛰던 심장의 박동이 서서히 가라앉기 시작했다. 그러며 숨소리도 차분해졌다.

민수는 여전히 아이를 달래듯 그녀의 등을 토닥거렸다. 그러면서 지수의 귀에 대고 소곤소곤 숨소리를 넣어 주었다.

"눈을 감아 봐요."

"……."

"희지 씨의 얼굴이 뵐 거예요. 그리고 희지 씨는 웃고 있어요. 희지 씨가 무슨 말인가를 할 거예요. 자세히 들어 봐요."

"……."

"마음을 가라앉히고 차분하게……."

그러면서 그가 지수의 귀에 살짝 입맞춤을 하였다. 지수의 몸에서 힘이 주욱 빠져나갔다. 그러며 지수가 팔을 뻗어 민수의 허리를 가볍게 감쌌다. 그녀는 민수의 가슴에서 포근함을 느낄 수 있었다.

그가 시키는 대로 하자 희지가 바로 앞에 서 있었다.

지수는 그의 품에 안기어 스르르 꿈속으로 빠져들어 갔다. 민수는 잠이 든 그녀를 침대 위에 눕히고는 한동안 물끄러미 그녀의 얼굴을 바라보고 있었다. 그러다가 시계를 보고는 병실을 나왔다.

희지의 장례 행렬 중에 민수도 끼여 있었다.

희지의 싸늘하게 식은 육체는 한줌의 재로 변해 있었다. 그것을 들고 한 남자가 강가로 내려갔다. 그의 얼굴은 침울해 있었다.

그는 곱상하게 생겼으면서도 눈매는 매우 매서웠다.

강가로 노를 저어 나간 그가 희지의 재를 강물에 뿌리고 있었다. 재는 그의 손에 멈추어져 있다가 바람과 함께 흩어져 강물 위를 떠다녔다. 그러다가 어느 쯤엔가 물속으로 가라앉았다.

민수는 강가에서 그 모습을 지켜보고 있었다. 지켜보고 있는 그의 얼굴에 알 수 없는 슬픔이 밀려왔다.

그는 마치 자신의 지난날을 보고 있는 것 같은 착각에 빠져들었다.

민수는 그의 아픔을 짐작할 수 있었다.

민수는 주머니에서 담배를 꺼내어 입에 물었다. 그리고는 희지의 영혼을 추모하듯 담배연기를 허공중에 길게 뱉어 내었다.

강가에서는 여러 명의 남자들이 희지의 뼛가루를 물에 띄우는 것을 지켜보고 서 있었다.

그들은 옷도 일정하게 검은색 정장으로 맞춰 입고 있었다.

민수는 차에 기대어 선 채 그들과 조금 떨어진 장소에서 떠날 줄 모르고 서 있었다. 그는 지수의 마음을 전하고 있었던 것이다. 지수 대신에 떠나가는 희지를 배웅 나온 것이다.

희지의 재를 강물에 모두 띄우고서 한참 만에 곱살하게 생긴 남자가 노를 저어 강가로 나왔다. 그가 나오자 남자들이 일제히 고개를 숙였다.

민수는 그 모습을 보고 있다가 담배를 꺼내 물고는 강가로 내려갔다. 그리곤 한동안 강물 위를 바라보았다.

"후우……."

그의 입에서 담배연기가 뒤섞인 한숨이 길게 쏟아져 나왔다.

무르익어가는 가을의 어귀에 선 채 그는 한 영혼에 대한 아픔을 되짚으며 미련을 전하고 있었다.

'부디 다시는 이런 세상에 태어나 아파하지 않기를…….'

그가 손톱 끝으로 담배를 툭툭 털어 끌 때 누군가가 그에게로 다가오는 소리가 들렸다. 그는 다름 아닌 희지를 마지막으로 떠나보낸 곱상하게 생긴 남자였다.

그는 다가와 민수의 옆에 나란히 섰다.

그가 강가에서 나올 때 침울하게 고개를 숙이던 남자들은 어디론가 사라지고 그만 홀로 민수의 옆에 서 있는 것이다.

한동안 그는 말을 하지 않고 강 저편만 멍하니 쳐다보고 서 있었다.

"와 줘서 고맙습니다."

그가 여전히 강 저편을 건너다 본 채 축 가라앉은 목소리로 말했다. 민수는 대답이 없었다.

"……."

"이렇게 떠나보낼 줄은 몰랐는데……."

"……."

"저는 강민깁니다."

그가 민수에게 손을 내밀었다. 민수가 그의 악수를 받아들이며 자신의 소개를 하려고 했다.

"전……."

"알고 있습니다. 한민수 씨."

"……."

"지수에게 말씀 많이 들었습니다. 지수 영화사에 감독님으로 계신 다구요."

"그럼 오빠라는 분이……?"

"그렇습니다."

그가 힘없이 웃었다.

"우리 술이나 한잔 할까요?"

"……."

민기가 들고 있던 것을 발 아래로 내려놓았다. 그리고는 털썩 땅바닥에 주저앉았다. 민수도 그를 따라 땅바닥에 주저앉았다.

그가 비닐봉지 안에서 꺼낸 것은 다름 아닌 소주와 마른 오징어였다. 그가 종이컵에 소주를 따라 먼저 강물에 뿌리고는 다음으로 민수에게 잔을 건네면서 소주를 따라 주었다.

소주 특유의 투명하게 따라지는 소리가 들렸다.

"병 주십시오. 제가 한잔 따라 드리겠습니다."

그러며 민수가 소주병을 받아들고 그의 잔을 채워 주었다. 그리곤 두 사람은 말없이 소주잔을 기울였다.

잔을 내려놓고 그가 다시 술을 따랐다.

"지수는 어떻습니까?"

"……."

민수는 고개만을 저었다.

"지수라도 살아남았으니 다행입니다."

"……."

"그런 일이 있었으면 얘기를 하지······. 바보 같이."

"알고 계셨군요."

"일이 터지고 나서야······."

그가 다시 술잔을 기울였다.

그의 잔에 민수가 술을 따랐다.

"불쌍한 애들입니다. ······민수 씨께서 많이 도와 주셨다고 들었습니다."

"전 한 일도 없는데요."

날은 어두워지고 있었다. 가을 찬바람이 옷깃을 헤치고 들어와 서늘하게 식은 가슴은 더 애처롭게 적시고 있었다.

그는 더 이상 말없이 소주만 마셨다.

안주도 먹지 않은 채 오직 술만을 위 속으로 퍼 부었다.

하지만 그는 술을 퍼 마실수록 정신이 말똥말똥 해지는 것 같았다. 강 저편을 건너다보는 그의 얼굴에는 알 수 없는 분노가 서려 있었다.

민수도 그의 옆에 말없이 앉아 깊어가는 밤의 쓸쓸함을 느끼고 있었다.

"저의 사무실로 가시지요. 변변하게 대접도 못했는데 사무실에 가셔서 한 잔 더 합시다. 사양하지 마시고······."

그는 외로워 보였다. 누군가가 옆에 있어주어야 할 것만 같았다. 그래서 민수는 사양하지 않고 그의 제의를 흔쾌히 받아들였다.

"제 차로 가시지요."

"저도 차를······."

"걱정하지 마십시오. 제 동생들이 뒤따라 끌고 올 겁니다. 그래도 되겠지요?"

"좋을 데로 하십시오."

민수와 그는 강가에서 걸어 올라왔다.

어둠은 짙어만 가고 있었다.

민수는 그의 차에 올라탔고 차는 조용히 강가를 벗어나기 시작했다.

그의 사무실이란 곳에 도착한 건 그로부터 한 시간 반쯤이 흐른 뒤였다.

그의 사무실이란 곳은 꽤 큰 호텔 내에 있는 것 같았다. 그와 민수가 안으로 들어가자 호텔 직원들이 그를 알아보고는 정중하게 인사를 했다.

민수는 그의 안내를 받아 엘리베이터를 타고 위로 올라갔다. 엘리베이터는 맨 위층에서 멈추었고 그가 먼저 밖으로 걸어 나갔다. 그리곤 복도 한켠으로 다가갔다.

검은 색 정장을 입은 덩치 좋은 사내가 그를 보고는 구십 도 각도로 허리를 숙여 인사를 했다.

그를 따라 민수는 방으로 들어갔다.

"좀 누추합니다."

"……"

그가 방 한편에 놓여 있는 소파에 민수를 앉도록 했다. 그리곤 인터폰을 눌러 술을 가져오라고 했다.

얼마 뒤에 술이 날라져 왔다.

그가 평소 즐겨 마시는 위스키라고 했다. 그러면서 민수의 잔에 술을 따라 주었다. 민수도 그의 잔에 술을 따랐다. 그리곤 누가 먼저랄 것 없이 술을 단숨에 비워내곤 빈 잔을 탁자 위에 내려놓았다.

민수가 술을 따르면서 말했다.

"무슨 일을 하시는지 물어봐도 되겠습니까?"

"부끄럽습니다. ……나이트클럽 몇 개를 운영하고 있습니다. 그리고 이 호텔에 지분을 조금 가지고 있구요. 쉽게 말해서 주먹질로 먹고 삽니다."

그는 겸손한 사람이었다.

건달 세계에 있으면 으레 어깨에 힘을 주거나 거스름을 피우기 나름인데 전혀 그는 그렇지 많았다.

민수는 그에게 호감을 지니고 있었다.

그들이 술을 주거니 받거니 하고 있는데 누군가가 사무실 문을 두드렸다. 그가 들어오라고 했다.

"형님."

검은색 정장의 호리호리한 사내가 들어와 그에게 꾸벅 절을 하였다. 그는 소파에 앉은 채 인사를 받았다.

호리호리한 사내가 들고 들어온 서류철을 펴 보이며 다시 말했다.

"형님, 알아냈습니다."

"그래. 그 자식들 어디 계열이야?"

"호남 애들입니다."

"호남……."

그가 잠시 생각에 잠겼다.

"호남 계열 중에서도 말단 신흥조직 입니다만 일 년 사이에 놀랄 만큼 성장했습니다. 주위의 크고 작은 파들을 속속 규합하고 있다고 합니다."

"이런 버르장머리 없는 새끼들 같으니라구."

그가 양쪽 미간을 좁히며 말했다.

"누가 보스야?"

민수도 그의 말을 듣고 있다가 귀를 쫑긋 세웠다.

"김한영이란 그렇게 많이 알려지지 않은 인물입니다."

"나이는?"

"서른셋 입니다. 형님."

"빨리 컷구만. ······김한영. 어디에선가 낯이 익은 이름인데."

"······."

"그 자식 무슨 호텔 난자 사건 때 떠들썩했던 놈 아니야?"

"······."

"돈 줄은 어떻게 돼?"

"가리지 않고 긁어 들입니다. 룸살롱, 성인오락실, 그리고 건축 관련 청부폭력, 무허가 운전 교습소, 신축 아파트 내부공사, 등의 이권 개입으로 수십억을 챙긴다고 합니다. 그것뿐만이 아니고 호텔 지분도 상당히 가지고 있고 나이트클럽, 마약, 그리고 총기 밀매에 까지 다양합니다."

"돈 되는 짓이라면 다하는 군."

"그리고 일본 야쿠자 조직하고도 연계가 있다고 들었습니다. 얼마 전에는 야쿠자를 초청해 호화판 술좌석도 벌였다고 합니다."

"······."

민기가 묵묵해졌다.

"그리고……."

"그만 됐어. 승률은……?"

"전쟁입니까?"

"……."

"칠십 대 삼십."

"그것 밖에 안 돼?"

"네."

"그래, 알았어.

그가 담배를 피워 물며 말했다.

그러자 호리호리한 사내가 들어왔을 때처럼 고개를 꾸벅 숙이고는 밖으로 나갔다. 그가 나가자 민기가 씁쓸하게 술을 따라 마셨다.

잠자코 있던 민수가 말했다.

"너무 많은 사람들이 다칠 텐데요."

"그렇다고 물러 설 수는 없습니다. 내 동생이 죽었습니다. 어차피 언젠가는 그쪽에서 치고 나올 것이 뻔한데 이대로 당하고 있을 수만은 없잖아요. 나중에 가서는 더 큰 전쟁이 벌어질 겁니다. 지금부터 싹수를 잘라 버려야 합니다. ……조직이란 먹고 먹히는 먹이사슬과도 같습니다. 되도록 이런 전쟁을 하지 않으려고 했는데. 이젠 어쩔 수가 없군요."

"……."

민수가 말없이 술잔을 기울였다. 민기도 담배를 재떨이에 눌러 끄고는 위스키를 잔에 가득 따라 마셨다.

그의 얼굴에는 복수를 결심한 근엄함이 무게를 잡고 실려 있었다. 그리고 다른 한편으로는 동생을 잃은 슬픔이 서글프게 묻어났다.

"말릴 수는 없겠군요."

"……."

그가 술잔을 들고 피식 웃었다.

"부탁이 있습니다."

"부탁……?"

"네. 저도 같이 행동하겠습니다."

"그건 안 됩니다."

그가 딱 잘라 말했다. 하지만 민수도 만만치 않았다.

"그럼 저 혼자 행동하는 수밖에 없겠군요."

"고집 피우지 마십시오. 이건 제 일입니다. 그리고 민수 씨는 앞으로도 할 일이 많은 사람이지 않습니까."

"……."

민수가 고개를 저었다. 그러면서 담배를 입에 물고는 라이터를 켰다. 그의 입에서 담배 연기가 자욱하게 퍼져 나왔다.

민수가 말을 이었다.

"제 일이기도 합니다. 전 와이프를 잃었습니다. 그리고 이번에는 희지 씨를 잃었고 지수 씨 마저도 잃을 뻔 했습니다. 누가 그런 짓을 시켰는지 꼭 알고 싶습니다. ……그 자식한테 그 이유를 똑똑히 듣고 싶습니다."

"……."

"허락하시는 걸로 알겠습니다."

그가 술잔을 들었다. 민수의 얼굴에는 분노가 싹터 올라 있었다. 민기도 그를 말릴 수 없다고 생각했는지 고개를 끄덕였다.

"이게 우리가 처음이자 마지막으로 마시는 술이 될지도 모르겠군요. 자 오늘은 우리 친구가 되서 마음껏 마셔 봅시다."

민기가 가슴을 열고 호쾌하게 웃었다. 민수도 역시 기대에 찬 얼굴로 그와 술잔을 부딪쳤다.

그날이 찾아 왔다.

그가 사무실에 중간 보스급들을 세워 놓고 말하기 시작했다.

"오늘 난 너희들을 버릴지도 모른다. 물론 너희들 중에서도 나를 버리는 사람이 있을지 모른다. 강요하지는 않겠다. 갈 사람은 가라……"

"형님!"

어깨들이 그에게 고개를 숙이며 말했다.

"하지만 여기에서 생기는 모든 책임은 내가 지겠다. 다시 한 번 말하겠다. 죽게 될지도 모른다. 아직 늦지 않았다."

그의 말끝이 딱딱 끊어졌다.

"우린 형님 곁에 있겠습니다. 하지만 형님께서 나서지만은 마십시오. 우리가 처리하고 오겠습니다. 형님."

평소 그의 오른팔 역할을 하고 있는 돌쇠가 그를 만류하며 말했다.

"아니다. 내 일을 너희들에게 미룰 수는 없다."

그가 단호하게 말했다.

민수가 그의 옆에 서 그것을 지켜보고 있었다.

"그리고 깔때기하고 백상어는 이 분을 다치지 않게 잘 보살펴 드려라."

그러면서 그가 민수에게 그들을 붙여 주었다.

"마지막으로 말하는데. 필요치 않은 상황에서 총기 사용은 금물이다. 모두들 알아들었겠지?"

"네, 형님."

어깨들의 목소리가 사무실 안에 우렁차게 울려 퍼졌다.

"가자!"

그러면서 그가 먼저 사무실 문을 열고 빠져나갔다. 그 뒤를 어깨들이 보좌하며 따라 나섰다. 민수도 그들과 섞여 사무실을 나섰다.

엘리베이터를 타고 지하 주차장으로 내려가자 기다리고 있던 삼사십 명의 사내들이 민기를 보고서 구십 도 각도로 허리를 굽혔다.

"형님!"

"그래, 고생들이 많다. 너희들 한명 한명을 잊지 않고 기억하겠다. 너무 나서지 말고 몸조심들 해라."

그가 동생들을 쳐다보며 말했다. 그리곤 승용차에 올라탔다. 그러자 사내들도 제각각 차에 탑승했다.

진두지휘는 돌쇠가 맡고 있었다. 그 뒤를 동생들의 승용차와 승합차가 따랐고 그다음으로 민기의 차가 주차장을 빠져나갔다. 민수가 탄 승용차는 마지막으로 주차장을 빠져나갔다.

주차장을 빠져 나가는 차들은 긴장감이 넘치고 있었다.

주차장 밖은 어둠이 자욱하게 깔려 있었다. 도로를 빠른 속도로 승용차들이 달리기 시작했다.

삼십 분쯤 달렸을까, 차들이 서서히 속력을 줄이고 있었다.

그때 민수가 탄 승용차에 핸드폰이 울렸다.

"네, 큰형님."

휴대폰에서 흘러나온 목소리는 다름 아닌 민기였다.

"잘 들어 이제부터 진입한다. 너희들은 그 분을 모시고 마지막으로 들어와. 절대 그 분을 다치게 해서는 안 돼. 내 매제가 될 사람이니까."

"알겠습니다, 큰형님."

백상어가 휴대폰을 접었다. 그리고는 민수를 보며 말했다.

"형님께서는 저희들 뒤만 따라 오십시오. 큰형님이 당부하셨습니다. 형님을 절대 다치게 하지 마시라구요."

그러며 백상어가 다시 앞쪽을 바라보았다.

그들이 탄 승용차는 강남의 유명 나이트클럽에 멈추어졌다. 일제히 차가 멈추었고 차에서 재빠르게 내린 사내들이 나이트클럽 안으로 쏜살같이 뛰어 들어갔다.

나이트클럽 앞 도로는 일순간 아비귀환이 되어버리고 말았다. 나이트클럽에서 사람들이 비명을 질러대며 도망쳐 나왔다.

그 뒤를 민수와 백상어 깔때기가 따라 들어갔다.

나이트클럽 안의 현란한 조명은 멈추어 졌고 사방에서 병 깨지는 소리가 들려 왔다. 그리고 비명이 뒤섞여 피바다를 이루고 있었다.

생선회칼이 번쩍번쩍 거렸고 야구방망이와 체인을 휘두르는 소리가 쩌렁쩌렁 나이트클럽 안을 맴돌고 다녔다.

나이트클럽 안으로 들어서자 피 냄새가 진동하였다.

상황은 삽시간에 끝이 나고 말았다. 민기의 일방적인 승리였다.

"형님 이쪽입니다."

민기의 오른팔 돌쇠가 민수가 들어오는 것을 보고 안내하였다. 민수는 그를 따라 들어갔다.

넓은 룸 안으로 돌쇠가 그를 안내했다.

안에는 남자 두 명이 앉아 있었다. 그리고 짧은 스커트를 입은 여자 접대부들이 바닥에 고개를 처박고 있었다.

"야, 이년들아. 너희들은 왜 그러고 있어. 여기서 후딱 나가지 못하겠어."

돌쇠가 여자들의 엉덩이를 걷어차며 말했다. 그러자 여자 접대부들이 비명을 지르며 꽁지가 빠져라하고 밖으로 뛰어나갔다.

"계집애들, 쉽게 돈 버는 건 알아가지고. 이년들아 그 짓해서 돈 벌면 뭐하냐. 집에서 시켜주는 공부나 잘하고 시집이나 가지. 대갈통이 찼다는 년들이 저 모양들이니……. 네 년들 부모들이 불쌍하다. 이년들아……."

깔때기가 혀를 끌어 찼다.

"누가 김한영이냐?"

민기가 굳은 얼굴로 말했다.

"너희들 누구야?"

"이 세끼가, 그래도……."

백상어가 팔이 꺾여 축 늘어진 김한영의 팔을 야구방망이로 후려갈겼다.

하지만 녀석은 일개의 보스답게 비명을 지르지 않았다. 그저 신음만 토해낼 뿐이다.

민수가 그를 노려보았다. 하지만 뒤에 서 있을 뿐 나서지는 않았다.

"누가 시킨 일이냐? 누가 영화제작을 하지 못하게 해달라고 부탁을 했지?"

민기가 경직된 표정으로 물었다.

"……."

녀석은 대꾸하지 않았다.

"일으켜 세워."

그의 말이 떨어지기가 무섭게 백상어와 깔때기가 김한영을 일으켜 세웠다.

순식간의 일이었다.

민기가 훌쩍 날아오르는 가 싶었는데 김한영이 저만큼 날아가 벽에 머리를 박고 떨어졌다.

백상어와 깔때기가 그를 잡고 있었는데도 김한영은 멀찍이 날아가 떨어지고 만 것이다. 대단한 파워였다.

민수는 경탄을 금하지 않을 수 없었다.

민기가 김한영의 옆에 앉아 있던 사람을 쳐다보며 말했다.

"이런 꼴 보여드려서 죄송합니다. 형님도 이런 꼴 당하기 싫으시면 저 녀석과 거래를 끊으시지요. 이건 경고하는 겁니다. 옛정을 생각해서……."

민기가 깍듯이 고개를 숙였다. 그 사람은 민기가 오래전부터 알고 지내왔던 사람 같았다.

"알았네. 난 돌아가지."

"실망했습니다. 형님."

민기가 마지막으로 말을 전하자 그가 황급히 룸을 빠져 나갔다.

"누구냐?"

그가 김한영을 쳐다보며 말했다.

"……."

그는 역시 대답이 없었다.

"다리를 잘라버려……."

그의 말이 끝나기가 무섭게 야구방망이가 수십 차례 김한영의 다리와 척추를 내리쳤다. 그의 하체는 완전히 피투성이가 되어 있었다.

"명줄을 따줄까."

민기가 카랑하게 말했다.

"으윽, 살려만 주십시오. 제가 형님을 몰라 봤습니다."

"누구냐?"

"김……김운혁 입니다."

"김운혁?"

"큰 형님, 그 녀석은 대권후보 김 아무개의 아들입니다."

"그녀석이 왜?"

민기가 의아해 하며 민수를 쳐다보았다.

"그……그 녀석이."

민수는 부아가 치밀어 올랐다. 그리고는 한동안 말을 잃었다.

"그 녀석 어디에 있어?"

"저……저도 잘은 모릅니다만 아마 청평의 별장에 있을 겁니다."

"넌 다시는 이 바닥에 얼굴을 보이지 마라. 목숨만은 살려주겠다."

그러며 그가 뒤 돌아 섰다.

돌쇠와 백상어 깔때기도 그를 따라 나서려던 참이었다.

김한영이 무엇인가를 꺼내 민기에게 겨냥하였다. 느낌이 이상하여 민수가 돌아다보았지만 녀석은 사제 권총의 방아쇠를 당겼다.

총성이 나이트클럽 안에 울려 퍼졌다. 그러며 민기가 어깨를 싸잡고 쓰러지고 말았다.

"이 새끼가 목숨을 살려주었더니."

돌쇠가 칼을 꺼내 달려들며 괴성을 질렀다. 그리고는 김한영의 목에 칼집을 넣었다.

"형님!"

"난 괜찮아."

쓰러져 있던 그가 자리에서 일어섰다.

"가벼운 총상일 뿐이야."

그는 의연하게 대처하고 있었다.

룸 안은 피비린내로 가득했다. 돌쇠가 민기를 부축하며 나이트 밖으로 나왔다.

차에 오르며 민기가 지시했다.

"애들을 돌려보내. 이제부터는 돌쇠 너하고 민수 씨하고만 같이 움직이면 될 것 같다. 다 돌려보내."

"알겠습니다. 형님."

민기 일행이 탄 승용차는 청평을 향하고 있었다.

"김운혁이라고 아십니까?"

민기가 물었다.

"유리 씨 하고 관계가 있던 사람입니다."

"유리……."

그가 양주를 상처 난 부위에 붓고는 불을 붙였다.

"으윽."

그의 입에서 나온 소리는 그 한마디뿐이었다. 그는 다시 옷을 여몄다.

"알만 합니다. 개자식."

민수의 입에서 쌍소리가 나왔다.

그들이 탄 승용차는 어느새 김운혁이 있다는 별장에 다와 가고 있었다.

"큰형님. 바로 저긴 것 같습니다."

돌쇠가 손으로 별장 한 채를 가리키며 말했다.

별장 대문에 차를 주차시키고서 먼저 돌쇠가 차에서 내렸다. 그리고는 대문 안으로 훌떡 넘어 들어갔다.

잠시 후 대문이 열렸다.

민기가 돌쇠의 부축을 받으며 안으로 들어갔다.

안에서 불빛이 새어나오고 있었다.

"녀석이 있는 모양입니다."

돌쇠가 야구방망이를 들고 현관문을 순식간에 부셔 놓았다. 그리고는 안으로 뛰어 들어가 거실에서 여자 둘과 술을 마시며 몸을 비비고 있던 김운혁을 야구 방망이로 내리쳤다.

녀석은 꼼짝도 하지 못하고 그대로 거실 바닥에 고개를 처박았다.

"아악."

여자들이 비명을 내질렀다.

"이 쌍, 조용히 하지 못해. 너희들은 방에 들어가 있어."

돌쇠가 인상을 찌푸리며 말했다. 여자들은 얼굴을 감싸고 방안으로 들어가고 말았다.

돌쇠의 뒤를 민기와 민수가 따라 들어왔다.

민수는 민기를 소파에 앉혔다.

돌쇠가 김운혁을 무릎 꿇게 만들었다.

"네가 김운혁이야."

"……."

그가 말하자 녀석이 겁먹은 채 고개를 끄덕였다.

"우린 너를 죽이러 왔다."

"사……살려 주세요."

김운혁이 손이 발이 되도록 싹싹 비볐다.

"왜 그런 일을 시켰지?"

"무슨 일 말입니까?"

"이 새끼."

돌쇠가 발로 김운혁의 턱주가리를 걷어찼다.

"네가 영화 제작을 방해 해 달라고 그랬지."

"……."

"역시 그렇군."

민기가 상기된 표정으로 김운혁을 쳐다보았다.

"왜?"

민수가 물었다.

"아버지에게 폐가 될 까봐서요. 사……살려주세요. 잘못했습니다."

"단지 그것 때문에……."

민수는 어이가 없었다. 그는 할 말을 잃고 있었다.

"개망나니 같은 자식. 여자에게 상처를 입히고 그것도 모자라서……."

"살려주세요."

"새끼, 넌 살 가치도 없어."

돌쇠가 야구방망이로 녀석의 머리통을 날려버렸다. 그러자 녀석은 피를 토하며 그대로 거실 바닥에 코를 처박고 말았다.

별장 안은 적막해졌다. 피 냄새만이 바닥에 짙게 깔려 있었다. 밤은 점점 깊어져 새벽을 향해 내달리고 있었다.

아침이 오면 변함없이 해가 뜰 것이다. 아무 일 없었다는 듯이.

"민수 씨는 이제 돌아가십시오. 여긴 우리가 처리할 테니까. 가서 지수를 보살펴 줘요. ……행복해야 합니다."

민수는 병실 문을 빠끔히 열었다.

지수는 자고 있었다. 너무도 곤하게 자는지라 깨울 수가 없었다. 그는 지수의 옆으로 다가가 의자를 끌어다가 앉았다. 그리곤 그녀의 손을 꼬옥 잡았다.

모든 것을 끝내고 난 허탈감이 이런 것일까, 민수는 가슴이 텅텅 빈 듯한 기분이 들었다.

"이제 모든 것이 끝났어."

그가 자그맣게 속삭였다.

너무 쉽게 일이 끝났다고 그는 생각했다.

한 남자의 잘못된 판단으로 여러 사람이 희생되지 않았던가. 그 대
가를 지불 받지도 못하고……

민수는 지수의 얼굴을 뚫어지게 쳐다보았다. 그러며 다짐했다.

사랑하리라, 영원히 당신만을 사랑하리라.

이제 남은 것은 그녀의 아픈 상처를 치유해 주는 것이다. 사랑으로
그녀의 가슴을 메워주는 것이다.

서서히 날이 밝아오고 있었다.

민수는 지수의 손을 붙잡은 채 입에 가벼운 키스를 하고는 살며시
눈을 감았다.

그리하면 희망찬 태양이 솟아오르리라.

무슨 생각을 하고 있었는지 모르겠다. 횡단보도 한 가운데서 오도 가도 못하고 있었다. 귓가에서 윙윙 거리는 소리 밖에 들리지 않았다. 다시 신호가 바뀌기는 했지만 나는 쉽게 발걸음을 내디딜 수가 없었다. 그러다가 겨우 횡단보도를 건널 수 있었다. 횡단보도를 건넌 후에도 나는 걸을 수 없었다.

얼마의 시간이 흘렀는지 모르겠다. 나는 걷고 있었다. 목적지는 없었다. 마냥 걷다보면 목적지가 나오지 않을까 하는 생각에 걸음을 멈출 수가 없었다.

그렇게 하루를 방황하고 돌아다녔다.

무엇을 할 수 있을지 그것이 걱정이었다. 더는 거울 속의 나를 보고 싶지 않았다. 대중없는 시간들이 흘러갔다. 나는 그 시간들을 마주하고 앉아 커피를 마셨다. 그리곤 갑자기 수다가 떨고 싶어졌다. 그러나 막상 불러낼 대상을 찾을 수가 없었다. 그리고 보니 혼자였던 시간이 너무 길었던 탓일 것이다.

이제는 나를 찾을 때다. 그러나 가식적인 모습은 보고 싶지 않다. 어쨌든 시간은 계속해서 흘러갈 것이고 나도 그 위를 걷고 있을 것이다. 앞으로의 내가 자꾸만 궁금해지는데, 다만 내 마음대로 시간을 조절할 수 없음이 안타까울 따름이다.

타임머신 탑승권이 있다면 한 장 구입하고 싶은데. 어떻게 안 될까? 어떻게 보면 내 몸뚱이가 타임머신인지도 모르겠다. 앞으로만 갈 수 있는. 그리고 이 시간은 타임라인이다.

나는 오늘도 이곳에 있을 것이고 또 내일도 이곳에 있을 것이다. 그리고 내가 살아 있는 동안은 모든 것들이 내 존재의 의미가 될 것이다.

나는 다시 걷기 시작한다.